高等职业教育电子信息类贯通制教材（电子技术专业）

数字电路
（第2版）

刘 勇 主编

电子工业出版社

Publishing House of Electronics Industry

北京·BEIJING

内 容 简 介

本书根据高等职业教育电子信息类贯通制教学实际需求，结合作者近年来实际教学经验进行编写。以培养技能应用型人才为教学目的。

本书主要内容包括数字电路基础、集成门电路、组合逻辑电路、时序逻辑电路、脉冲波形的产生与变换电路、模数与数模转换电路基础、存储器与可编程逻辑器件等。第 8 章列出了有关数字电路基础性实验题目与实训题目，供读者进行技能训练使用。书末附录 A、B 对半导体基础知识做了概括性介绍。

根据高职高专技能型人才培养要求，适当把握教材的难度与深度，重视学生应用能力的培养。本书参考学时 90 学时。

本书可作为高职高专电子信息类专业教材，也可作为相关专业的教学用书或技术人员参考用书。

本书还配有电子教学参考资料包（包括教学指南、电子教案及习题答案），详见前言。

图书在版编目 (CIP) 数据

数字电路 / 刘勇主编. —2 版. —北京：电子工业出版社，2008.6
高等职业教育电子信息类贯通制教材（电子技术专业）
ISBN 978-7-121-06334-3

Ⅰ. 数…　Ⅱ. 刘…　Ⅲ. 数字电路－高等学校：技术学校－教材　Ⅳ. TN79

中国版本图书馆 CIP 数据核字（2008）第 044594 号

策划编辑：李光昊
责任编辑：宋兆武
印　　刷：北京丰源印刷厂
装　　订：三河市鹏成印业有限公司
出版发行：电子工业出版社
　　　　　北京市海淀区万寿路 173 信箱　邮编　100036
开　　本：787×1092　1/16　印张：15.25　字数：390 千字
印　　次：2011 年 6 月第 3 次印刷
定　　价：26.00 元

前　言

　　根据《国务院关于大力推进职业教育改革与发展的决定》的有关精神，结合贯通制高职电子信息类专业教学的实际，作者在总结近年来教学实际经验的基础上，完成本书的编写工作。

　　电子技术可以分为模拟电子技术与数字电子技术两类，前者主要分析模拟信号，后者主要分析数字信号。信号是完成一定功能的电流或电压变量的总称。模拟信号是在时间上或数值上连续变化的信号，如温度、压力、磁场、电场等物理量转换而来的电信号；数字信号是在时间上和数值上离散变化的信号，如计算机内部接收、处理、传输的信号，以及 DVD 中记录的音视频信号等。模拟信号与数字信号波形举例见图 0.1。对于数字信号的直观理解见图 0.2：低电平 0 表示灯熄灭时的状态，与之相反，高电平 1 表示灯点亮时的状态。

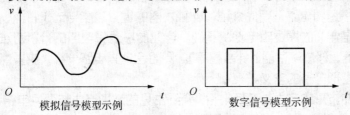

图 0.1　模拟信号与数字信号波形

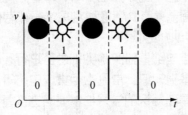

图 0.2　数字信号模型的理解

　　处理模拟信号的电路称为模拟电路，处理数字信号的电路称为数字电路。

　　近年来，数字化已经成为现代电子技术的发展潮流，各类数字化产品正迅速融入我们的生活之中。可以想象，如果没有了数字手机，电视只停留在模拟制式上，各种数字视听设备（如 DVD、MP3 等）不复存在，我们生活的质量将会怎样？

　　数字电路是电子、信息、雷达、通信、测控、测量、计算机技术、电力、自动化等电类、非电类专业的一门重要的专业基础课程，是计算机技术与数字通信技术的基础。

　　数字电路具有以下特点：

　　（1）可靠性高。

　　数字电路中主要采用二值逻辑，它仅有 0、1 两个不同值，对应两个电平信号（高电平与低电平）。电路结构简单、性能稳定、分析方便、抗干扰能力强。随着数字电路中各种集成电路的广泛应用，数字电路在这方面的优点更加突出地体现出来。

　　（2）运算精度高。

模拟电路的运算精度主要取决于元器件的精度，受客观环境的影响较大；数字电路的运算精度由表示信息的二进制代码的位数决定。一般情况下，增加二进制代码的位数，电路运算精度会相应提高。而且，在算术运算的基础上，还可以进行各种逻辑运算，使数字电路应用更广泛。

（3）分析方法与模拟电路不同。

模拟电路以分析微弱信号的放大、变换为主；数字电路以分析输入、输出信号之间的逻辑关系为主。

本书共分为 8 章：

第 1 章为数字电路基础，主要介绍各种数制的规则及相互间的转换方法；常见 BCD 编码规则；基本逻辑运算规则及表现形式、函数标准表达式、真值表与卡诺图的关系等。

第 2 章为集成门电路，介绍 TTL、CMOS 门电路的分类；电路基本形式；功能和外特性；TTL、CMOS 电路之间的接口电路。

第 3 章为组合逻辑电路，介绍组合逻辑电路的分析与设计方法；学习常见组合逻辑电路（加法器、编码器与译码器、数据选择器与分配器等），此处应重点掌握相关集成电路的逻辑功能，熟悉组合单元图形符号的含义；最后介绍组合逻辑电路的竞争冒险现象。

第 4 章为时序逻辑电路，首先介绍各种触发器的逻辑功能与动作特点、触发器之间逻辑功能的转换，这是学习时序逻辑电路的基础。学习时序逻辑电路的分析方法，介绍常见时序逻辑电路（寄存器、移位寄存器、计数器等）。同组合逻辑电路一样，应重点掌握电路的逻辑功能，熟悉电路图形符号的含义。

第 5 章为脉冲波形的产生与变换电路，介绍常见的波形产生与变换电路（单稳态振荡器、施密特触发器、多谐振荡器、555 定时器等）。

第 6 章为模数与数模转换电路基础，介绍 D/A、A/D 之间的转换方法和性能指标。

第 7 章存储器与可编程逻辑器件，介绍各种常见半导体存储器与可编程器件，对 CPLD、FPGA、在系统编程技术只作简单介绍。

第 8 章实验与实训，对数字电路基础实验实训内容进行了总结，供技能训练时参考。

书末附录 A、B 对半导体基础知识、常见常用集成电路等内容作了介绍。

在学习过程中，应注意对基础知识的学习与掌握，夯实基础，举一反三。同时应注意对实践学习环节的掌握，在验证理论知识的基础上学以致用。

通过对本书的学习，读者应对数字电路的基础知识有较为全面的认识。在考虑实用性的同时，不失先进性。通过学习，应熟悉常用集成电路的使用方法，具备一定实践能力，能画出一般数字电路的时序图；能查阅数字集成电路手册并合理选用，为后续专业课程的学习打下基础。

本书由山东电子职业技术学院刘勇、王琰、韩梅编写。王琰编写第 1、5 章，韩梅编写第 2、8 章，其余各章由刘勇编写，并由刘勇对全书进行统稿。

为了方便教师教学，本书还配有教学指南、电子教案及习题答案（电子版），请有此需要的教师登录华信教育资源网（http://www.huaxin.edu.cn 或 http://www.hxedu.com.cn）免费注册后再进行下载，有问题时请在网站留言板留言或与电子工业出版社联系（E-mail：hxedu@phei.com.cn）。

由于作者水平有限，书中难免存在各种不足与缺陷，请读者予以批评指正。

作　者
2008 年 1 月

目　录

第1章　数字电路基础 ·· 1

1.1　数制与码制 ·· 1

1.1.1　十进制数 ·· 1

1.1.2　二进制数、八进制数和十六进制数 ·· 2

1.1.3　进位计数制之间的转换 ·· 3

1.1.4　BCD 码与可靠性代码 ·· 7

1.1.5　算术运算 ·· 10

1.2　逻辑代数基础 ·· 13

1.2.1　基本逻辑运算 ·· 13

1.2.2　逻辑函数概述 ·· 16

1.2.3　逻辑代数基本定律与规则 ··· 20

1.2.4　逻辑函数标准表达式 ·· 22

1.2.5　逻辑函数的化简 ·· 26

本章小结 ·· 36

习题 1 ·· 36

第2章　集成门电路 ·· 38

2.1　概述 ·· 38

2.2　TTL 与非门电路 ·· 40

2.2.1　电路结构 ·· 40

2.2.2　电气特性 ·· 43

2.2.3　低功耗肖特基与非门电路 ··· 47

2.2.4　其他功能 TTL 门电路 ·· 48

2.2.5　TTL 门电路使用注意事项 ··· 50

2.3　CMOS 门电路 ·· 51

2.3.1　CMOS 反相器 ·· 51

2.3.2　常见 CMOS 门电路 ·· 52

2.3.3　常见 CMOS 门电路举例 ·· 55

2.3.4　CMOS 门电路产品说明及使用注意事项 ································· 56

2.4　接口电路 ·· 57

2.4.1　TTL 驱动 CMOS ·· 57

  2.4.2 CMOS 驱动 TTL ·······58

本章小结 ·······59

习题 2 ·······59

第 3 章 组合逻辑电路 ·······63

 3.1 组合逻辑电路的分析与设计 ·······63

  3.1.1 组合逻辑电路分析 ·······63

  3.1.2 组合逻辑电路设计 ·······66

 3.2 常见组合逻辑电路 ·······71

  3.2.1 加法器 ·······71

  3.2.2 编码器 ·······75

  3.2.3 译码器 ·······79

  3.2.4 数据选择器与数据分配器 ·······85

 3.3 组合逻辑电路的竞争冒险现象 ·······90

本章小结 ·······92

习题 3 ·······92

第 4 章 时序逻辑电路 ·······95

 4.1 触发器 ·······95

  4.1.1 基本 RS 触发器 ·······95

  4.1.2 同步触发器 ·······99

  4.1.3 主从触发器 ·······103

  4.1.4 边沿触发器 ·······108

  4.1.5 触发器之间的转换 ·······111

 4.2 时序逻辑电路分析 ·······112

  4.2.1 同步时序逻辑电路分析 ·······113

  4.2.2 异步时序逻辑电路分析 ·······117

 4.3 寄存器 ·······119

  4.3.1 基本寄存器 ·······119

  4.3.2 移位寄存器 ·······119

 4.4 计数器 ·······121

  4.4.1 同步计数器 ·······122

  4.4.2 异步计数器 ·······129

 4.5 移存型计数器 ·······135

 4.6 计数器应用 ·······139

  4.6.1 反馈归零法获得 N 进制计数器 ·······139

  4.6.2 计数器级联获得大容量 N 进制计数器 ·······141

  4.6.3 顺序脉冲发生器 ·······142

本章小结 ·······143

习题 4 ·······143

第 5 章 脉冲波形的产生与变换电路 ·······148

 5.1 概述 ·······148

5.2　555 定时器 ·· 149

    5.2.1　555 电路结构 ·· 149

    5.2.2　555 定时器功能描述 ·· 150

5.3　单稳态触发器 ·· 151

    5.3.1　555 电路构成单稳态触发器 ································· 151

    5.3.2　集成单稳态触发器 ·· 152

    5.3.3　单稳态电路应用 ·· 153

5.4　施密特触发器 ·· 154

    5.4.1　555 电路构成施密特触发器 ································· 154

    5.4.2　集成施密特触发器 ·· 156

    5.4.3　施密特触发器的应用 ··· 156

5.5　多谐振荡器 ··· 157

    5.5.1　555 定时器构成多谐振荡器 ································· 157

    5.5.2　石英晶体多谐振荡器 ··· 158

    5.5.3　施密特触发器组成的多谐振荡器 ·························· 159

    5.5.4　环形振荡器 ·· 159

本章小结 ·· 160

习题 5 ··· 160

第 6 章　模数与数模转换电路基础 ·· 162

6.1　数模转换器（DAC） ·· 162

    6.1.1　D/A 转换原理 ··· 162

    6.1.2　常见 DAC 电路 ··· 163

    6.1.3　DAC 主要性能指标 ·· 166

6.2　模数转换器（ADC） ·· 168

    6.2.1　A/D 转换原理 ··· 168

    6.2.2　常见 ADC 电路 ··· 170

    6.2.3　ADC 主要指标 ··· 174

本章小结 ·· 174

习题 6 ··· 175

第 7 章　存储器与可编程逻辑器件 ·· 176

7.1　存储器 ·· 176

    7.1.1　存储器的种类 ·· 176

    7.1.2　存储器的基本结构及工作原理 ······························ 177

    7.1.3　存储器常用芯片简介 ··· 181

7.2　可编程逻辑器件结构 ·· 182

    7.2.1　PLD 的基本结构 ··· 183

    7.2.2　FPGA 的结构 ··· 185

7.3　PAL 器件结构及其应用 ··· 185

    7.3.1　PAL 器件结构 ··· 185

    7.3.2　PAL 器件举例及应用 ··· 187

7.4　GAL 器件结构及其应用 ··· 188
　　7.4.1　GAL 器件基本类型 ·· 188
　　7.4.2　GAL 器件基本结构 ·· 188
　　7.4.3　GAL 器件的输出逻辑宏单元 OLMC ·· 189
　　7.4.4　GAL 器件工作模式及应用 ··· 190
7.5　现场可编程逻辑器件 FPGA ·· 196
　　7.5.1　概述 ··· 196
　　7.5.2　FPGA 器件的基本结构 ·· 196
　　7.5.3　应用举例 ··· 199
本章小结 ··· 201
习题 7 ·· 201

第 8 章　实验与实训 ··· 203
实验 1　门电路逻辑功能测试 ·· 203
实验 2　门电路主要参数测试 ·· 204
实验 3　组合逻辑电路 ·· 207
实验 4　译码显示电路 ·· 207
实验 5　数据选择器 ··· 210
实验 6　触发器逻辑功能测试 ·· 211
实验 7　寄存器 ··· 214
实验 8　计数器 ··· 215
实验 9　555 定时器及其应用 ··· 217
实验 10　随机存储器实验 ·· 219
实训 1　交通灯控制电路 ··· 221
实训 2　竞赛抢答器 ··· 221
实训 3　数字频率计 ··· 221
实训 4　数字钟电路 ··· 222

附录 A　数字电路识图基础 ·· 223
A.1　数字电路工程技术语言介绍 ·· 223
　　A1.1　概述 ··· 223
　　A1.2　语言特点 ··· 224
　　A1.3　读图方法介绍 ··· 224
A.2　半导体集成电路型号命名方法 ·· 228

附录 B　常见数字集成电路速查索引 ·· 230
参考文献 ··· 234

第1章 数字电路基础

【**学习指导**】本章主要学习数字电路的基础知识，学习各种数制及其转换方法；掌握逻辑代数的基本概念、公式及法则；理解逻辑函数的表示方法及转换；掌握逻辑函数的化简方法。

1.1 数制与码制

在生产实践中，经常需要用数字量表示物理量的大小，一般一位数是不够用的，这就需要使用进位计数的方法组成多位数码。构成多位数码中某一位的方法及高低位之间的进（借）位规则，称为进位计数制，简称数制。

数制有许多种，人们接触最多的计数方法是十进制。而数字电路中经常使用的是二进制、八进制和十六进制等。

1.1.1 十进制数

十进制是日常生活中最常用的进位数制，它采用了 0~9 共十个计数符号，将这些计数符号称为数码，数码的个数叫做基数。进位计数制是将数码按一定规律排列起来，以表示数值。即在计数过程中，当某一位累计到基数时，便向高位进一，本位又从零开始计数。十进制的基数为 10，它的计数原则是"逢十进一，借一当十"。

进位计数过程中，当数码处于不同位置时，表示的数值大小是不同的。例如，十进制数 $N=7164.8$ 可以写做

$$N=7164.8=7\times10^3+1\times10^2+6\times10^1+4\times10^0+8\times10^{-1}$$

上式是十进制数的按权展开式。十进制数的权按 10 的幂次变化，幂次以小数点的位置为基准，左边为正，按 0，1，2，…的顺序递加；右边为负，按 -1，-2，…的顺序递减。

任何一个十进制数 $N_D=a_{n-1}a_{n-2}\cdots a_2a_1a_0a_{-1}\cdots a_{-m}$，均可以按权展开写做

a_i：第 i 位的值，取值范围 0~9

n：整数部分位数

$$N_D=a_{n-1}\cdots a_1a_0a_{-1}\cdots a_{-m}=a_{n-1}\times10^{n-1}+\cdots+a_1\times10^1+a_0\times10^0+a_{-1}\times10^{-1}+\cdots+a_{-m}\times10^{-m}=\sum_{-m}^{n-1}a_i\times10^i$$

D：十进制数，也可以直接用 10 表示。

10^i：第 i 位的权

m：小数部分位数

式中　a_i——十进制数码中第 i 位的值，是 0~9 十个数码中的一个；

10^i——第 i 位的权；

10——进位的基数，也是基本计数符号的个数；

n、m——均为正整数，分别表示整数部分和小数部分的位数；

下标 D——表示十进制数，也可以用数字 10 表示。

数字系统中经常使用的是以 2 为基数的二进制，以 16 为基数的十六进制等。对于任一进制 J 的数均可以表示为

$$N_J = \sum_{-m}^{n-1} a_i \times J^i$$

式中　a_i——J 进制数码中第 i 位的值；

J^i——第 i 位的权；

J——基数；

n、m——均为正整数，分别是整数部分和小数部分的位数。

1.1.2　二进制数、八进制数和十六进制数

二进制数采用 0 和 1 两个数码，基数是 2。计数原则为"逢二进一，借一当二"。任何一个二进制数均可以表示为

$$N_B = \sum_{-m}^{n-1} a_i \times 2^i$$

式中　a_i——取 0 或 1；

下标 B——表示二进制数，也可以用数字 2 表示。

将二进制数最左边的位叫最高有效位 MSB；最右边的位叫最低有效位 LSB。

二进制计数制对于数字系统来说，处理起来非常方便，但书写与记忆相对较慢。为此，还经常采用八进制计数制和十六进制计数制。

八进制数使用 0~7 共 8 个不同的数码，基数是 8。计数规则为"逢八进一，借一当八"。任何一个八进制数均可以表示为

$$N_O = \sum_{-m}^{n-1} a_i \times 8^i$$

式中　a_i——八进制数码中第 i 位的值，它可以是 0~7 中的任何一个；

8^i——第 i 位的权；

n、m——均为正整数，分别是整数部分和小数部分的位数；

下标 O——表示八进制数，也可以用数字 8 表示。

十六进制数使用 0~9 和 A、B、C、D、E、F 共 16 个不同的数码、字母，其中 A~F 分别对应于十进制数的 10~15，基数为 16，计数规则为"逢十六进一，借一当十六"。任何一个十六进制数均可以表示为

$$N_H = \sum_{-m}^{n-1} a_i \times 16^i$$

式中　a_i——十六进制数码中第 i 位的值，它可以是 0~9、A~F 中的任何一个；

16^i——第 i 位的权；

n、m——均为正整数，分别是整数部分和小数部分的位数；

下标 H——表示十六进制数，也可以用数字 16 表示。

【例 1.1】将下列各进制的数分别按权展开。

(1) 715.406_D　　　　(2) 100.0001_B　　　　(3) 645.17_O　　　　(4) $92A.E4_H$

解：$715.406_D=7\times10^2+1\times10^1+5\times10^0+4\times10^{-1}+0\times10^{-2}+6\times10^{-3}$

$110.0001_B=1\times2^2+1\times2^1+0\times2^0+0\times2^{-1}+0\times2^{-2}+0\times2^{-3}+1\times2^{-4}$

$645.17_O=6\times8^2+4\times8^1+5\times8^0+1\times8^{-1}+7\times8^{-2}$

$92A.E4_H=9\times16^2+2\times16^1+A\times16^0+E\times16^{-1}+4\times16^{-2}=9\times16^2+2\times16^1+10\times16^0+14\times16^{-1}+4\times16^{-2}$

1.1.3　进位计数制之间的转换

1. 非十进制数转换成十进制数

将已知非十进制数按权展开并累加计算出结果即得到该数码的十进制形式。

【例 1.2】将下列数码分别转换成十进制数。

（1）110.1011_B　　　　（2）471.35_O　　　　（3）$9B.CF_H$

解：$110.1011_B=1\times2^2+1\times2^1+0\times2^0+1\times2^{-1}+0\times2^{-2}+1\times2^{-3}+1\times2^{-4}=6.6875_D$

$471.35_O=4\times8^2+7\times8^1+1\times8^0+3\times8^{-1}+5\times8^{-2}=313.453125_D$

$9B.CF_H=9\times16^1+B\times16^0+C\times16^{-1}+F\times16^{-2}$

$\qquad=9\times16^1+11\times16^0+12\times16^{-1}+15\times16^{-2}=155.8085937_D$

2. 十进制数转换为二进制数

十进制数转换为二进制数，需对十进制数的整数部分和小数部分分别转换，最后将两部分转换结果相加得到最终的转换结果。

（1）整数部分的转换。

设十进制整数为 S_D，对应的二进制数为 $(k_nk_{n-1}\cdots k_0)_B$，可得

$\qquad S_D=(k_nk_{n-1}\cdots k_0)_B=k_n\times2^n+k_{n-1}\times2^{n-1}+\cdots+k_1\times2^1+k_0\times2^0=2(k_n\times2^{n-1}+k_{n-1}\times2^{n-2}+\cdots+k_1)+k_0$

上式说明：

将 S_D 除以 2，得商 $k_n\times2^{n-1}+k_{n-1}\times2^{n-1}+\cdots+k_1$；余数为 k_0。

式中，$k_n\times2^{n-1}+k_{n-1}\times2^{n-2}+\cdots+k_1=2(k_n\times2^{n-2}+k_{n-1}\times2^{n-3}+\cdots+k_2)+k_1$

将上式再除以 2，得到的余数为 k_1。

依此类推，将每次得到的商再除以 2，就可以获得二进制数的每一位了。

所以，整数部分的转换采用除 2 取余法。具体方法为：将十进制整数部分逐次除以 2，并记录每次相除所得的余数，直到商为 0 时止。最后一次得到的余数为转换后二进制数的最高位，首次相除得到的余数为转换后二进制数的最低位。

【例 1.3】将 169_D 和 36_D 分别转换为二进制数。

解：

所以 $169_D = 10101001_B$

余数　低位

0
0
1
0
0
1

高位

所以 $36_D = 100100_B$

（2）小数部分的转换。

设十进制小数为 S_D，对应的二进制数为 $(0.k_{-1}\cdots k_{-m})_B$，可得

$$S_D = k_{-1}2^{-1} + k_{-2}2^{-2} + \cdots + k_{-m}2^{-m}$$

将该式两边同时乘以 2，可得

$$2S_D = k_{-1} + (k_{-2}2^{-1} + \cdots + k_{-m}2^{-m+1})$$

该式说明 S_D 乘以 2 所得乘积的整数部分即为 k_{-1}。

乘积的小数部分再乘以 2 可得

$2(k_{-2}2^{-1} + \cdots + k_{-m}2^{-m+1}) = k_{-2} + (k_{-3}2^{-1} + \cdots + k_{-m}2^{-m+2})$，即乘积的整数部分为 k_{-2}。

依此类推，每次乘以 2 后所得乘积的小数部分再乘以 2，便可求出二进制数的每一位。

所以，小数部分的转换采用乘 2 取整法。具体方法为：将十进制小数部分逐次乘以 2，每次相乘，若积的整数部分为 1（或 0），则转换后相应位的二进制数为 1（或 0），依此类推，直到十进制小数部分为 0 或达到所要求的精度为止。首次相乘得到的整数部分为转换后二进制小数的最高位，最后一次相乘得到的整数部分为转换后二进制小数的最低位。

【例 1.4】将 0.875_D 和 0.645_D 转换为相应的二进制数（若小数部分不能精确转换，要求最多保留小数点后 4 位）。

解：

```
        0.875                                          高位
      ×   2
      ─────────
        1.75 ──────────────── 整数部分        1
        0.75          （取出整数部分，小数部分继续乘2）
      ×   2
      ─────────
        1.5  ──────────────── 整数部分        1
        0.5           （取出整数部分，小数部分继续乘2）
      ×   2
      ─────────
        1.0  ──────────────── 整数部分        1
                      （小数部分0）                     低位
```

所以 $0.875_D = 0.111_B$

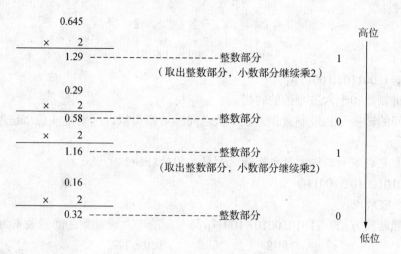

所以 $0.645_D \approx 0.1010_B$

【例 1.5】将 169.875_D 和 36.645_D 转换为二进制数。要求同【例 1.4】。

解：这两个十进制数均包含整数部分和小数部分。采用除 2 取余法和乘 2 取整法分别对整数和小数部分进行转换。根据【例 1.3】和【例 1.4】的转换结果，得

$$169.875_D = 169 + 0.875 = 10101001 + 0.111 = 10101001.111_B$$

$$36.645_D = 36 + 0.645 \approx 100100 + 0.1010 = 100100.1010_B$$

通过以上例题可知，二进制数转换为十进制数时，可以进行精确的转换；十进制数转换为二进制数时，有时只能达到一定的转换精度。

依此类推，十进制数转换为其他进制数的方法与十进制数转换为二进制数的方法类似，整数部分采用除基（数）取余法进行转换，小数部分采用乘基（数）取整法进行转换。

3. 二进制数与八、十六进制数之间的转换

由于二进制数和八进制数、十六进制数的基数分别是 2（2^1）、8（2^3）、16（2^4），它们之间的相互转换比较简单。

（1）二进制数和八进制数的转换。

3 位二进制数可以表示一位八进制数，所以将二进制数转换为八进制数时，只需将二进制数的整数部分从右向左、每 3 位一组，最后不足 3 位时左面用零补齐；小数部分从左向右、每 3 位一组，最后不足 3 位时右面用零补齐。最后将每组 3 位二进制数对应的八进制数写出即可。

将八进制数转换为二进制数时，只需将每位八进制数用对应的 3 位二进制数写出即可。

【例 1.6】完成下面不同数制之间的转换。

（1）$1010101.1011011_B = ?_O$

（2）$315.47_O = ?_B$

解：按照二进制数和八进制数的转换方法，

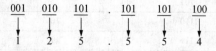

所以 $1010101.1011011_B = 125.554_O$

$$
\begin{array}{ccccc}
3 & 1 & 5 & 4 & 7 \\
\downarrow & \downarrow & \downarrow & \downarrow & \downarrow \\
011 & 001 & 101 & 100 & 111
\end{array}
$$

所以 $315.47_O=11001101.100111_B$

（2）二进制数和十六进制数的转换。

二者之间的转换与二进制数和八进制数之间的转换类似，区别是 4 位二进制数对应一位十六进制数。

【例 1.7】完成下面二进制数和十六进制数之间的转换。

（1）$11010100101.10011_B=?_H$

（2）$B58.ED_H=?_B$

解：按照转换方法，11010100101.10011_B 与对应的十六进制数之间的关系为

$$
\begin{array}{ccccc}
0110 & 1010 & 0101 & 1001 & 1000 \\
\downarrow & \downarrow & \downarrow & \downarrow & \downarrow \\
6 & A & 5 & 9 & 8
\end{array}
$$

所以 $11010100101.10011_B=6A5.98_H$

按照转换方法，$B39.FA_H$ 与对应的二进制数之间的关系为

$$
\begin{array}{ccccc}
B & 5 & 8 & E & D \\
\underline{} & \underline{} & \underline{} & \underline{} & \underline{} \\
1011 & 0101 & 1000 & 1110 & 1101
\end{array}
$$

所以 $B58.ED_H=101101011000.11101101_B$

表 1.1 为各种常用进位计数制之间的对应关系。

表 1.1　常用进位计数制对应关系表

十进制数	二进制数	八进制数	十六进制数
0	0	0	0
1	1	1	1
2	10	2	2
3	11	3	3
4	100	4	4
5	101	5	5
6	110	6	6
7	111	7	7
8	1000	10	8
9	1001	11	9
10	1010	12	A
11	1011	13	B
12	1100	14	C
13	1101	15	D
14	1110	16	E
15	1111	17	F
16	10000	20	10

1.1.4 BCD 码与可靠性代码

数字电路中的信息用 0 和 1 表示。当 0 和 1 表示二进制数的两个数码时，它们按二进制计数规律排列表示数值的大小；另外 0 和 1 还可按照一定规律排列以表示特定的信息，这时 0 和 1 不再有数值大小的概念，而是代表不同事物的代号，将其称为代码。一定的代码有一定的规则，这些规则称为码制。

n 位二进制数可以组合成 2^n 组不同的代码，若需编码的信息有 N 个，则需要二进制数码的位数 n 与 N 应满足

$$2^n \geqslant N$$

将十进制数的基数 0~9 用二进制代码表示，称之为二-十进制编码，即 BCD 编码。BCD码由 4 位二进制代码组成，由于 4 位二进制数可以组成 16 组代码，而对十进制数进行编码只需使用 10 组代码，还有 6 组代码没有用到。因此对于各种 BCD 码均有 6 种 4 位二进制的编码不会出现，将其称为伪码。二-十进制编码的方案有很多种，常用的包括 8421 码、2421 码、5421 码、余 3 码等。前 3 种属于有权编码（代码的各位均有确定权值），也称为恒权代码；后一种属于无权编码（代码的各位没有确定权值）。

有权 BCD 码中，十进制数 $(N)_D$ 与二-十进制编码 $(a_3a_2a_1a_0)_{BCD}$ 之间的关系为

$$(N)_D = w_3a_3 + w_2a_2 + w_1a_1 + w_0a_0$$

式中，$w_3 \sim w_0$ 为二-十进制编码各位的权重。

无权码不能用上式表示其编码关系。

1. 8421 码

8421 码是最常用的一种有权 BCD 码，其权值由高到低分别为 $8(2^3)$、$4(2^2)$、$2(2^1)$、$1(2^0)$。表示的十进制数为

$$(N)_D = 8a_3 + 4a_2 + 2a_1 + 1a_0$$

8421 码中不允许出现 1010~1111 这 6 种编码状态。

【例 1.8】将 53_D 和 19.28_D 分别用 8421BCD 码表示。

解： $53_D = 01010011_{8421BCD}$

$19.28_D = 00011001.00101000_{8421BCD}$

【例 1.9】将 $011101000010_{8421BCD}$、$00110111.01010100_{8421BCD}$ 用十进制数表示。

解： $011101000010_{8421BCD} = 782_D$

$00110111.01010100_{8421BCD} = 37.54_D$

2. 2421 码

2421 码也是有权码，其权值由高到低分别为 2、4、2、1，表示的十进制数为

$$(N)_D = 2a_3 + 4a_2 + 2a_1 + 1a_0$$

2421 码具有对 9 的自补特性，是一种对 9 的自补代码。例如，十进制数 4 的 2421 码为 0100，4 对 9 的补数是 9-4=5，而 5 的 2421 码为 1011，二者互为反码。

除以上两种码以外，有权码还包括 5421 码、5211 码、7321 码等（见表 1.2）。

表 1.2　常见有权 BCD 码

十进制数	8421 码	2421 码	5421 码	7321 码	5211 码
	$8a_3+4a_2+2a_1+1a_0$	$2a_3+4a_2+2a_1+1a_0$	$5a_3+4a_2+2a_1+1a_0$	$7a_3+3a_2+2a_1+1a_0$	$5a_3+2a_2+1a_1+1a_0$
0	0000	0000	0000	0000	0000
1	0001	0001	0001	0001	0001
2	0010	0010	0010	0010	0100
3	0011	0011	0011	0011	0101
4	0100	0100	0100	0101	0111
5	0101	1011	1000	0110	1000
6	0110	1100	1001	0111	1001
7	0111	1101	1010	1000	1100
8	1000	1110	1011	1001	1101
9	1001	1111	1100	1010	1111
10	0001, 0000	0001, 0000	0001, 0000	0001, 0000	0001, 0000

3. 余 3 码

余 3 码是一种无权码，它是在相应 8421 码的基础上加 0011 得到的，因此叫做余 3 码。也是一种对 9 的自补代码。

4. 余 3 循环码

余 3 循环码也是一种无权码，特点是两组相邻代码之间只有一位不同。常见无权 BCD 码见表 1.3。

表 1.3　常见无权 BCD 码

十进制数	余 3 码	余 3 循环码	十进制数	余 3 码	余 3 循环码
0	0011	0010	5	1000	1100
1	0100	0110	6	1001	1101
2	0101	0111	7	1010	1111
3	0110	0101	8	1011	1110
4	0111	0100	9	1100	1010

应注意 BCD 码和二进制数的区别。二者在形式上有相似之处，但它们是完全不同的概念。例如，十进制数 32 转换为二进制数时为

$$32_D=100000_B$$

用 8421BCD 码表示时，其结果为

$$32_D=00110010_{8421BCD}$$

5. 格雷码与奇偶校验码

为减少数码在传输过程中可能发生的错误，且便于发现和纠正已经出现的错误，需要采用可靠性编码。常用可靠性编码包括格雷码、奇偶校验码等。

格雷码是一种无权码，也称做反射循环码。特点是两个相邻码组之间只有一位不同，可

以降低误码率，提高可靠性。常见格雷码见表 1.4。

表 1.4　常见格雷码

十进制数	典型格雷码	步进格雷码	十进制数	典型格雷码	步进格雷码
0	00000	00000	5	00111	11111
1	00001	00001	6	00101	11110
2	00011	00011	7	00100	11100
3	00010	00111	8	01100	11000
4	00110	01111	9	01101	10000

　　二进制信息在传输过程中，由于衰减、噪声干扰等原因，有时会发生错误传输，即将 1 当作 0 传输、0 当作 1 传输。差错控制编码是为了检测、纠正这些误码，实现信息的无差错传输而采取的一种技术手段。差错控制编码分为检错码、纠错码。检错码可对传输码字是否存在误码进行检测，但不能确定接收码字中存在的误码位置、无法纠正误码。纠错码可以发现接收码字中存在的误码，并纠正该误码，实现信息的正确接收。

　　奇偶校验码是具有检错能力的一种编码。它由两部分组成：一是信息码，即需传送的信息；二是一位校验码。校验位的取值（0 或 1）将使包括信息码和校验码在内的整个代码所包含 1 的个数为奇数或偶数：1 的个数为奇数，称为奇校验码；1 的个数为偶数，称为偶校验码。8421 码的奇偶校验码见表 1.5。

表 1.5　8421 奇偶校验码

十进制数	8421 奇校验码		8421 偶校验码	
	校验位	8421 码	校验位	8421 码
0	1	0000	0	0000
1	0	0001	1	0001
2	0	0010	1	0010
3	1	0011	0	0011
4	0	0100	1	0100
5	1	0101	0	0101
6	1	0110	0	0110
7	0	0111	1	0111
8	0	1000	1	1000
9	1	1001	0	1001

　　奇偶校验码具有检验一位代码出错的能力，应用广泛。

6. ASCII 码

　　编码可以表示数值，也可以表示其他符号。ASCII 码是美国信息交换标准代码的简称，采用 7 位二进制编码格式、共有 128 种不同编码，分别表示十进制字符、英文字母、基本运算字符、控制符、其他符号（见表 1.6）。

　　表中，具有 96 个图形字符：26 个英文大写、小写字母；10 个数字符号；34 个专用符号。

此外还有 32 个控制字符。合计 128 个字符。

计算机键盘一般采用 ASCII 码。例如，按下 A 键，键盘送出 1000001。

表 1.6　ASCII 码编码表（编码按照 $A_6A_5A_4A_3A_2A_1A_0$ 的顺序）

$A_6A_5A_4$ $A_3A_2A_1A_0$	000	001	010	011	100	101	110	111
0000	NUL （空白）	DLE （数据链路换码）	SP （空格）	0	@	P	`	p
0001	SOH （标题开始）	DC1 （设备控制 1）	!	1	A	Q	a	q
0010	STX （正文开始）	DC2 （设备控制 2）	"	2	B	R	b	r
0011	ETX （正文结束）	DC3 （设备控制 3）	#	3	C	S	c	s
0100	EOT （传输结束）	DC4 （设备控制 4）	$	4	D	T	d	t
0101	ENQ （询问）	NAK （否认）	%	5	E	U	e	u
0110	ACK （确认）	SYN （同步空传）	&	6	F	V	f	v
0111	BEL （响铃）	ETB （块结束）	'	7	G	W	g	w
1000	BS （退格）	CAN （取消）	(	8	H	X	h	x
1001	HT （水平制表）	EM （纸尽）	)	9	I	Y	i	y
1010	LF （换行）	SUB （替换）	*	:	J	Z	j	z
1011	VT （垂直制表）	ESC （脱离）	+	;	K	[	k	{
1100	FF （走纸）	FS （文件分离符）	,	<	L	\	l	|
1101	CR （回车）	GS （字组分离符）	−	=	M	]	m	}
1110	SO （移出）	RS （记录分离符）	>	N	^	n	~
1111	SI （移入）	US （单元分离符）	/	?	O	_	o	DEL （删除）

1.1.5　算术运算

二进制数有些时候可以用来表示数量的大小，它们之间是可以进行数值运算的，二进制数基本的算术运算规律如下：

$$0+0=0 \qquad\qquad 0\times0=0$$
$$0+1=1+0=1 \qquad\qquad 0\times1=1\times0=0$$
$$1+1=10 \qquad\qquad 1\times1=1$$

对于二进制数的加、减、乘算术运算举例如下：

$$
\begin{array}{r}
1001 \\
+\ 0101 \\
\hline
1110
\end{array}
\qquad
\begin{array}{r}
1001 \\
-\ 0101 \\
\hline
0100
\end{array}
\qquad
\begin{array}{r}
1001 \\
\times\ 0101 \\
\hline
1001 \\
0000 \\
1001 \\
0000 \\
\hline
0101101
\end{array}
$$

前面讨论的二进制数等不同进制的数，是无符号的数。数字电路中，对于带符号的数，表示方法主要包括两部分：一是符号的表示法，二是数值的表示法（如图 1.1 所示）。

图 1.1　带符号数的表示

在所有数值位的前面，设置一个符号位：0 表示该二进制数为正数；1 表示该二进制数为负数。

带符号二进制数有 3 种表示方法：原码表示法、反码表示法、补码表示法。

1. 原码表示法

这是一种简单的带符号数的表示方法，基本格式为"符号位+二进制数值位"。

【例 1.10】计算 $+13_D$ 和 -13_D 的 8 位二进制原码。

解： $+13_D=+1101_D=+0001101_B=00001101_{原码}$

　　$-13_D=-1101_D=-0001101_B=10001101_{原码}$

2. 反码表示法

带符号数反码表示法的符号位表示与原码相同，数值位表示方法如下。

正数：数值位表示与原码表示法相同，是该二进制数的绝对值。

负数：将二进制数绝对值的各位取反得到数值位。

【例 1.11】计算 $+13_D$ 和 -13_D 的 8 位二进制反码。

解： $+13_D=+1101_D=+0001101_B=00001101_{反码}$

　　$-13_D=-1101_D=-0001101_B=11110010_{反码}$

3. 补码表示法

带符号数补码表示法的符号位表示与原码、反码相同，数值位表示方法如下。

正数：数值位表示与原码、反码表示法相同，是该二进制数的绝对值。

负数：将二进制数绝对值各位取反后加 1 得到数值位，即在反码基础上加 1。

【例 1.12】计算 $+13_D$ 和 -13_D 的 8 位二进制补码。

解： $+13_D=+1101_D=+0001101_B=00001101_{补码}$

　　$-13_D=-1101_D=-0001101_B=11110011_{补码}$

【例 1.13】计算 0.01101_B、-0.01101_B 的 8 位二进制原码、反码、补码。

解： $0.01101_B=0.0110100_{原码}=0.0110100_{反码}=0.0110100_{补码}$

　　$-0.01101_B=1.0110100_{原码}=1.1001011_{反码}=1.1001100_{补码}$

带符号二进制数的原码、反码、补码表示法归纳为：

① 正数的原码、反码、补码相同，其符号位为 0，数值位是该符号数的二进制绝对值；

② 负数的原码、反码、补码，其符号位为 1，原码的数值位就是该符号数的二进制绝对值，反码的数值位是原码数值位的逐位取反，补码数值位是反码数值位的末位加 1。

带符号十进制数与对应 8 位原码、反码、补码的对照表 1.7。

n 位二进制原码取值范围： $-(2^{n-1}-1) \sim +(2^{n-1}-1)$

n 位二进制反码取值范围： $-(2^{n-1}-1) \sim +(2^{n-1}-1)$

n 位二进制补码取值范围： $-2^{n-1} \sim +(2^{n-1}-1)$

表 1.7　8 位原码、反码、补码取值对照表

十进制数	原　码	反　码	补　码
+128	无法表示	无法表示	无法表示
+127	01111111	01111111	01111111
+126	01111110	01111110	01111110
…	…	…	…
+2	00000010	00000010	00000010
+1	00000001	00000001	00000001
+0	00000000	00000000	00000000
−0	10000000	11111111	无法表示
−1	10000001	11111110	11111111
−2	10000010	11111101	11111110
…	…	…	…
−126	11111110	10000001	10000010
−127	11111111	10000000	10000001
−128	无法表示	无法表示	10000000

4. 带符号数的补码运算

二进制数的原码表示法概念简单，但运算规则复杂，导致实现电路相对复杂，所以原码表示法在计算机系统中很少使用，二进制数的补码表示法将带符号二进制数的加减运算统一为补码的加法运算，运算结果也用补码表示，非常简单。

【例 1.14】利用 8 位二进制补码计算 $89_D - 71_D$，结果仍用十进制数表示。

解： $89_D - 71_D = 89_D + (-71_D) = 01011001_补 + 10100111_补 = [1]00010010_补 = 00010010_原 = +18_D$

$$
\begin{array}{r}
01011001 \\
+\ \ 10111001 \\
\hline
\end{array}
$$
自动丢失 $\longrightarrow$ 100010010

 说明

采用补码加法运算时，运算结果仍为补码。8 位字长运算器，仅保留 8 位运算结果，最高位向上进位 1 自动丢失。当结果的补码形式符号位为 0 时，结果为正，否则结果为负。

【例 1.15】利用 8 位二进制补码计算 71_D-89_D，结果仍用十进制数表示。

解：$71_D-89_D=71_D+(-89_D)=01000111_{补}+10100111_{补}=11101110_{补}=10010010_{原}=-18_D$

$$
\begin{array}{r}
01000111 \\
+\ 10100111 \\
\hline
11101110
\end{array}
$$

两个符号不同的补码数相加总能得到正确的结果，两个同符号的补码数相加，则可能产生溢出。

【例 1.16】利用 8 位二进制补码计算 -71_D-89_D，结果仍用十进制数表示。

解：$-71_D-89_D=-71_D+(-89_D)=10111001_{补}+10100111_{补}=[1]01100000_{补}=01100000_{原}=+96_D$

$$
\begin{array}{r}
10111001 \\
+\ 10100111 \\
\hline
\text{溢出错误} \rightarrow 101100000
\end{array}
$$

两个负数之和仍为负数，符号位应为 1。从结果的符号位可见，运算结果是错误的。这是由于运算结果超出了 8 位二进制补码的取值范围，运算结果发生了溢出。

1.2　逻辑代数基础

逻辑代数也称为布尔代数，是由英国数学家乔治·布尔于 1849 年首先提出并用于描述客观事物逻辑关系的数学方法，后来将逻辑代数应用于继电器开关电路的分析与设计上，形成了二值开关代数。开关代数是 1938 年由克劳德·仙农提出的，是布尔代数在开关电路上的具体应用。从此布尔代数广泛地应用于数字逻辑电路及数字系统中，成为逻辑电路分析和设计的有力工具。

逻辑代数与普通代数都是由字母表示变量，用代数式描述客观事物之间的关系。但二者概念不同，逻辑代数是描述客观事物逻辑关系的一种数学方法，是分析与设计数字系统的数学基础。逻辑函数表达式中逻辑变量的取值和逻辑函数值只有两个值：0 和 1。这两个值没有大小的意义，仅表示一个事物相互对立的两个方面，如开关的通与断、灯的亮与灭等。因此逻辑代数有其自身的规律和法则，以区别于普通代数。

逻辑代数有 3 种基本的运算：与、或、非。

1.2.1　基本逻辑运算

1. 与运算

以图 1.2（a）为例，电源、灯 F 与开关 A、B 构成回路。只有在 A、B 均接通的情况下，灯 F 才会亮；否则灯 F 不亮。开关 A、B 的状态与灯 F 的状态构成的因果关系，可以用图 1.2（b）表示。开关 A、B 的状态作为因，灯 F 的状态作为果，该图表示的因果关系就是逻辑与的关系：只有当决定事件发生的条件均具备时，事件才发生；否则事件不发生。用 1、0 分别表示开关的通、断和灯的亮、灭；用字母 A、B 及 F 表示开关（因）和灯（果）的状态，如图 1.2（c）所示。用字母和符号 1、0 表示事件条件与结果全部可能情况的过程，称为状态赋值。由字母和符号 1、0 组成、经过赋值的表格，称做真值表。

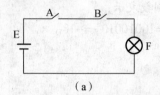

开关A	开关B	灯F
断	断	灭
断	通	灭
通	断	灭
通	通	亮

A	B	F
0	0	0
0	1	0
1	0	0
1	1	1

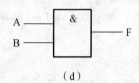

（a）　　　　　　　　（b）　　　　　　　（c）　　　　　　　　（d）

图 1.2　逻辑与

表示各种逻辑运算关系的图形符号，称做逻辑运算图形符号，简称逻辑符号。与逻辑图形符号如图 1.2（d）所示。用逻辑代数表示式表示一定的逻辑关系，称做逻辑方程或逻辑函数表达式，简称为表达式。

与逻辑表达式为 $F = A \cdot B$

式中，"·"是"与"的意思，上式也可以简写为 $F = AB$。逻辑与也称做逻辑乘。

对于图 1.2 描述的 F 与 A、B 之间与的关系，可表示为

$$F = AB = \begin{cases} 0 \cdot 0 = 0 \\ 0 \cdot 1 = 0 \\ 1 \cdot 0 = 0 \\ 1 \cdot 1 = 1 \end{cases}$$

（有 0 出 0，全 1 为 1）

2. 或运算

以图 1.3（a）为例，开关 A、B 与灯 F 之间的关系如图 1.3（b）所示。由图知：只要决定事件发生的条件具备一个或一个以上时，事件就发生；只有当决定事件发生的所有条件均不具备时，事件才不会发生。这种因果之间的关系就是逻辑或的关系。或逻辑的真值表如图 1.3（c）所示，图形符号如图 1.3（d）所示。

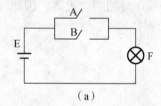

开关A	开关B	灯F
断	断	灭
断	通	亮
通	断	亮
通	通	亮

A	B	F
0	0	0
0	1	1
1	0	1
1	1	1

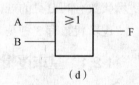

（a）　　　　　　　　（b）　　　　　　　（c）　　　　　　　　（d）

图 1.3　逻辑或

或逻辑表达式为 $F = A + B$

式中，"+"是"或"的意思。逻辑或也称做逻辑加。对于图 1.3 描述的 F 与 A、B 之间或的关系，可表示为

$$F = A + B = \begin{cases} 0 + 0 = 0 \\ 0 + 1 = 1 \\ 1 + 0 = 1 \\ 1 + 1 = 1 \end{cases}$$

（全 0 出 0，有 1 出 1）

3. 非运算

以图 1.4（a）为例，开关 A 通与断和灯 F 亮与灭的关系如图 1.4（b）所示。对于该图：条件具备时，事件不发生；条件不具备时，事件发生。这种因果之间的关系就是逻辑非的关系。非逻辑的真值表如图 1.4（c）所示，图形符号如图 1.4（d）所示。

非逻辑表达式为

$$F = \bar{A}$$

式中，"−"是"非"的意思。逻辑非也称做逻辑反。非运算也称做求反运算。

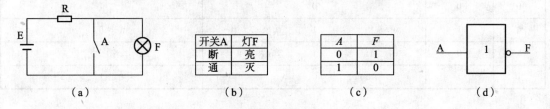

图 1.4　逻辑非

图 1.4 描述的 F 与 A 之间非的关系，可表示为

$$F = \bar{A} = \begin{cases} \bar{0} = 1 \\ \bar{1} = 0 \end{cases}$$

（入 0 出 1，入 1 出 0）

4. 复合逻辑运算

复合逻辑关系是由与、或、非三种基本逻辑关系组合而成的逻辑关系。常见的复合逻辑运算主要包括：与非、或非、与或非、异或、同或等。

① 与非逻辑。与非逻辑是由与、非两种基本逻辑关系按照先与后非的顺序复合而成。以两输入与非逻辑为例，其逻辑表达式为

$$F = \overline{A \cdot B}$$

（输入全 1，输出为 0）

② 或非逻辑。或非逻辑是由或、非两种基本逻辑关系按照先或后非的顺序复合而成。以两输入或非逻辑为例，其逻辑表达式为

$$F = \overline{A + B}$$

（输入全 0，输出为 1）

③ 与或非逻辑。与或非逻辑是由与、或、非三种基本逻辑关系按照先与后或再非的顺序复合而成。有四个基本输入端的与或非逻辑表达式为

$$F = \overline{AB + CD}$$

（与项为 0，输出为 1）

④ 异或运算。以两输入异或运算为例，当两个输入不同时，输出为 1；两个输入相同时，输出为 0。异或逻辑表达式为

$$F = A \oplus B = A\bar{B} + \bar{A}B$$

（输入奇数个 1，输出为 1）

式中，"⊕"是异或逻辑的运算符号，读作"异或"。

⑤ 同或运算。以两输入同或运算为例，当两个输入不同时，输出为 0；两个输入相同时，

输出为 1。同或逻辑表达式为

$$F = A \odot B = AB + \overline{A}\,\overline{B}$$

（输入偶数个 0，输出为 1）

式中，"$\odot$" 是同或逻辑的运算符号，读作"同或"。

表 1.8　异或、同或逻辑真值表

A	B	$F = A \oplus B = A\overline{B} + \overline{A}B$	$F = A \odot B = AB + \overline{A}\,\overline{B}$
0	0	0	1
0	1	1	0
1	0	1	0
1	1	0	1

通过比较异或、同或逻辑的真值表可以发现，在相同的输入下，二者的值正好相反，即二者互为非逻辑关系，即

$$A \oplus B = \overline{A \odot B} \; ; \; A \odot B = \overline{A \oplus B}$$

因此，同或也经常称做异或非。

以上 5 种复合逻辑的图形符号如图 1.5 所示。

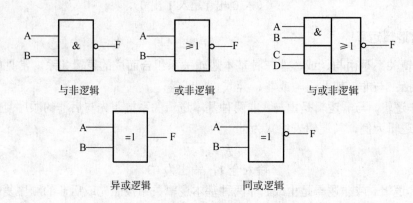

图 1.5　常用复合逻辑运算逻辑符号

1.2.2　逻辑函数概述

数字电路中实现各种逻辑运算的电子电路，称做逻辑门电路。例如，实现与逻辑运算的门电路称做与门，实现与非逻辑运算的门电路称做与非门等。以上介绍的各种逻辑运算的图形符号，同时也作为相应门电路的图形符号。

用 $A_1, A_2, \cdots, A_n$ 表示数字电路的输入信号，称做输入逻辑变量；F 表示电路的输出信号，称做输出逻辑变量。当输入逻辑变量 $A_1, A_2, \cdots, A_n$ 的值确定以后，输出逻辑变量 F 的值就唯一地确定下来，称输出逻辑变量 F 是输入逻辑变量 $A_1, A_2, \cdots, A_n$ 的逻辑函数，并表示为

$$F = f(A_1, A_2, \cdots, A_n)$$

将变量 A 作为原变量，则 $\overline{A}$ 称做反变量；函数 F 作为原函数，则 $\overline{F}$ 称做反函数。即 A 与 $\overline{A}$ 互为反变量；F 与 $\overline{F}$ 互为反变量。

逻辑函数常用的描述方法包括：逻辑函数表达式、逻辑函数真值表、逻辑图、卡诺图、波形图。

（1）逻辑函数表达式。

描述输入逻辑变量和输出逻辑变量之间逻辑函数关系的代数式。常用的有两种形式：与–或表达式和或–与表达式。

① 与–或表达式。逻辑函数表达式包含若干与项，每个与项中的变量分别以原变量或反变量的形式出现，各个与项以或的形式连接，构成函数的与–或表达式。如

$$F(A,B,C)=AB+AC+BC$$

② 或–与表达式。逻辑函数表达式包含若干或项，每个或项中的变量分别以原变量或反变量的形式出现，各个或项以与的形式连接，构成函数的或–与表达式。如

$$F(A,B,C)=(A+B+C)(B+C)(\overline{A}+C)$$

有时也可以使用逻辑函数表达式的混合形式，如

$$F(A,B,C,D)=(A+BC)D+\overline{A}(B+CD)+ACD$$

（2）逻辑函数真值表。

描述输入逻辑变量及输出逻辑变量取值的、由字母和符号 1、0 组成且经过赋值的表格，简称为真值表。逻辑函数的真值表具有唯一性。

（3）逻辑图。

实现逻辑函数的电原理图。主要由逻辑门电路图形符号和连线构成。

（4）波形图。

根据输入逻辑变量 0、1 的取值和输入、输出逻辑变量之间的函数关系，确定输出逻辑变量变化规律的图形。

卡诺图的描述方法将在本章 1.2.5 节进行详细介绍。

描述逻辑函数的各种方法之间可以相互转换，即根据逻辑函数的一种描述形式均可以推出该逻辑函数的其他描述形式。

【例 1.17】做出逻辑函数 $F=AB+\overline{BC}$ 的真值表，画出相应逻辑图。

解：函数 $F=AB+\overline{BC}$ 的真值表见表 1.9。其逻辑图如图 1.6 所示。

表 1.9　【例 1.17】真值表

输入逻辑变量			输出逻辑变量
A	B	C	F
0	0	0	0
0	0	1	1
0	1	0	0
0	1	1	0
1	0	0	0
1	0	1	1
1	1	0	1
1	1	1	1

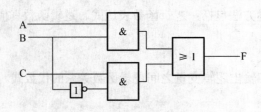

图 1.6 【例 1.17】逻辑图

【例 1.18】逻辑函数 F 的真值表见表 1.10，根据真值表写出函数 F 的表达式，画出逻辑图。

表 1.10 【例 1.18】真值表

输入逻辑变量		输出逻辑变量
A	B	F
0	0	1
0	1	0
1	0	0
1	1	1

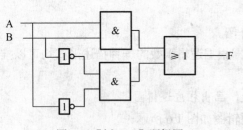

图 1.7 【例 1.18】逻辑图

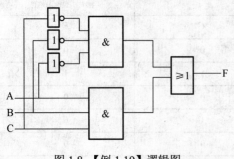

图 1.8 【例 1.19】逻辑图

解：该例题要求根据函数真值表求出函数表达式。根据真值表推导逻辑函数表达式的方法是：将真值表中函数值 F（输出逻辑变量）为 1 的行对应的输入逻辑变量组合取出，变量值为 1 的输入变量以原变量形式出现，变量值为 0 的输入变量以反变量形式出现；同一组合中的输入变量（一行）构成一个与项，再将符合条件的与项相或，便得到逻辑函数的与–或表达式。对于该例

$$F = AB + \overline{A}\ \overline{B}$$

逻辑图如图 1.7 所示。

【例 1.19】逻辑函数 F 的逻辑图如图 1.8 所示，写出 F 的表达式，并列出真值表。

解：根据逻辑图可以由前向后或由后向前逐级写出输出逻辑函数表达式，则可得相应的逻辑函数表达式为

$$F = ABC + \overline{A}\ \overline{B}\ \overline{C}$$

真值表见表 1.11。

表 1.11 【例 1.19】真值表

输入逻辑变量			输出逻辑变量
A	B	C	F
0	0	0	1
0	0	1	0
0	1	0	0
0	1	1	0
1	0	0	0
1	0	1	0
1	1	0	0
1	1	1	1

【例 1.20】逻辑函数的逻辑图及输入变量的波形如图 1.9 所示，试画出输出变量 F 的波形图。

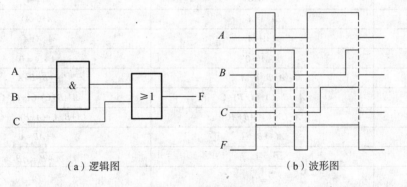

（a）逻辑图　　　　　　　　（b）波形图

图 1.9 【例 1.20】图

解：根据图 1.9（a），确定输出与输入的逻辑关系为

$$F=AB+C$$

根据此逻辑关系及输入变量波形，画出输出变量波形如图 1.9（b）所示。

【例 1.21】逻辑函数输入变量 A、B 及输出变量 F 的波形如图 1.10 所示，试确定输出变量 F 与 A、B 的关系。

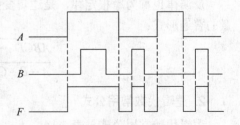

图 1.10 【例 1.21】图

解：根据图 1.10 描述的逻辑关系，确定 F 与 A、B 的真值表（见表 1.12）。

表 1.12 【例 1.21】真值表

输入逻辑变量		输出逻辑变量
A	B	F
0	0	0
0	1	1

输入逻辑变量		输出逻辑变量
1	0	1
1	1	1

由真值表可知：输出 F 与输入 A、B 是或的关系。

1.2.3　逻辑代数基本定律与规则

1. 逻辑代数基本定律

逻辑代数的基本定律见表 1.13。

表 1.13　逻辑代数基本定律

定 律 名 称	定 律 内 容	
0-1 律	$A \cdot 0 = 0$	$A + 1 = 1$
自等律	$A \cdot 1 = A$	$A + 0 = A$
重叠律	$A \cdot A = A$	$A + A = A$
互补律	$A \cdot \overline{A} = 0$	$A + \overline{A} = 0$
交换律	$A \cdot B = B \cdot A$	$A + B = B + A$
结合律	$A \cdot (B \cdot C) = (A \cdot B) \cdot C$	$A + (B + C) = (A + B) + C$
分配律	$A \cdot (B + C) = AB + AC$	$A + B \cdot C = (A + B)(A + C)$
吸收律	$A(A + B) = A$	$A + AB = A$
反演律	$\overline{AB} = \overline{A} + \overline{B}$	$\overline{A + B} = \overline{A}\,\overline{B}$
还原律	$\overline{\overline{A}} = A$	

反演律也称为摩根定律，是逻辑变换中经常使用的定律之一，该定律还可以推广为多变量的普遍形式：

$$\overline{ABCD \cdots} = \overline{A} + \overline{B} + \overline{C} + \overline{D} + \cdots$$

$$\overline{A + B + C + D + \cdots} = \overline{A}\,\overline{B}\,\overline{C}\,\overline{D} \cdots$$

2. 逻辑代数常用公式

逻辑代数常用公式见表 1.14。

表 1.14　逻辑代数常用公式

公式 1	$AB + A\overline{B} = A$	$(A + B)(A + \overline{B}) = A$
公式 2	$A + \overline{A}B = A + B$	$A(\overline{A} + B) = AB$
公式 3	$AB + \overline{A}C = (A + C)(\overline{A} + B)$	$(A + B)(\overline{A} + C) = AC + \overline{A}B$
公式 4	$AB + \overline{A}C + BC = AB + \overline{A}C$	$(A + B)(\overline{A} + C)(B + C) = (A + B)(\overline{A} + C)$
	$AB + \overline{A}C + BCDE = AB + \overline{A}C$	
公式 5	$\overline{AB + A\overline{B}} = AB + \overline{A}\,\overline{B}$	
公式 6	$A\overline{AB} = A\overline{B}$	$\overline{A}\,\overline{AB} = \overline{A}$

公式（4）中的与项 BC、$BCDE$ 或项（$B+C$）称为冗余项。冗余项是指逻辑代数表达式中，对表达式的结果不产生影响的项，但表达式中适当增加冗余项，对克服电路可能存在的竞争冒险现象有积极作用，如后所述。

3. 逻辑代数基本法则

逻辑代数中有 3 个重要法则——代入法则、反演法则、对偶法则。

（1）代入法则。

在任何一个逻辑等式中，如果将等式两边所有出现某一变量的地方，代之以一个逻辑函数，则此等式仍然成立。

【例 1.22】已知等式 $A+\overline{A}B=A+B$ 成立，将函数 $F(C,D)=C+D$ 代替原等式中的变量 B，证明等式仍然成立。

证明： 将 $F(C,D)=C+D$ 代入原等式，可得

等式左边 $A+\overline{A}B=A+\overline{A}(C+D)=A+\overline{A}C+\overline{A}D=F_1$

等式右边 $A+B=A+C+D=F_2$

根据以上两式，能否确定 $F_1=F_2$？因此需要首先明确逻辑函数"相等"的概念。

设逻辑函数 F、G 均为逻辑变量 $A_1, A_2, \cdots, A_n$ 的函数，对于变量任一组取值的组合，F 和 G 的值均相等，称逻辑函数 F 和 G 相等。

对于 F_1 和 F_2，可以采用列真值表的方法，判断两个函数是否相等，见表 1.15。

表 1.15 代入法则的证明

输 入 变 量				输 出 变 量	
A	B	C	D	F_1	F_2
0	0	0	0	0	0
0	0	0	1	1	1
0	0	1	0	1	1
0	0	1	1	1	1
0	1	0	0	0	0
0	1	0	1	1	1
0	1	1	0	1	1
0	1	1	1	1	1
1	0	0	0	1	1
1	0	0	1	1	1
1	0	1	0	1	1
1	0	1	1	1	1
1	1	0	0	1	1
1	1	0	1	1	1
1	1	1	0	1	1
1	1	1	1	1	1

由此可知，$F_1=F_2$。

等式成立。

（2）反演法则。

根据已知函数求其反函数的过程称为反演。

对于已知逻辑函数 F，求其反函数 $\bar{F}$ 时，只需将 F 中所有的原变量变为反变量，反变量变为原变量；"·"变为"＋"，"＋"变为"·"；0 变为 1，1 变为 0，就得到 $\bar{F}$。这就是反演法则。

在求反函数的过程中应注意：一是保证原函数运算顺序不变，运算的优先顺序依次为：括号内的逻辑运算、逻辑与、逻辑或；二是非单个变量上的非号应保持不变。

【例 1.23】 利用反演法则，求逻辑函数 F 的反函数。

（1）$F_1 = A(B+C) + CD$

（2）$F_2 = \overline{\overline{A\bar{B} + \bar{D}} + C} + \bar{C}$

解： 利用反演法则可求出函数 F 的反函数。

① $F_1 = A(B+C) + CD$

$\bar{F_1} = (\bar{A} + \overline{BC})(\bar{C} + \bar{D})$

② $F_2 = \overline{\overline{A\bar{B} + \bar{D}} + C} + \bar{C}$

$\bar{F_2} = \overline{\overline{(\bar{A} + B)D}C}C$

（3）对偶法则。

对于已知逻辑函数 F，将 F 中的"·"变为"＋"，"＋"变为"·"；0 变为 1，1 变为 0；变量保持不变，得到一个新的逻辑函数 F'，称其为函数 F 的对偶函数（或对偶式）。也可以说函数 F 和 F' 互为对偶式。

若两个逻辑函数相等，则它们各自的对偶函数也相等。这就是对偶法则。

同样，在求已知函数对偶式的过程中，同样应注意保持原函数的运算顺序不变；非单个变量上的非号应保持不变。

【例 1.24】 利用对偶法则，求逻辑函数 F 的对偶函数。

（1）$F_1 = A(B+C) + CD$

（2）$F_2 = \overline{\overline{A\bar{B} + \bar{D}} + C} + \bar{C}$

解： ① $F_1 = A(B+C) + CD$

$F_1' = (A + BC)(C + D)$

② $F_2 = \overline{\overline{A\bar{B} + \bar{D}} + C} + \bar{C}$

$F_2' = \overline{\overline{(A + \bar{B})D}C}\bar{C}$

对于部分逻辑函数表达式，可以采用证明两个逻辑函数各自对偶式相等的方法，来证明两个逻辑函数的相等。如表 1.14 右列的公式等号左右两边的式子分别是左列公式等号左右两边式子的对偶式，因此只要能证明左列的公式成立，则右侧的公式也相应成立。

1.2.4　逻辑函数标准表达式

逻辑函数的表达式除了与–或表达式和或–与表达式外，常用的表示形式还有"与非–与非"式、"或非–或非"式、"与–或–非"式等。例如：

"与非–与非"式，如 $F = \overline{\overline{AB} \cdot \overline{CD}}$；

"或非–或非"式，如 $F = \overline{\overline{A+B} + \overline{C+D}}$；

"与–或–非"式，如 $F = \overline{AB + CD}$。

分析问题时，应根据具体要求，选择适当的函数表示形式。

逻辑函数标准表达式的出现，可以解决由于逻辑函数存在不同的表示形式给分析和解决实际问题带来的困难。

1. 最小项之和表达式——标准"与–或"表达式

逻辑函数的最小项，是指包含函数中所有变量的一个与项，其中每个变量仅以原变量或反变量的形式出现一次，也称做标准与项。

一个逻辑函数用最小项之和的形式表示，称为函数的最小项之和表达式，即标准与–或表达式。如 $F(A,B,C)=ABC+\overline{A}BC+AB\overline{C}+\overline{A}\,\overline{B}\,\overline{C}$ 是三变量函数 F 的最小项之和表达式，而 $Y(A,B,C)=ABC+AC+\overline{A}B$ 不是三变量函数 Y 的最小项之和表达式。

n 个输入变量的逻辑函数，有 2^n 个最小项。三变量逻辑函数 $F(A,B,C)$ 的 8 个最小项见表 1.16。

在一个逻辑函数的标准表达式中，可能包含所有的最小项，也可能只包含部分最小项。为方便表示，一般用 m_i 表示第 i 个最小项：在输入变量顺序确定后，将某一最小项中的原变量记为 1，反变量记为 0，由此形成一个二进制数，此二进制数对应的十进制数即为 i。

表 1.16　三变量逻辑函数的最小项

序　号	输　入　变　量 $A\ B\ C$		对应的最小项	最小项编号
0	0 0 0		$\overline{A}\,\overline{B}\,\overline{C}$	m_0
1	0 0 1		$\overline{A}\,\overline{B}C$	m_1
2	0 1 0		$\overline{A}B\overline{C}$	m_2
3	0 1 1		$\overline{A}BC$	m_3
4	1 0 0		$A\overline{B}\,\overline{C}$	m_4
5	1 0 1		$A\overline{B}C$	m_5
6	1 1 0		$AB\overline{C}$	m_6
7	1 1 1		ABC	m_7

上表中，最小项 ABC 对应的变量取值为 111，即十进制数 7，所以该最小项记作 m_7。

关于逻辑函数的最小项，应注意：

① 逻辑函数变量数不同，其最小项包含的变量数目就不同，不说明变量数目的最小项没有意义，如对于三变量逻辑函数，$\overline{A}\,\overline{B}\,\overline{C}$ 是一个最小项，而对于四变量的逻辑函数，$\overline{A}\,\overline{B}\,\overline{C}$ 就不是最小项；

② 对应逻辑函数中的一个最小项，只有一组变量取值使其为 1，不同的最小项，使函数值为 1 的变量取值不同；

③ 一个逻辑函数任意两个最小项的与为零；

④ n 变量的全部 2^n 个最小项的或为 1。

逻辑函数最小项之和表达式具有唯一性，任何逻辑函数的表达式都可以写成最小项之和表达式的形式。

【例 1.25】三变量逻辑函数 $F(A,B,C)$ 的真值表见表 1.17，试根据真值表写出该逻辑函数的最小项之和表达式。

表 1.17　【例 1.25】真值表

输入逻辑变量			输出逻辑变量
A	B	C	F
0	0	0	1
0	0	1	1
0	1	0	0
0	1	1	1
1	0	0	0
1	0	1	1
1	1	0	0
1	1	1	0

解： 构成一个逻辑函数最小项的变量取值组合，对应的函数值为 1。

由上表可知：当 ABC 取值为 000、001、011、101 时，F 为 1。所以，该函数最小项之和表达式为

$$F = \overline{A}\,\overline{B}\,\overline{C} + \overline{A}\,\overline{B}C + \overline{A}BC + A\overline{B}C = m_0 + m_1 + m_3 + m_5 = \sum m(0,1,3,5)$$

【例 1.26】 已知 $F(A,B,C) = \sum m(0,2,4,5,7)$，试列出其真值表。

解： $F(A,B,C) = \sum m(0,2,4,5,7) = m_0 + m_2 + m_4 + m_5 + m_7 = \overline{A}\,\overline{B}\,\overline{C} + \overline{A}B\overline{C} + A\overline{B}\,\overline{C} + A\overline{B}C + ABC$

以上最小项对应的变量取值组合依次为：000、010、100、101、111。真值表见表 1.18。

表 1.18　【例 1.26】、【例 1.28】真值表

输入逻辑变量			输出逻辑变量
A	B	C	F
0	0	0	1
0	0	1	0
0	1	0	1
0	1	1	0
1	0	0	1
1	0	1	1
1	1	0	0
1	1	1	1

根据函数 F 的真值表，可以推得反函数 $\overline{F}$ 的最小项表达式。对于上例：

若　　　　　　　　　　$F(A,B,C) = \sum m(0,2,4,5,7)$

则　　　　　　　　　　$\overline{F}(A,B,C) = \sum m(1,3,6)$

另外，还可以使用"配项法"求出函数最小项之和的标准形式。

【例 1.27】 三变量逻辑函数 $F(A,B,C) = A + \overline{B}C$，写出其最小项之和的标准形式。

解：
$$F(A,B,C) = A + \overline{B}C = A(\overline{B}+B)(\overline{C}+C) + (\overline{A}+A)\overline{B}C$$
$$= (A\overline{B}+AB)(\overline{C}+C)(\overline{A}+A)\overline{B}C$$
$$= A\overline{B}\,\overline{C} + A\overline{B}C + AB\overline{C} + ABC + \overline{A}\,\overline{B}C + A\overline{B}C$$
$$= \overline{A}\,\overline{B}C + A\overline{B}\,\overline{C} + A\overline{B}C + AB\overline{C} + ABC$$
$$= \sum m(1,4,5,6,7)$$

求函数的最小项之和表达式时，首先将函数变换成与–或表达形式，然后使用"配项法"，即若某一与项缺少一变量 x，则在该与项中填加 $(x+\overline{x})$ 项，再利用上述方法展开、合并即可。

2. 最大项之积表达式——标准"或–与"表达式

逻辑函数的最大项，是包含该函数中所有变量的一个或项，其中每个变量仅以原变量或反变量的形式出现一次，也称做标准或项。

逻辑函数可以用最大项之积的形式表示，称为函数的最大项之积表达式，即标准或–与表达式。如 $F(A,B,C)=(A+B+C)(\overline{A}+\overline{B}+\overline{C})$ 是三变量逻辑函数 F 的最大项之积表达式，而 $Y(A,B,C)=(A+B+C)(\overline{A}+C)(A+B)$ 不是三变量逻辑函数 Y 的最大项之积表达式。n 变量逻辑函数，存在 2^n 个最大项。

一个函数的最大项之积表达式，可能包含该函数所有的最大项，也可能包含部分最大项。为方便表示，用 M_i 表示最大项，在输入变量顺序确定后，将某一最大项中的原变量记为 0，反变量记为 1，由此形成一个二进制数，此二进制数对应的十进制数即为 i。三变量逻辑函数包含的最大项见表 1.19。

表 1.19　三变量逻辑函数的最大项

序号	输入变量 $A\ \ B\ \ C$			对应的最大项	最大项编号
0	0	0	0	$A+B+C$	M_0
1	0	0	1	$A+B+\overline{C}$	M_1
2	0	1	0	$A+\overline{B}+C$	M_2
3	0	1	1	$A+\overline{B}+\overline{C}$	M_3
4	1	0	0	$\overline{A}+B+C$	M_4
5	1	0	1	$\overline{A}+B+\overline{C}$	M_5
6	1	1	0	$\overline{A}+\overline{B}+C$	M_6
7	1	1	1	$\overline{A}+\overline{B}+\overline{C}$	M_7

例如，三变量逻辑函数的最大项 $\overline{A}+\overline{B}+C$ 对应的变量取值为 110，即十进制数 6，所以该最大项记作 M_6。

在知道一个逻辑函数最大项编号的情况下，可以方便地写出其逻辑变量表达式。

关于逻辑函数的最大项，应注意：

① 逻辑函数变量数不同，最大项包含变量数目不同，不说明变量数目的最大项没有意义；

② 一个逻辑函数中的任意一个最大项，只有一组变量取值使其为 0；

③ 一个函数任意两个最大项的或为 1；

④ n 变量的全部 2^n 个最大项的与为 0。

【例 1.28】三变量逻辑函数 $F(A,B,C)$ 的真值表见表 1.18，试求出其最大项之和的标准形式。

解： 构成函数最大项的变量取值组合，对应的函数值为 0。由表 1.18 知：当 ABC 取值为 001、011、110 时，F 为 0。所以，该函数最大项之积表达式为

$$F = (A+B+\overline{C})(A+\overline{B}+\overline{C})(\overline{A}+\overline{B}+C)$$
$$= M_1 \cdot M_3 \cdot M_6$$
$$= \prod M(1,3,6)$$

由于逻辑函数的真值表具有唯一性，所以【例 1.26】和【例 1.28】描述的是同一逻辑函数。所以，一个逻辑函数同时存在最小项之和表达式与最大项之积表达式两种标准表达形式。它们同时表示一个逻辑函数。可以证明，对同一函数

$$\overline{m_0} = M_0, \overline{m_1} = M_1, \cdots, \overline{m_i} = M_i$$

即同一下标的最大项和最小项是互补的。由于函数值非 0 即 1，所以根据函数的一种标准形式，很容易推得另一种标准形式。如已知 $F(A,B,C) = m_0+m_1+m_3+m_5+m_7 = \sum m(0,1,3,5,7)$，则可以直接写出 $F(A,B,C) = \sum m(0,1,3,5,7) = \prod M(2,4,6)$。

【例 1.29】 写出逻辑函数 $F(A,B,C,D) = A\overline{B}\overline{C}D + \overline{A}CD + AC$ 的两种标准表示形式。

解： 首先求出函数的最小项之和表示形式。

$$F(A,B,C,D) = A\overline{B}\overline{C}D + \overline{A}CD + AC = A\overline{B}\overline{C}D + \overline{A}CD(B+\overline{B}) + AC(B+\overline{B})(D+\overline{D})$$
$$= A\overline{B}\overline{C}D + \overline{A}BCD + \overline{A}\overline{B}CD + ABC(D+\overline{D}) + A\overline{B}C(D+\overline{D})$$
$$= A\overline{B}\overline{C}D + \overline{A}BCD + \overline{A}\overline{B}CD + ABCD + ABC\overline{D} + A\overline{B}CD + A\overline{B}C\overline{D}$$
$$= \overline{A}\overline{B}CD + \overline{A}BCD + A\overline{B}\overline{C}D + A\overline{B}C\overline{D} + A\overline{B}CD + ABC\overline{D} + ABCD$$
$$= \sum m(3,7,9,10,11,14,15)$$

根据函数的最小项之和表示形式可以直接写出函数的最大项之积表达形式。

$$F(A,B,C,D) = \sum m(3,7,9,10,11,14,15)$$
$$= \prod M(0,1,2,4,5,6,8,12,13)$$
$$= (A+B+C+D)(A+B+C+\overline{D})(A+B+\overline{C}+D)(A+\overline{B}+C+D)(A+\overline{B}+C+\overline{D})$$
$$(A+\overline{B}+\overline{C}+D)(\overline{A}+B+C+D)(\overline{A}+\overline{B}+C+D)(\overline{A}+\overline{B}+C+\overline{D})$$

1.2.5 逻辑函数的化简

为使用最简单的电路实现逻辑函数，需对得到的逻辑函数表达式进行化简，以求出最简单的表达式。一个逻辑函数可以有多种表达式，因而对应的实现电路也各不相同。完成同样的逻辑功能，电路越简单越好，即在电路正常工作的前提下，逻辑函数表达式中包含的项数最少；同时每项中包含的变量数最少。简单的电路成本低、功耗小、电路可靠性高。例如：

$$F_1(A,B,C,D) = A\overline{B}C + \overline{A}B + \overline{A}D + C + BD$$
$$F_2(A,B,C,D) = \overline{B} + C + D$$

列出 F_1、F_2 的真值表，可知二者表示的是同一个逻辑函数，显然 F_2 比 F_1 简单得多。

逻辑函数的化简有多种方法，常用的有基于表达式的公式化简法；基于图形的卡诺图化简法等。

1. 公式化简法

公式化简法是使用逻辑代数的基本定律和常用公式对函数进行化简的方法。公式化简法没有固定的步骤，常用的方法包括以下几种。

（1）并项法。

应用 $AB + A\overline{B} = A$，将两项合并为一项，消去相应变量 B、$\overline{B}$。根据代入法则，以上变量 A、B 均可以扩展为任意复杂逻辑表达式。如：

$$F_1 = ABC + AB\overline{C} + A\overline{B} = AB(C + \overline{C}) + A\overline{B} = AB + A\overline{B} = A(B + \overline{B}) = A$$

$$F_2 = \overline{A}\overline{B} + ACD + \overline{A}B + \overline{A}CD = A(\overline{B} + CD) + \overline{A}(\overline{B} + CD) = \overline{B} + CD$$

（2）配项法。

应用 $A + \overline{A} = 1$，将 $A + \overline{A}$ 与某乘积项相乘，而后展开、合并化简。如

$$F = AB + \overline{A}\overline{C} + B\overline{C} = AB + \overline{A}\overline{C} + B\overline{C}(A + \overline{A}) = AB + \overline{A}\overline{C} + AB\overline{C} + \overline{A}B\overline{C}$$

$$= AB(1 + \overline{C}) + \overline{A}\overline{C}(1 + B) = AB + \overline{A}\overline{C}$$

有时，也可以利用添加冗余项的方法化简。如

$$F = AB + \overline{A}C + BCD = AB + \overline{A}C + BC + BCD = AB + \overline{A}C + BC = AB + \overline{A}C$$

（3）加项法。

应用 $A+A=A$，在逻辑函数表达式中加相同的项，再进行合并化简。如

$$F = ABC + \overline{A}BC + A\overline{B}C = ABC + \overline{A}BC + A\overline{B}C + ABC$$

$$= BC(A + \overline{A}) + AC(\overline{B} + B) = BC + AC$$

（4）吸收法。

应用 $A+AB=A$，消去多余因子。如：

$$F_1 = \overline{B}C + \overline{A}\overline{B}C(D + E) = \overline{B}C[1 + A(D + E)] = \overline{B}C$$

$$F_2 = AB + AB\overline{C} + ABD + AB(\overline{C} + \overline{D}) = AB[1 + \overline{C} + D + (\overline{C} + \overline{D})] = AB$$

【例 1.30】用公式法化简

$$F = AD + A\overline{D} + AB + \overline{A}C + BD + ACEF + \overline{B}EF + DEFG$$

解： $F = AD + A\overline{D} + AB + \overline{A}C + BD + ACEF + \overline{B}EF + DEFG$

（由并项法，$AD + A\overline{D} = A$，化简得）

$$F = A + AB + \overline{A}C + BD + ACEF + \overline{B}EF + DEFG$$

（由吸收法，$A+AB=A$，及 $A+ACEF=A$，化简得）

$$F = A + \overline{A}C + BD + \overline{B}EF + DEFG$$

（由吸收法，$A + \overline{A}C = A + C$，化简得）

$$F = A + C + BD + \overline{B}EF + DEFG$$

式中后三项利用配项法（添加冗余项），即

$$BD + \overline{B}EF + DEFG = (BD + \overline{B}EF + DEF) + DEFG = BD + \overline{B}EF$$

所以，化简得 $\qquad F = A + C + BD + \overline{B}EF$

【例 1.31】用公式法化简

$$F = (\overline{A\overline{B} + \overline{A}BC} + A\overline{B}C)(AD + BC)$$

解：

$$F = (\overline{A\overline{B} + \overline{A}BC} + A\overline{B}C)(AD + BC) = [\overline{(AB + \overline{A}B)C} + A\overline{B}C](AD + BC)$$

$$= [\overline{ABC + \overline{A}BC} + A\overline{B}C](AD + BC) = (\overline{AC} + \overline{A}\overline{B}C)(AD + BC)$$

$$= (\overline{AC} + \overline{B}C)(AD + BC) = ACD + ABC + \overline{A}\overline{B}CD = ACD + ABC$$

对函数的或-与表达式，除应用以上方法对函数进行变换化简外，也可以首先将函数的或-与式转换成与-或对偶式，对其进行化简后，再求一次对偶，得到化简后的原函数。

【例 1.32】化简函数

$$F = (\overline{A} + \overline{B})(\overline{A} + \overline{C} + D)(A + \overline{C})(B + \overline{C})$$

解：因为

$$F = (\overline{A} + \overline{B})(\overline{A} + \overline{C} + D)(A + \overline{C})(B + \overline{C})$$

所以

$$F' = \overline{A}\overline{B} + \overline{A}\overline{C}D + A\overline{C} + B\overline{C} = \overline{A}\overline{B} + \overline{C}(\overline{A}D + A) + B\overline{C}$$

$$= \overline{A}\overline{B} + \overline{C}(D + A) + B\overline{C} = \overline{A}\overline{B} + A\overline{C} + \overline{C}D + B\overline{C}$$

$$= \overline{A}\overline{B} + B\overline{C} + \overline{A}\overline{C} + A\overline{C} + \overline{C}D = \overline{A}\overline{B} + B\overline{C} + \overline{C} + \overline{C}D$$

$$= \overline{A}\overline{B} + \overline{C}$$

得

$$F = (F')' = (\overline{A} + \overline{B})\overline{C}$$

公式法化简逻辑函数，需熟练掌握逻辑代数的基本定律和常用公式。当逻辑函数表达式比较复杂时，过程复杂且不易判断结果是否正确。因此公式化简法只能对简单的逻辑函数进行化简，作为逻辑函数化简的辅助手段之一。

2. 卡诺图化简法

卡诺图化简法是由美国工程师卡诺提出的一种逻辑函数化简方法。利用卡诺图化简逻辑函数，是将具有相邻性的最小项（或最大项）合并，从而消去一个或多个变量，使逻辑函数表达形式最简。卡诺图化简法简便直观，规律性强，可方便地得到函数最简表达式，应用广泛。当逻辑函数的变量数不超过 5 个时，卡诺图化简法是化简逻辑函数的有效工具。

（1）卡诺图。

卡诺图是逻辑函数的一种图形表示形式，用方格表示输入变量取值和相应的函数值。输入变量的取值按循环码方式排列，使卡诺图中任意 2 个相邻方格对应的最小项（或最大项）只有一个变量不同。由于 n 变量逻辑函数有 2^n 个最小项，因此 n 变量逻辑函数的卡诺图有 2^n 个方格，每个方格代表一个相应的最小项（或最大项）。

2、3、4 变量卡诺图结构如图 1.11 所示。

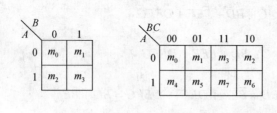

图 1.11　卡诺图的结构

做空白卡诺图时，应注意：

① 对应每一个最小项（或最大项），相应的方格序号习惯上将行变量作为高位组，列变量作为低位组；

② 行、列变量的取值顺序按照循环码的编码顺序排列；即二变量按照 00、01、11、10 的顺序排列，三变量按照 000、001、011、010、110、111、101、100 的顺序排列；以保证相邻（行或列）两个码仅有一个变量不同，这是卡诺图方格的相邻性。

③ 卡诺图方格的相邻性除几何相邻（位置相邻）外，相邻还包含一种对称（镜像）相邻：即以方格矩阵的水平或垂直中心线为轴，彼此对称的方格也是相邻的。

（2）卡诺图表示逻辑函数。

① 标准形式逻辑函数的填入。函数的最小项，其变量取值使函数值为 1。所以对已知函数的最小项之和表达式填入卡诺图时，在构成函数最小项的相应方格中填 1，其余方格填 0 即可。对于函数的最大项之积表达式，由于函数值为 0 的那些最小项的下标与函数最大项下标相同，所以可按最大项下标向相应卡诺图方格中填 0，其余方格填 1 即可。

② 函数非标准式的填入。对于与–或式，将每个与项中的原变量对应卡诺图中该变量取值为 1，反变量对应取值为 0，找出卡诺图上交叉的方格，填 1；其余方格填 0。对于或—与式，可以首先利用反演法则求出其反函数的与–或式，反函数值为 0（1）的方格在原函数卡诺图中填入 1（0）。举例如图 1.12 所示。

A \\ BC	00	01	11	10
0	0	1	1	1
1	0	1	1	0

$$F(A,B,C) = ABC + \overline{A}B + \overline{B}C$$

A \\ BC	00	01	11	10
0	0	0	0	1
1	1	0	1	1

$$F(A,B,C) = (A + B + \overline{C})(A + B)(A + \overline{C})(B + \overline{C})$$

AB \\ CD	00	01	11	10
00	0	0	0	1
01	0	0	1	0
11	0	0	0	0
10	1	1	1	1

$$F(A,B,C,D) = A\overline{B}\,\overline{C} + AC + \overline{A}BC + \overline{B}C\overline{D}$$

（a）函数与或式的填入

AB \\ CD	00	01	11	10
00	0	1	0	1
01	1	1	1	1
11	1	0	0	0
10	0	1	1	1

$$F(A,B,C,D) = (B + C + D)(A + \overline{C} + D)(\overline{A} + \overline{B} + C)(\overline{A} + \overline{B} + \overline{D})$$

（b）函数或与式的填入

A \\ CD	00	01	11	10
0	1	0	1	0
1	1	0	1	0

$$F(A,B,C)=\sum m(0,3,4,7)$$

A \\ CD	00	01	11	10
0	0	1	1	0
1	1	1	1	0

$$F(A,B,C)=\Pi M(0,2,6)$$

AB \\ CD	00	01	11	10
00	0	1	1	0
01	0	0	1	0
11	0	0	0	0
10	0	0	1	0

$$F(A,B,C,D)=\sum m(1,3,7,11)$$

（c）函数标准与或式的填入

AB \\ CD	00	01	11	10
00	0	1	0	1
01	1	1	1	0
11	1	1	0	1
10	1	0	1	1

$$F(A,B,C,D)=\Pi M(0,3,6,9,15)$$

（d）函数标准或与式的填入

图 1.12　卡诺图表示逻辑函数

（3）卡诺图法化简逻辑函数。

卡诺图中任意 2 个相邻的最小项（或最大项）可以合并为一个与项（或一个或项），并消去其中取值不同的变量；卡诺图中 4 个相邻项可以合并为一项，并消去其中 2 个取值不同的变量；卡诺图中 8 个相邻项可以合并为一项，并消去其中 3 个取值不同的变量；依此类推。即卡诺图中 2^n 个相邻的最小项（或最大项）项可以合并为一项，并消去 n 个取值不同的变量，只剩下公共因子。

卡诺图法化简逻辑函数的具体步骤为：

① 根据逻辑函数表达式填充卡诺图；

② 找出可以合并的最小项（或最大项）——圈围卡诺圈；

③ 根据圈围结果，按照要求求出逻辑函数的最简"与-或"（或"或-与"）表达式。

以得到逻辑函数的最简与或式为例，说明对卡诺圈进行圈围时应注意的问题：

① 填"1"的格允许被一个以上的圈圈围；

② 填"1"格不能漏圈；

③ 形成圈的个数要尽量少；

④ 形成圈的面积尽量大，但必须为 2^n 个符合条件的相邻方格；

⑤ 每个圈中应至少包括一个未被圈围过的"1"方格。否则这个圈是多余的。

卡诺图中圈"1"是进行最小项的合并，每个圈中的最小项合并为一个"与"项，所有卡诺圈对应的"与"项之或即为函数的最简"与-或"式。

根据卡诺圈获得"与"项的规则为：该圈所对应的某个自变量取值为"1"时，该自变量在"与"项中以原变量形式出现；自变量取值为"0"时，该自变量在"与"项中以反变量形式出现。

卡诺图中圈"0"是进行最大项的合并，每个圈中的最大项合并为一个"或"项，所有卡诺圈对应的"或"项之与就是函数的最简"或-与"式。根据卡诺圈获得"或"项的规则为：该圈对应的某个自变量取值为"0"时，该自变量在"或"项中取原变量形式；自变量取值为"1"时，该自变量在"或"项中取反变量形式。

卡诺图方格合并举例如图 1.13 所示。

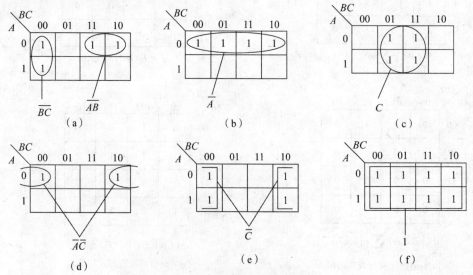

图 1.13　卡诺图方格合并举例

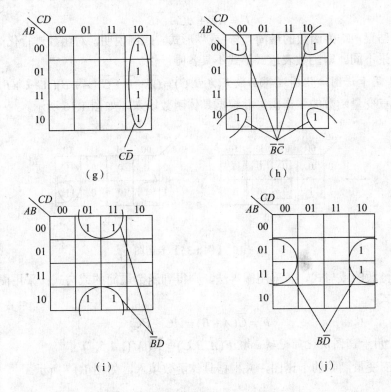

图 1.13 卡诺图方格合并举例（续）

【例 1.33】用卡诺图法化简逻辑函数 $F(A,B,C)=\overline{AB}+A\overline{B}C+ABC$ 。

解： 做出三变量函数的卡诺图，并根据具体函数填入，如图 1.14 所示。

按照化简规则，对填 "1" 的方格进行圈围，得到化简结果为

$$F(A,B,C)=\overline{AB}+AC$$

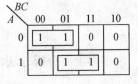

图 1.14 【例 1.33】卡诺图

【例 1.34】利用卡诺图法化简函数 $F(A,B,C)=\sum m\,(1,2,3,4,5,6)$ 。

解： 逻辑函数 F 的卡诺图如图 1.15（a）所示。

图中的卡诺圈有两种圈法，如图 1.15（b）、（c）所示。

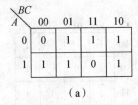

（a）

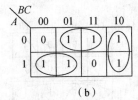

（b）

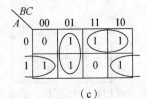

（c）

图 1.15 【例 1.34】卡诺图

对两种圈法分别进行化简，可得

$$F=A\overline{B}+\overline{A}C+B\overline{C}$$

$$F = A\overline{C} + \overline{B}C + \overline{A}B$$

以上两个结果，均为函数的最简"与-或"形式。此例说明，对函数进行化简，圈围的卡诺圈不同，结果不同。即函数表达式形式不具备唯一性。

【例1.35】用卡诺图法化简逻辑函数 $F(A,B,C) = (\overline{A} + \overline{B} + \overline{C})(A + B)(A + \overline{C})(B + \overline{C})$。

解： 做出三变量函数的卡诺图，并根据具体函数填入，如图1.16所示。

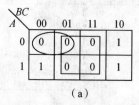 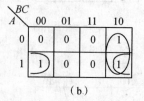

（a）　　　　　　　　　（b）

图1.16 【例1.35】卡诺图

对于该例函数的或与式，若采用圈零法，则得到函数最简的或与式；采用圈1法，则得到最简的与或式

$$F = \overline{C}(A + B) = A\overline{C} + B\overline{C}$$

【例1.36】用卡诺图法化简逻辑函数 $F(A,B,C) = \prod M(1,4,5,7)$。

解： 做出三变量函数的卡诺图，并根据具体函数填入，如图1.17所示。

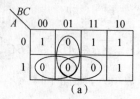 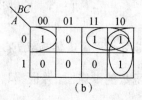

（a）　　　　　　　　　（b）

图1.17 【例1.36】卡诺图

参考上例分析方法，可得

$$F = (\overline{A} + B)(\overline{A} + \overline{C})(B + \overline{C}) = \overline{A}C + \overline{A}B + B\overline{C}$$

【例1.37】用卡诺图法化简逻辑函数 $F = ABC + ABD + \overline{C}D + \overline{A}C\overline{D} + A\overline{C}D$

解： 逻辑函数 F 的卡诺图如图1.18（a）所示。

分别按圈"1"法和圈"0"法圈围卡诺圈，如图1.18（b）、（c）所示。

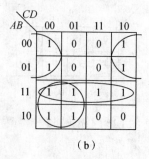 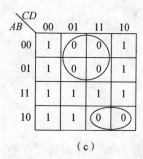

（a）　　　　　（b）　　　　　（c）

图1.18 【例1.37】卡诺图

对两种圈法分别进行化简，可得

$$F = \overline{A}\overline{D} + AB + A\overline{C}$$
$$F = (A + \overline{D})(\overline{A} + B + \overline{C})$$

【例1.38】用卡诺图法化简逻辑函数

$$F(A,B,C,D) = \sum m(0,2,4,6,8,10)。$$

解： 逻辑函数 F 的卡诺图如图1.19所示。按圈"1"法圈围卡诺图并进行化简。

得

$$F = \overline{A}\overline{D} + \overline{B}\overline{D}$$

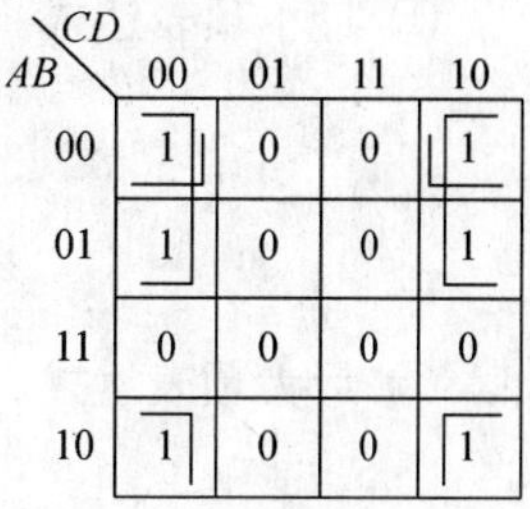

【例1.39】用卡诺图法化简逻辑函数

$$F(A,B,C,D) = \prod M(1,2,3,7,10,11,14)。$$

解： 逻辑函数 F 的卡诺图如图1.20所示。分别使用圈"1"法和圈"0"法圈围卡诺圈并进行化简。

图1.19 【例1.38】卡诺图

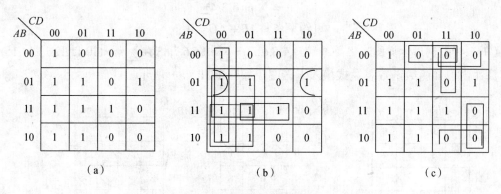

（a）　　　　　（b）　　　　　（c）

图1.20 【例1.39】卡诺图

可得

$$F = \overline{C}\overline{D} + B\overline{C} + A\overline{C} + \overline{A}B\overline{D} + ABD = (A + B + \overline{D})(A + \overline{C} + \overline{D})(\overline{A} + \overline{C} + D)(B + \overline{C})$$

3. 具有无关项的逻辑函数化简

在一些逻辑函数中，变量的取值组合不是任意的，需要加上一定的限制条件，将其称为约束，这样一组变量称为具有约束的变量。如对于8421BCD码，1010~1111这6种变量的取值组合就不会出现。这种不会出现的变量取值组合对应的最小项称为约束项。

使用约束条件描述约束，通常用一个使函数所有约束项之和恒等于0的表达式表示约束条件。

另外一种情况，对于输入变量的某些取值组合，函数值为1或0均可，不影响电路的功能，将其对应的最小项称为任意项。

通常将约束项和任意项统称为逻辑函数的无关项。无关是指这些最小项对函数的最终结果无关紧要。无关项在真值表和卡诺图中用×（或 d）表示。约束条件在表达式中可用 $\sum m \times$（或 $\sum m_d$）表示。由于无关项是不影响函数结果的变量取值组合对应的最小项，所以它们的输出为0或1对结果不产生影响。从化简结果更加简单的角度出发，将其在卡诺图中的对应方格灵活地看做1或者0，会给化简带来方便。

含无关项逻辑函数的常用表示方法如下。

① 最小项表达式。

$$F = \sum m(\quad) + \sum m \times (\quad)$$

$$或 \begin{cases} F = \sum m(\quad) \\ \sum m \times (\quad) = 0 \end{cases}$$

② 最大项表达式。

$$F = \prod M(\quad) \cdot \prod M \times (\quad)$$

$$或 \begin{cases} F = \prod M(\quad) \\ \prod M \times (\quad) = 1 \end{cases}$$

③ 其他约束条件形式。

约束条件还可以用函数表达式的形式表示。如

$$\begin{cases} F = \sum m(0,3,4) \\ 约束条件 AB + AC = 0 \end{cases}$$

【例 1.40】利用卡诺图法化简函数 $F(A,B,C,D) = \sum m(5,6,7,8,9) + \sum m \times (10,11,12,13,14,15)$。

解： 由已知函数函数表达式填入卡诺图，如图 1.21（a）所示。

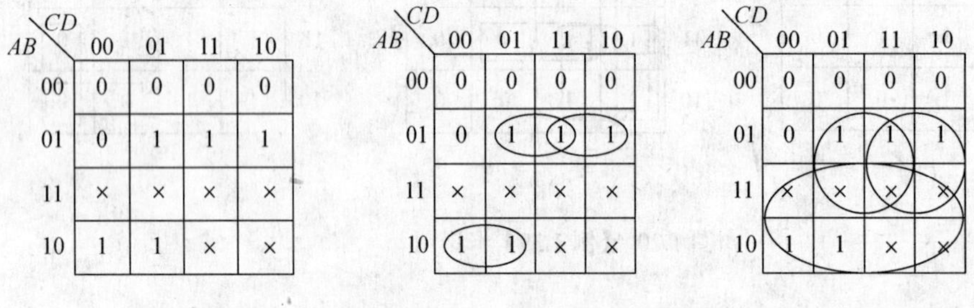

图 1.21 【例 1.40】卡诺图

不考虑无关项（即将其对应的最小项看做 0）时，卡诺图的圈围如图 1.21（b）所示；若将无关项看做 1 参与化简，则化简结果更加简单，如图 1.21（c）所示。两种情况下的化简结果分别为：

$$F(A,B,C,D) = \overline{A}BD + \overline{A}BC + A\overline{B}\,\overline{C}$$

$$F(A,B,C,D) = A + BD + BC$$

很明显，将无关项看做 1 时，将使化简结果更加简单。

利用无关项化简函数时应注意：填 1 的方格必须参与化简，而填×的方格则应根据使化简结果是否更加简单来决定该项是否参与化简。

【例 1.41】利用卡诺图法化简函数 $F(A,B,C,D) = \sum m(3,6,8,10,13) + \sum m \times (0,2,5,7,12,15)$。

解： 由已知函数函数表达式填入卡诺图，如图 1.22（a）所示。

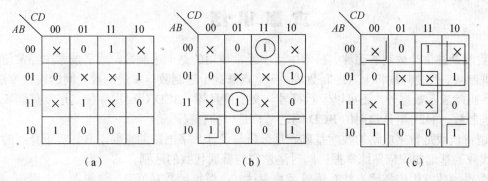

图 1.22　【例 1.41】卡诺图

根据卡诺图，得到未利用无关项、利用部分无关项的情况下，函数的化简结果如下：

$$F = \overline{A}\,\overline{B}CD + \overline{A}BC\overline{D} + ABC\overline{D} + A\overline{B}\,\overline{D}$$

$$F = BD + \overline{A}C + \overline{B}\,\overline{D}$$

【例 1.42】利用卡诺图法化简函数

$$\begin{cases} F(A,B,C,D) = \overline{A}\,\overline{B}\,\overline{C} + \overline{A}B\overline{D} + \overline{A}CD + ABC \\ 约束条件　　A\overline{B} + A\overline{C} = 0 \end{cases}$$

解：对于该例的约束条件，可以将表达式变换后，确定无关项。

$$A\overline{B} + A\overline{C} = A\overline{B}(\overline{C} + C)(\overline{D} + D) + A\overline{C}(\overline{B} + B)(\overline{D} + D)$$

$$= A\overline{B}\,\overline{C}\,\overline{D} + A\overline{B}\,\overline{C}D + A\overline{B}C\overline{D} + A\overline{B}CD + ABC\overline{D}$$

$$= \sum m(8,9,10,11,12,13)$$

做出该逻辑函数的卡诺图如图 1.23 所示。

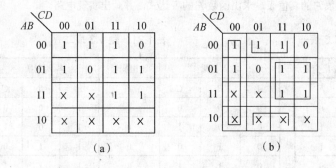

图 1.23　【例 1.42】卡诺图

得
$$F = \overline{C}\,\overline{D} + \overline{B}D + BC$$

　　除此之外，化简逻辑函数还可以使用列表法，即 Q–M 法。这种方法通过对函数内部各项逐次比较，舍弃多余项得到函数最简表达式。该方法适用于多个变量函数的化简、一般由计算机完成。

本 章 小 结

1. 数制是进位计数制的简称。日常生活中经常使用的是十进制数，数字技术中经常使用的是二进制数、八进制数和十六进制数等。应重点掌握十进制数与二进制数之间的转换方法；二进制代码除表示数据外，还可以表示符号与文字信息等。BCD 代码用 4 位二进制代码表示一位十进制数，8421 码是常用的 BCD 码之一，是一种有权码。

2. 逻辑代数是数字电路的数学基础、是分析与设计数字电路的重要工具。对于介绍的有关逻辑代数的基础知识应熟练掌握；同时注意它与普通代数的区别。

3. 逻辑函数常用的描述方法有逻辑函数表达式、逻辑函数真值表、逻辑图、卡诺图、波形图、文字说明等，对于以上几种描述方法，应掌握各种描述方法之间的转换。

4. 化简逻辑函数常用的有公式法和卡诺图法。公式法化简需熟练掌握逻辑代数的公式、定理、规则，并有一定的运算技巧。卡诺图法对化简五变量以下的逻辑函数非常方便；具有无关项的逻辑函数经常遇到，应掌握这类函数的化简方法。

习题 1

1.1　将下列各数按权展开。

19_D　　　　246.37_D　　　　111001_B　　　　11001.0011_B

25_O　　　　16.54_O　　　　$3AF_H$　　　　$7CE.B_H$

1.2　按要求对下列各数进行转换。（若不能精确转换，保留小数点后 6 位）

$89_D=(?)_B$　　　　$45.24_D=(?)_B$　　　　$100011.11_B=(?)_D$　　　　$100_D=(?)_O$　　　　$74.3_O=(?)_D$

$43.5_O=(?)_B$　　　　$110101.11_B=(?)_H$　　　　$37.5_O=(?)_H$　　　　$FD_H=(?)_B$　　　　$110101.110101_B=(?)_O$

$71.45_O=(?)_H$　　　　$010110000111_{8421}=(?)_O$　　　　$0011_{631-1}=(?)_D$

1.3　根据以下函数 F 的真值表，求出函数 F 的表达式，并画出实现电路。

表 1.20　题 1.3 表一

输入变量		输出变量
A	B	F
0	0	0
0	1	1
1	0	1
1	1	1

表 1.21　题 1.3 表二

输入变量			输出变量	输入变量			输出变量
A	B	C	F	A	B	C	F
0	0	0	1	1	0	0	0
0	0	1	0	1	0	1	0
0	1	0	0	1	1	0	0
0	1	1	0	1	1	1	1

1.4　求出以下逻辑函数的对偶式。

$$F_1 = AB + \overline{\overline{D}} + (AC + BD)E$$

$$F_2 = AB + AD + CD\overline{\overline{AB}}$$

$$F_3 = (A + B + C)\overline{\overline{A}\,\overline{B}\,\overline{C}}$$

$$F_4 = \overline{\overline{\overline{A} + \overline{B} + \overline{C} + D + E}}$$

1.5 求出以下逻辑函数的反演式。

$$F_1 = \overline{A \oplus D\overline{\overline{B}} + C}$$

$$F_2 = (A \oplus B)C + (B \oplus \overline{C})D$$

$$F_3 = AB + (\overline{A} + B)(C + D + E)$$

$$F_4 = \overline{\overline{\overline{ABCDE}}}$$

1.6 证明以下逻辑等式成立。

$$A \oplus \overline{B} = \overline{A \oplus B} = A \oplus B \oplus 1$$

$$A(B \oplus C) = (AB) \oplus (AC)$$

$$(A + B)(\overline{A} + C)(B + C) = (A + B)(\overline{A} + C)$$

$$\overline{A \oplus B} \; \overline{B \oplus C} \; \overline{C \oplus D} = \overline{\overline{AB} + \overline{BC} + \overline{CD} + \overline{DA}}$$

1.7 若 $A+B=A+C$，则 $B=C$ 是否一定成立？若 $AB=AC$，则 $B=C$ 是否一定成立？

1.8 求出以下函数最小项之和的标准形式。

$$F = A + A\overline{B}$$

$$F = AB + AC + BC$$

$$F = A + B + CD$$

$$F = A\overline{B}\,\overline{C}D + BCD + A\overline{D}$$

$$F = AB + \overline{\overline{\overline{BC}(\overline{C} + \overline{D})}}$$

$$F = (A + C)(B + D)(B + \overline{C})$$

1.9 利用公式法化简以下函数。

$$F = \overline{A}\,\overline{B} + AC + \overline{B}C$$

$$F = A\overline{B}\,\overline{C} + \overline{A}B\overline{C} + AB\overline{C}$$

$$F = ABC + \overline{A}B + B\overline{C}$$

$$F = ABC + ABD + \overline{C}\,\overline{D} + A\overline{B}C + \overline{A}C\overline{D} + A\overline{C}D$$

$$F = (AB + \overline{A}\,\overline{C}\,\overline{D} + \overline{B}CD)\overline{BC + \overline{C}D} + \overline{A}BCD$$

$$F = \sum m(0,1,2,4,6,8,9,12,13,14,15)$$

1.10 利用卡诺图法化简以下函数。

$$F = ABC + \overline{A}B + \overline{B}C$$

$$F = \overline{A}\,\overline{B} + A\overline{B}C + ABC$$

$$F = \overline{A}\,\overline{B}C + AD + B\overline{D} + C\overline{D} + A\overline{C} + \overline{A}\,\overline{D}$$

$$F = \overline{A}\,\overline{B}\,\overline{D} + \overline{A}BC + \overline{B}CD + \overline{A}CD + ABCD + \overline{B}\,\overline{C}\,\overline{D}$$

$$F = (A + B + \overline{C})(A + B)(A + \overline{C})(B + \overline{C})$$

$$F = (\overline{A} + \overline{B})(\overline{A} + \overline{C} + D)(B + C + \overline{D})(\overline{B} + \overline{C} + D)(C + D)$$

$$F = \sum m(0,2,4,5,6)$$

$$F = \sum m(0,1,2,3,4,5,8,10,11,12)$$

$$F = \prod M(1,2,3,7,10,11,14)$$

$$F = AB\overline{C} + \overline{A}BD \qquad \text{约束条件：} A\overline{B} + AC = 0。$$

$$F = \sum m(2,3,4,6,8) \qquad \text{约束条件：} AB + AC = 0。$$

$$F = \sum m(1,2,4,12,14) + \sum m_x(5,6,7,8,9,10)$$

第2章 集成门电路

【学习指导】本章主要学习数字电路的基础知识，学习各种数制及其转换方法；掌握逻辑代数的基本概念、公式及法则；理解逻辑函数的表示方法及转换；掌握逻辑函数的化简方法。

2.1 概述

数字电路中用高、低电平表示二值逻辑的 1 和 0。获得高、低电平的基本方法如图 2.1 所示。当开关 S 断开时，输出 v_O 为高电平；当开关 S 闭合时，输出 v_O 为低电平。开关 S 的断开与闭合等效于三极管的截止和导通状态。

用高电平表示逻辑 1、低电平表示逻辑 0，这种表示方法称为用正逻辑描述；反之，则称为用负逻辑描述。未做说明，均指用正逻辑描述方法描述逻辑关系。表示 1 和 0 这两种逻辑状态的高、低电平均允许有一定的变化范围，在一定变化范围内的高、低电平均可以正确地表示相应的逻辑状态，如图 2.2 所示。

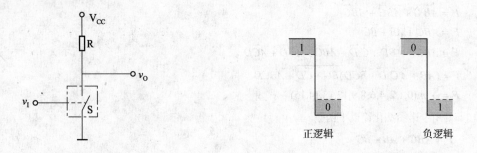

图 2.1 获得高、低电平的原理电路　　　　　　图 2.2 正、负逻辑示意图

按照电路组成的不同，门电路分为分立元件门电路和集成门电路。分立元件门电路是由分立元器件为主组成的电路，特点是抗干扰能力弱、带负载能力低、体积大、可靠性差，目前已很少使用。1961 年美国德州仪器公司（简称 TI 公司）将数字电路的元器件及连线制在硅片上，制作成功了集成电路（简称 IC）。它具有体积小、重量轻、抗干扰能力和带负载能力强等优点，因而迅速取代了分立元件电路。集成电路的高速发展，促进了电子整机设备的小型化、高性能化、多功能化，提高了电路工作的可靠性。

分立元件构成的与、或、非门电路如图 2.3 所示，它们是实现基本逻辑运算的基本电路。

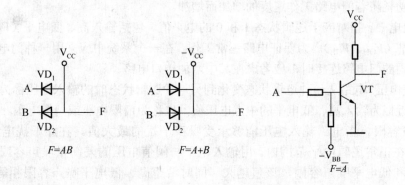

图 2.3 分立元件构成基本门电路

集成电路的类型和品种繁多，根据制造工艺和性能特点可做如下分类。

① 按电路类型和工艺可分为 TTL 电路（晶体管－晶体管逻辑电路）、MOS 电路（金属－氧化物－半导体电路）、CMOS 电路（互补型金属－氧化物－半导体电路）、ECL 电路（发射极耦合逻辑电路）和 HTL 电路（高阈值逻辑电路）等，其中 TTL 电路和 CMOS 电路应用较为广泛。

② 按使用场合可分为通用电路和专用电路（如音响、电视电路、通信专用电路、钟表电路和接口电路等）。

③ 按器件工作速度可分为中速（也称标准型，如 TTL 中的 54/74 型）、高速（如 TTL 中的 54/74H 型、CMOS 中的 54/74HC 型）和超高速（如 ECL 电路，它由 CE1600、CE10K、CE12K、CE8000、CE11C00 和 CE100K 等系列组成）电路。

④ 按功耗可分为一般电路（如标准 TTL）和低功耗电路（如 CMOS 电路和 TTL 中的 54/74LS 型电路）。

⑤ 按器件功能可分为门电路及其组合单元、触发器、代码转换器（码制变换器）、计数器、移位寄存器、存储器和其他电路（如加法器、乘法器和数值比较器等）。

集成逻辑门是最基本的数字集成电路之一。通常用一个芯片中包含逻辑门或晶体管数量的多少来衡量数字集成电路的规模。目前，数字芯片的集成度分为 6 大类：小规模集成电路（SSI）、中规模集成电路（MSI）、大规模集成电路（LSI）、超大规模集成电路（VLSI）、特大规模集成电路（ULSI）和巨大规模集成电路（GSI）（见表 2.1）。

表 2.1 数字集成电路分类

类 别	SSI	MSI	LSI	VLSI	ULSI	GSI
芯片所含门电路数	<10	$10\sim10^2$	$10^2\sim10^4$	$10^4\sim10^6$	$10^6\sim10^8$	$>10^8$
芯片所含元件个数	$<10^2$	$10^2\sim10^3$	$10^3\sim10^5$	$10^5\sim10^7$	$10^7\sim10^9$	$>10^9$

经常使用以下参数衡量门电路的性能。

① 传输延迟时间。信号从门电路的输入端传送到输出端需要的时间，称为门电路的传输延迟时间。门电路的工作速度用传输延迟时间衡量，传输延迟时间越小，门电路的工作速度就越高。

② 功耗。门电路的电源电压与电源供给电路平均电流的乘积称为功耗。门电路种类不同，

功耗不同。功耗随着门电路工作速度的增加而增加。

③ 逻辑电平。指对应于逻辑状态 1 和 0 的电平值。包括输入高、低电平（V_{IH}、V_{IL}），输出高、低电平（V_{OH}、V_{OL}）。为保证电路正常工作，在一个系统中应采用一种门电路。当使用逻辑电平不同的门电路连接时，应考虑在其中增加接口电路。

④ 阈值电压。电路从一种逻辑状态变化到另一种逻辑状态时的输入电压称为门电路的阈值电压。它近似为输入高、低电平的中点电压值，也称为门限电压或门槛电压。

⑤ 噪声容限。指电路输入电压能够承受噪声干扰的最大值。在此干扰电压作用下，输入信号仍在正常逻辑电平范围内。用输入电平与阈值电压的差衡量噪声容限。包括高电平噪声容限和低电平噪声容限，该值越大（同时希望高、低电平噪声容限相等），电路抗干扰能力越强。除以上直流噪声容限外，还有交流噪声容限。它衡量当电路输入端出现窄脉冲或瞬间电压脉冲时，电路的抗干扰能力。门电路在一定噪声环境中可靠工作是非常重要的。噪声容限反映了电路的抗干扰能力，而电路是否容易受到干扰则和电路的输入阻抗有关。

⑥ 扇入，扇出。扇入指一个门电路具有的独立输入端个数。扇出指一个门电路能够驱动同系列门的数量，用 N_O 表示。

⑦ 工作温度范围。指数字集成电路能够保持正常工作的温度范围，它随电路种类的不同而有所区别。

2.2　TTL 与非门电路

2.2.1　电路结构

典型 TTL 与非门电路如图 2.4 所示。

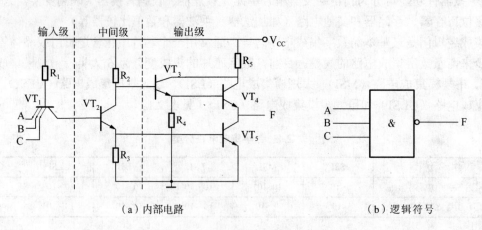

（a）内部电路　　　　　　　　　　　　　　　（b）逻辑符号

图 2.4　典型 TTL 与非门电路

电路由三部分组成。

① 多发射极晶体管 VT_1 和电阻 R_1 组成输入级。多发射极晶体管 VT_1 的等效电路如图 2.5 所示。它实现与逻辑关系。

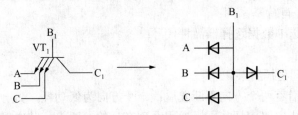

图 2.5　多发射极晶体管 VT_1 等效电路

② VT_2 和 R_2、R_3 组成中间级。分别在 VT_2 集电极和发射极获得两个相位相反的信号，驱动下一级电路。

③ VT_3、VT_4、VT_5 和 R_4、R_5 组成输出级。VT_3、VT_4 组成射随器电路，同时与 VT_5 组成推挽电路，提高电路带负载能力。

当电路输入全部为高电平时，输出为低电平，称电路处于开启状态；输入中有一个或一个以上为低电平时，电路输出为高电平，称电路处于关闭状态。输入/输出间的逻辑关系为

$$F = \overline{ABC}$$

不同的情况下，电路中各管工作状态见表 2.2。

表 2.2　典型 TTL 与非门电路各管工作状态

输入电平	输出电平	电路状态	VT_1	VT_2	VT_3	VT_4	VT_5
全为高电平	低电平	开启状态	倒置运用	饱和	微通	截止	饱和
有一个或以上为低电平	高电平	关闭状态	深饱和	截止	微饱和	导通	截止

注：倒置运用状态指晶体管发射结反偏，集电结正偏的状态，此时晶体管电流放大系数约 0.05。

54/74 系列是已经标准化、商品化的数字电路器件系列产品，54 为军用系列（工作温度 $-55\sim125℃$）、74 系列为民用系列（工作温度 $0\sim70℃$）。日常广泛使用的是 74 系列。该系列包括以下 7 类产品。

① 标准系列电路。符号为 74XX，品种齐全、中速产品。

② 高速系列电路。符号为 74HXX。

③ 肖特基系列电路。符号为 74SXX，电路内部广泛使用肖特基二极管、三极管。

④ 低功耗系列电路。符号为 74LXX。

⑤ 低功耗肖特基系列电路。符号为 74LSXX。该系列产品是目前 TTL 数字集成电路中主要的应用产品系列，品种齐全，是用户在选择 TTL 器件时的首选。

⑥ 先进肖特基系列电路。符号为 74ASXX。

⑦ 先进低功耗肖特基系列电路。符号为 74ALSXX。

54/74 系列集成电路的命名规则举例如下：

$$\underset{①}{\underline{C}} \quad \underset{②}{\underline{T}} \quad \underset{③}{\underline{54/74}} \quad \underset{④}{\underline{LS}} \quad \underset{⑤}{\underline{153}} \quad \underset{⑥⑦}{\underline{C \quad J}}$$

① C——中国；

② T——TTL 集成电路；

③ 54/74——国际通用 54/74 系列；

④ LS——低功耗肖特基系列；

⑤ 153——双 4 选 1 数据选择器品种代号；

⑥ C——0~70℃；

⑦ J——黑瓷双列直插封装。

TTL 系列电路在沿着两个方向不断发展：一个方向为低功耗，另一个方向为超高速。

表 2.3 是 TTL 集成电路国标与国际通用系列产品的对照表。其中国标指国家标准，部标指部颁标准。

表 2.3　TTL 电路国标与国际通用系列产品对照表

国　标	CT1000 系列	CT2000 系列	CT3000 系列	CT4000 系列
国际通用系列	SN54/74 系列	SN54/74H 系列	SN54/74S 系列	SN54/74LS 系列
特　点	标准结构 平均功耗 10mW 最高工作频率 35MHz	高速结构 平均功耗 22mW 最高工作频率 50MHz	肖特基结构 平均功耗 19mW 最高工作频率 125MHz	低功耗肖特基结构 平均功耗 2mW 最高工作频率 45MHz
部　标	T1000 系列 中速	T1000 系列 中速	T1000 系列 高速	T1000 系列 高速

图 2.6 为四 2 输入与非门电路 74LS00（该集成电路内部包含 4 个与非门电路，每个与非门有 2 个输入端）的外引线功能图和逻辑符号。

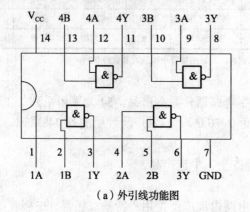

（a）外引线功能图

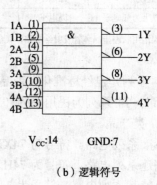

（b）逻辑符号

图 2.6　四 2 输入与非门电路 74LS00

SN54/74LS00（SN 代表美国德州仪器公司标准双极型电路）的电气特性见表 2.4~2.6。

表 2.4　SN54/74LS00 额定工作范围

符　号	参　　数		最小值	典型值	最大值	单　位
V_{CC}	电源电压	54，74	4.5，4.75	5.0，5.0	5.5，5.25	V
T_A	工作环境温度	54，74	−55，0	25，25	125，70	℃
I_{OH}	输出高电平电流	54，74			−0.4	mA
I_{OL}	输出低电平电流	54，74			4.0，8.0	mA

表 2.5　工作温度范围内的直流特性（除非另有说明）

符号	参数		极限值			单位	测试条件
			最小值	典型值	最大值		
V_{IH}	输入高电平电压		2.0			V	所有输入均为额定高电平
V_{IL}	输入低电平电压	54			0.7	V	所有输入均为额定低电平
		74			0.8		
V_{IK}	输入钳位电压			−0.65	−1.5	V	V_{CC}=最小值,I_{IN}=−18mA
V_{OH}	输出高电平电压	54	2.5	3.5		V	V_{CC}=最小值,J_{OH}=最大值
		74	2.7	3.5			V_{IN}=V_{IH} 或 V_{IL}（真值表值）
V_{OL}	输出低电平电压	54,74		0.25	0.4	V	I_{OL}=4.0mA　V_{CC}=最小值 V_{IN}=V_{IH} 或 V_{IL}（真值表值）
		74		0.35	0.5	V	I_{OL}=8.0mA
I_{IH}	输入高电平电流				2.0	μA	V_{CC}=最小值 V_{IN}=2.7V
					0.1	mA	V_{CC}=最大值 V_{IN}=7.0V
I_{IL}	输入低电平电流				−0.4	mA	V_{CC}=最大值 V_{IN}=0.4V
I_{OS}	输出短路电流		−20		−100	mA	V_{CC}=最大值
I_{CC}	电源电流	输出高电平			1.6	mA	V_{CC}=最大值
		输出低电平			4.4		

表 2.6　开关特性（T_A=25℃）

符号	参数		极限值			单位	测试条件
			最小值	典型值	最大值		
T_{PLH}	截止延时，输入至输出			9.0	15	ns	V_{CC}=5.0V
T_{PHL}	导通延时，输入至输出			10	15	ns	C_L=15pF

2.2.2　电气特性

1. 电压传输特性

典型 TTL 与非门电路的输出电压 v_O 随输入电压 v_I 变化的关系曲线称为电压传输特性曲线。图 2.7 为测量电路及相应的电压传输特性曲线。

电压传输特性曲线分为 AB、BC、CD、DE 四段。

① AB 段，称为传输特性曲线的截止区。此时，$v_I \leqslant 0.6V$，输出电压 v_O 保持高电平 V_{OH}，v_O 不随 v_I 变化。

② BC 段，称为传输特性曲线的线性区。此时，$0.6V \leqslant v_I \leqslant 1.3V$，$v_O$ 随 v_I 增加而线性减小。

③ CD 段，称为传输特性曲线的转折区。v_I 在 1.4V 左右变化，随 v_I 的微小增加，v_O 迅

速下降至低电平 V_{OL}。

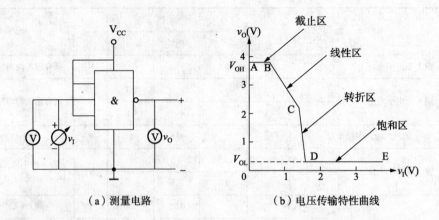

| （a）测量电路 | （b）电压传输特性曲线 |

图 2.7　典型 TTL 与非门电压传输特性曲线

④ DE 段，称为传输特性曲线的饱和区。$v_I > 1.4V$，v_O 保持低电平 V_{OL}，不随 v_I 变化。

电压传输特性曲线反映以下参数。

① 输出高、低电平 V_{OH}、V_{OL}。分别对应于电压传输特性曲线截止区与饱和区的输出电压值。

② 输入高、低电平 V_{IH}、V_{IL}。分别对应于电压传输特性曲线上使输出电压为低、高电平时的输入电压。V_{IH} 与输入逻辑 1 对应，V_{IL} 与输入逻辑 0 对应。

③ 关门电平 V_{OFF}、开门电平 V_{ON}。在保证输出为额定高电平的条件下，允许的最大输入低电平称为关门电平 V_{OFF}；在保证输出为额定低电平的条件下，允许的最小输入高电平称为开门电平 V_{ON}。要保证输出高电平，应使 $v_I \leqslant V_{OFF}$；要保证输出低电平，应使 $v_I > V_{ON}$。

④ 输入信号噪声容限。在保证电路能够正常工作的前提下，允许输入电平有一定的波动范围。输入信号噪声容限指输入信号的允许波动范围。包括输入信号高电平噪声容限 V_{NH} 和低电平噪声容限 V_{NL}。

门电路工作时，前一级门（称为驱动门）的输出往往作为后一级（称为负载门）的输入，根据图 2.8 所示驱动与负载电平之间的关系，可方便地求出噪声容限 V_{NH}、V_{NL}。

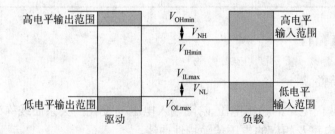

图 2.8　输入信号噪声容限示意图

74 系列门电路标准参数为：$V_{OHmin} = 2.4V$，$V_{OLmax} = 0.4V$，$V_{IHmin} = 2V$，$V_{ILmax} = 0.8V$。

相应噪声容限为：$V_{NH} = V_{OHmin} - V_{IHmin} = 0.4V$，$V_{NL} = V_{ILmax} - V_{OLmax} = 0.4V$，即 $V_{NH} = V_{NL}$。

⑤ 阈值电压 V_{TH}。指电压传输特性曲线上转折区对应的输入电压，是输出高、低电平的分界线。一般用转折区中点对应的输入电压表示 V_{TH}。

2. 输入特性

门电路输入电流随输入电压的变化关系称为门电路的输入特性，其特性曲线如图 2.9 所示。其中，$v_I=0$ 时的输入电流 I_{IL} 称为输入短路电流，用 I_{IS} 表示；输入高电平时的输入电流 I_{IH} 称为输入漏电流。

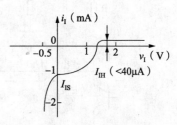

图 2.9　TTL 与非门输入特性

3. 输入负载特性

门电路输入电压 v_I 随输入端对地外接电阻 R_I 变化的关系曲线，称为输入负载特性。

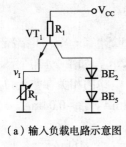

（a）输入负载电路示意图

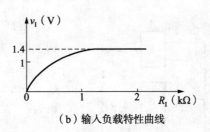

（b）输入负载特性曲线

图 2.10　TTL 与非门输入负载特性

由图 2.10 知，输入电流在电阻 R_I 上产生压降形成 v_I，图 2.10（b）反映了 v_I 随 R_I 变化的规律

$$v_I = \frac{R_I}{R_I + R_1}(V_{CC} - V_{BE1})$$

在 R_I 较小的情况下，v_I 随 R_I 的增大而几乎同步变化；当 v_I 上升到一定数值（约 1.4V），由于 VT_2、VT_5 的发射结同时导通，VT_1 基极电位将被钳位而不再发生变化。此时 v_I 将不再随 R_I 的增大而变化，二者的上述变化规律将不再成立。

4. 输出负载特性

TTL 与非门电路输出电压 v_O 与输出电流 i_O 之间的关系称为输出特性。根据门电路输出高、低电平时，TTL 门电路的带负载能力，分为以下两种情况。

（1）输出低电平电流 I_{OL}。

I_{OL} 是门电路输出低电平时流入门电路输出端的电流，如图 2.11（a）所示。典型值 $I_{OLmax}=8.0mA$。I_{OLmax} 是当门电路输出低电平时允许负载灌入门电路输出端电流的上限值，称其为门电路带灌电流负载的能力。I_{OLmax} 的测试方法是：在电路输出端接若干个同类 TTL 门做负载，或在输出端与电源之间接一电阻 R_L 模拟灌电流负载，在输入全部为高电平时逐渐增大负载，记录 V_{OL} 上升到 V_{OLmax} 时的 I_{OL} 值，如图 2.11（a）所示。

（2）输出高电平电流 I_{OH}。

I_{OH} 是门电路输出高电平时流出门电路输出端的电流，如图 2.11（b）所示。典型值 $I_{OHmax}=-0.4mA$。I_{OHmax} 是当门电路输出高电平时允许负载拉出门电路输出端电流的上限值，称其为门电路带拉电流负载的能力。I_{OHmax} 的测试方法是：在电路输出端接若干个同类 TTL 门做负载，或在输出端与地之间接一电阻 R_L 模拟拉电流负载，在输入有低电平时逐渐增大负载，记录 V_{OH} 下降到 V_{OHmin} 时的 I_{OH} 值，如图 2.11（b）所示。

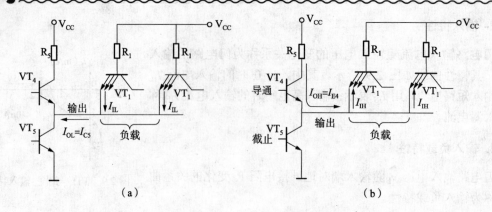

（a）　　　　　　　　　　　　（b）

图 2.11　TTL 与非门带负载能力

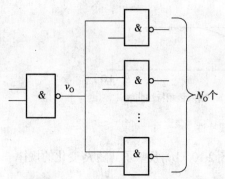

图 2.12　扇出系数 N_O 的描述

根据上述参数可以计算一个门电路带同类门电路的个数，即扇出系数 N_O，如图 2.12 所示。

典型 TTL 与非门电路的相关参数为：$I_{OLmax}=16mA$、$I_{IL}=1.6mA$、$I_{OHmax}=0.4mA$、$I_{IH}=0.04mA$，对应的扇出系数为：

$$N_L = \frac{I_{OL\,max}}{I_{IL}} = \frac{16mA}{1.6mA} = 10$$

$$N_H = \frac{I_{OH\,max}}{I_{IH}} = \frac{0.4mA}{0.04mA} = 10$$

当 $N_L \neq N_H$ 时，从电路工作安全考虑，选数值较小的作为电路的扇出系数。

5. 功耗

TTL 门电路正常工作时，下面两个参数决定芯片的功耗 P_{CC}。

① 输出低电平电源电流 I_{CCL}。I_{CCL} 是门电路输出低电平时的电源电流，参考值 $I_{CCL}=4.4mA$。此时电路功耗为

$$P_{CCL}=V_{CC} \cdot I_{CCL}=5V \times 4.4mA=22mW$$

② 输出高电平电源电流 I_{CCH}。I_{CCH} 是门电路输出高电平时的电源电流。参考值 $I_{CCH}=1.6mA$，此时电路功耗为

$$P_{CCH}=V_{CC} \cdot I_{CCH}=5V \times 1.6mA=8mW$$

I_{CCL} 和 I_{CCH} 是静态工作条件下的参数。在动态工作条件下，电源电流 I_{CC} 比 I_{CCL} 和 I_{CCH} 大，而且频率越高，I_{CC} 越大。

另外，TTL 与非门在输出由低电平向高电平转换的过程中，会出现一个 $VT_1 \sim VT_5$ 同时导通的瞬间，电源电流出现很大的瞬时尖峰电流（或称浪涌电流），幅度可达 4~5mA，如图 2.13 所示。它一方面使电源平均功耗增大；另一方面，对电路形成噪声源。所以，电路在工作（特别是高频工作）时，不能忽略动态尖峰电流的影响。

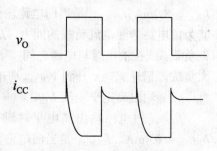

图 2.13　电源动态尖峰电流

6. 平均传输延迟时间 t_{pd}

由于三极管结构等方面的原因，其状态转换需要一定的时间。所以电路输入信号的变化需经过一定时间才能够在电路输出端表现出来，这种现象称为传输延迟，这段时间称为传输延迟时间。传输延迟时间用平均传输延迟时间 t_{pd} 表示，它定义为导通延迟时间 t_{PHL} 与截止延迟时间 t_{PLH} 的平均值，即 $t_{pd}=\frac{1}{2}(t_{PHL}+t_{PLH})$。一般，$t_{PHL}<t_{PLH}$，如图 2.14 所示。

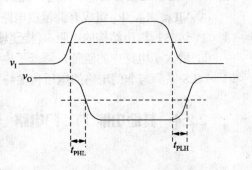

图 2.14　传输延迟时间的计算

功耗 P_{CC} 与平均传输延迟时间 t_{pd} 是一对矛盾——减小 t_{pd} 会引起 P_{CC} 的增大。因此，单纯用 t_{pd} 或 P_{CC} 衡量数字集成电路的性能都是片面的，常用"功耗延迟积"即"$P_{CC}\cdot t_{pd}$"衡量数字集成电路的性能。该乘积越小越好。$P_{CC}\cdot t_{pd}$ 也被称为"功耗速度积"。

2.2.3　低功耗肖特基与非门电路

为进一步提高电路工作速度，降低功耗，推出了低功耗肖特基系列门电路，即 LS 系列门电路，它是 TTL 系列产品中的主流产品。图 2.15（a）为 74LS 系列与非门电路原理图。

该电路具有如下特点。

① 与门电路采用肖特基势垒二极管 VD_1、VD_2、VD_5、VD_6，可有效抑制输入负电压过冲，减小二极管寄生电容，提供工作速度。肖特基势垒二极管（简称 SBD），由金属铝与 N 型半导体硅接触形成，铝为正极。特点是 PN 结导通电压较低，约 0.4~0.5V，开关速度较快。

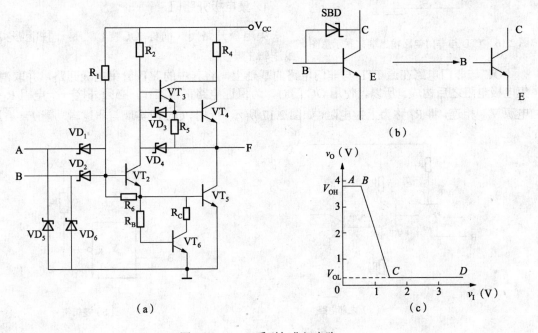

图 2.15　74LS 系列与非门电路

② 电路中广泛采用抗饱和的肖特基晶体管。肖特基晶体管的构成如图 2.15（b）所示。SBD 可以控制三极管的饱和深度，提高电路开关速度。

③ VT_6、R_B、R_C 组成有源泄放电路，在提高电路开关速度的同时，增强了抗干扰能力。

④ 达林顿输出结构的电阻 R_5 接至输出端，降低了功耗，提高了带负载能力。

⑤ 增大了电路中的阻值，降低了电源功耗。

74LS 系列与非门电路的电压传输特性曲线如图 2.15（c）所示。

2.2.4 其他功能 TTL 门电路

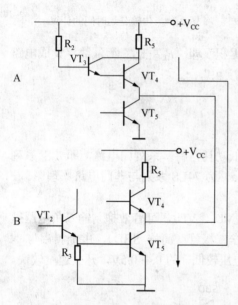

图 2.16 TTL 与非门电路输出端并联示意图

正常情况下 TTL 门电路的输出端不能并联使用。图 2.16 为两个 TTL 门电路输出端并联的情况。若门 A 为截止状态、输出高电平 3.6V；门 B 为导通状态、输出低电平 0.3V。门 A 和门 B 的输出端并联后，从电源 V_{CC} 经门 A 中导通管 VT_3、VT_4 和门 B 中导通管 VT_5 到地构成电流通路，将产生以下不良后果：

① 并联后的输出电平既非"1"（3.6V），也非"0"（0.3V），而是两者之间的某个不稳定值，导致逻辑混乱；

② 输出级电流远大于正常值，导致功耗剧增，使门电路烧毁。

将多个门电路的输出端并联起来得到的逻辑关系，称为线逻辑。以下两种 TTL 门电路，它们的输出端并联在一起，可以构成相应的线逻辑关系。

1. 集电极开路门

集电极开路门（简称 OC 门），是一种能够实现线逻辑的电路。

OC 与非门电路在原 TTL 与非门电路的基础上，将其中的 VT_5 管集电极开路，并取消了集电极电阻之后构成。所以，使用 OC 门时，为保证电路正常工作，必须外接一个电阻 R_L 与电源 V_{CC} 相连，将 R_L 称为上拉电阻，如图 2.17 所示。此时，OC 门实现与非逻辑功能 $F=\overline{A \cdot B}$。

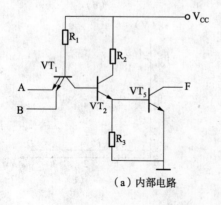

（a）内部电路

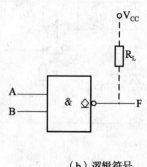

（b）逻辑符号

图 2.17 OC 门电路

两个 OC 门电路并联在一起，可以完成"线与"逻辑功能，如图 2.18
所示。

由图知，输出 F 与输入 A、B、C、D 之间的逻辑关系为

$$F = \overline{AB} \cdot \overline{CD} = \overline{AB + CD}$$

利用 OC 门电路，能够完成与或非的逻辑关系。为了保证 OC 门电
路的正常工作，必须合理选择上拉电阻 R_L 的大小，可以通过实验的方
法选择 R_L。

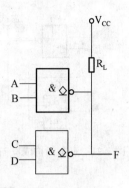

图 2.18　OC 门的线与

2. 三态门

三态门（简称 TS 或 3S 门），也叫 TSL 门，这种门电路除了输出高电
平、低电平两种状态外，还增加了第三种输出状态：高阻状态，也称为禁止状态、开路状态。

图 2.19 所示为三态门电路，其中（a）为内部电路，（b）为逻辑符号。

电路中除正常的输入端 A、B，输出端 F 外，增加了控制端口 C。C=1 时，电路完成正常
与非功能，$F = \overline{AB}$；C=0 时，输出端对地呈现高阻状态。将 C 称为控制端或使能端。这是一
种控制端为高电平有效的电路。另外一种电路，当控制端 $\overline{C}$=0 时，电路实现与非功能，$F = \overline{AB}$；
当 $\overline{C}$=1 时，输出端对地呈现高阻状态。逻辑符号如图 2.19（c）所示。

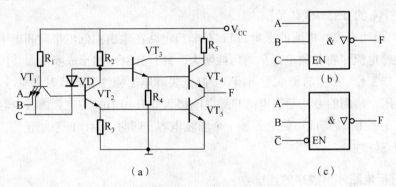

图 2.19　三态门电路

三态门的基本用途是在数字系统中构成总线。

① 单向总线。利用三态门电路可以实现同一条传输线上分时传递多个门电路信号，如
图 2.20 所示。

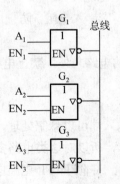

图 2.20　三态门构成单向总线

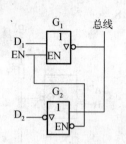

图 2.21　三态门构成双向总线

电路工作时，各门电路控制端仅有一个处于有效状态，各门电路控制端轮流有效，这样将各门电路的输出信号轮流送至传输线上而不互相干扰。

② 双向总线。利用三态门还可以实现信号双向传输，如图 2.21 所示。

EN=1 时，门 G_1 正常工作，门 G_2 处于高阻状态，信号经门 G_1 送至传输线上；*EN*=0 时，门 G_2 正常工作，门 G_1 处于高阻状态，传输线上的信号经门 G_2 进行传递。

2.2.5　TTL 门电路使用注意事项

为正确使用 TTL 门电路，应注意以下问题。

1. 合理的电源电压及良好的接地

① TTL 电路对电源要求较高。电源电压上升，会导致门电路输出高电平 V_{OH} 升高，负载加重、功耗增大；电源电压降低，会使 V_{OH} 减小，高电平噪声容限减小。

一般对电源的变化范围应控制在 V_{CC}（5V）的 10%以内，即 5V±0.5V；对要求严格的电源，应控制在 V_{CC} 的 0.25%变化范围内。

② 注意消除动态尖峰电流的影响。TTL 与非门电路在输出由低电平向高电平转换的过程中，会出现尖峰电流，将导致电源平均功耗增大，并且会对电路形成噪声源。尖峰电流会干扰门电路的正常工作，严重时造成逻辑错误。降低尖峰电流应注意布线时尽量减小分布电容，并降低电源内阻。常用的办法是在电源与地之间接入 0.01~0.1μF 的高频滤波电容。对小规模集成电路，可在 5~10 块集成电路上外加一个滤波电容。同时，为保证系统正常工作，必须保证电路接地的良好性。

2. 正确进行电路外引线端的连接

① 正确连接电路的电源端和接地端，不能接反，否则将烧毁电路。

② 各输入端禁止直接与高于 5.5V 或低于−0.5V 的低内阻电源连接，否则会产生较大电流而烧毁电路。

③ 输出端应通过电阻与低内阻电源连接。

④ 输出端接有较大容性负载时，应串入电阻，防止电路在接通瞬间，产生较大冲击电流损坏电路。

⑤ 除具有 OC 结构和三态结构的电路之外，禁止电路输出端并联使用。

3. 多余输入端的处理

TTL 与门、与非门电路的多余输入端可以悬空处理，相当于接高电平输入，但这样容易使电路受到外界干扰而产生错误动作，所以对这类电路多余输入端往往采取接一个固定高电平，如接电源 V_{CC} 的处理方法。或门、或非门 TTL 电路的多余输入端不能悬空，应采取直接接地的办法，以保证电路逻辑的正确性。

以上各种门电路多余的输入端也可以采取与其他输入端并联使用的办法，但这样对信号驱动电流的要求会相应增加。对于与或非门存在的多余"与"组，应保证多余"与"组中至少有一个输入端接低电平。

门电路多余输入端的处理办法如图 2.22 所示。

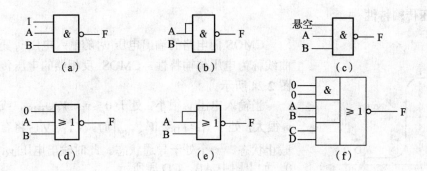

图 2.22　门电路多余输入端的处理

另外，使用门电路时，还应注意功耗与散热的问题。正常情况下，门电路功耗不能超过其最大功耗，否则将出现热失控而导致逻辑错误，甚至使集成电路损坏。

2.3　CMOS 门电路

由单极型场效应管为主组成的集成电路称做 MOS 集成电路。根据电路中选用 MOS 管的不同，可以分为 3 类。

① PMOS 电路。由 P 沟道 MOS 管构成，制造工艺简单，工作速度较低。

② NMOS 电路。由 N 沟道 MOS 管构成，制造工艺较复杂，工作速度优于 PMOS 电路。

③ CMOS 电路。由 NMOS 管和 PMOS 管构成的互补对称型 MOS 电路，优点是静态功耗低、抗干扰能力强、工作稳定性好、开关速度较高；虽然制造工艺相对复杂、成本偏高，但由于其优点突出，是现在发展最快、应用广泛的一种集成电路。

2.3.1　CMOS 反相器

1. 电路

CMOS 门电路的基本单元是 CMOS 反相器，如图 2.23 所示。

电路由 MOS 管 VT_1、VT_2 组成。其中，VT_1 为增强型 NMOS 管；VT_2 为增强型 PMOS 管。VT_2 起负载作用，称为负载管；VT_1 称为驱动管。两管的栅极连在一起，作为电路的输入端；两管的漏极连在一起，作为电路的输出端。为保证电路的正常工作，应满足

$$V_{DD} > \left| V_{GS(TH)P} \right| + V_{GS(TH)N}$$

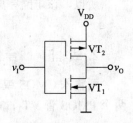

图 2.23　CMOS 反相器

式中　$V_{GS(TH)P}$——PMOS 管开启电压，小于 0；

　　　$V_{GS(TH)N}$——NMOS 管开启电压，大于 0。

输入电压 v_I 为低电平时，设 $v_I=0V$，则 $V_{GSN}=0V<V_{GS(TH)N}$，此时 VT_1 截止；$V_{GSP}=-V_{DD}<V_{GS(TH)P}$，$VT_2$ 导通。此时电路的输出电压 $v_O≈V_{DD}$。

输入电压 v_I 为高电平时，设 $v_I=V_{DD}$，参考以上分析过程，可知 $v_O≈0V$。

通过以上分析过程可知，该电路输出与输入是反相的关系。

2. 电压传输特性

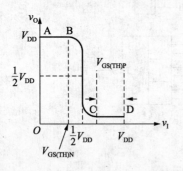

图 2.24　CMOS 反相器电压传输特性

CMOS 门电路的输出电压 v_O 随输入电压 v_I 变化的关系曲线称为电压传输特性。CMOS 反相器的电压传输特性如图 2.24 所示。

当输入电压 v_I 很小，处于 $0≤v_I≤V_{GS(TH)N}$，或输入电压 v_I 很大，处于 $v_I≥V_{DD}-|V_{GS(TH)P}|$ 时，VT_1、VT_2 将有一个处于截止状态、一个处于导通状态。此时输出电压 v_O 为 V_{DD} 或 0，如上图中 AB、CD 段所示。

当输入电压 v_I 满足 $V_{GS(TH)N}≤v_I≤V_{DD}-|V_{GS(TH)P}|$ 时，VT_1、VT_2 同时导通，若两管参数对称，当 $v_I=\frac{1}{2}V_{DD}$ 时，$v_O=\frac{1}{2}V_{DD}$，即对应特性曲线中 BC 段的中点。所以该电路的阈值电压 V_{TH} 约为 $\frac{1}{2}V_{DD}$。

CMOS 反相器电路的开关特性接近理想开关，可使电路获得更大的输入噪声容限。

2.3.2　常见 CMOS 门电路

1. 与非门

两输入 CMOS 与非门电路如图 2.25 所示。两个 NMOS 管 VT_1、VT_2 串联，作为驱动管；两个 PMOS 管 VT_3、VT_4 并联，作为负载管。

$A=B=0$ 时，VT_1、VT_2 截止，VT_3、VT_4 导通，$F=1$；

$A=0$、$B=1$ 或 $A=1$、$B=0$ 时，VT_1、VT_2 中有一个截止，VT_3、VT_4 中有一个导通，$F=1$；

$A=B=1$ 时，VT_1、VT_2 导通，VT_3、VT_4 截止，$F=0$。

所以，该电路完成与非逻辑功能，即

$$F=\overline{AB}$$

图 2.25　CMOS 与非门电路

2. 或非门

两输入 CMOS 或非门电路如图 2.26 所示。两个 NMOS 管 VT_1、VT_2 并联，作为驱动管；两个 PMOS 管 VT_3、VT_4 串联，作为负载管。

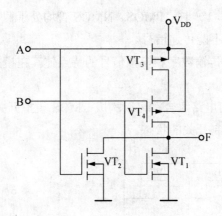

图 2.26　CMOS 或非门电路

$A=B=0$ 时，VT_1、VT_2 截止，VT_3、VT_4 导通，$F=1$；

$A=0$、$B=1$ 或 $A=1$、$B=0$ 时，VT_1、VT_2 中有一个导通，VT_3、VT_4 中有一个截止，$F=0$；

$A=B=1$ 时，VT_1、VT_2 导通，VT_3、VT_4 截止，$F=0$。

所以，该电路完成或非逻辑功能，即

$$F = \overline{A+B}$$

3. 传输门

CMOS 传输门是一种可控的双向模拟开关，其内部结构及逻辑符号如图 2.27 所示。

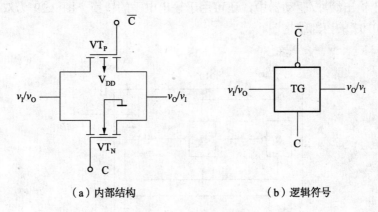

（a）内部结构　　　　　　　　　　（b）逻辑符号

图 2.27　CMOS 传输门

CMOS 传输门由 PMOS 管和 NMOS 管并联互补构成。PMOS 管的源极与 NMOS 管的漏极相连，作为电路输入端；PMOS 管的漏极与 NMOS 管的源极相连，作为电路输出端。两管的栅极受一对互补信号 C、$\overline{C}$ 的控制。由于 MOS 管源、漏极之间的对称性，信号可以进行双向传输。为保证电路正常工作，应满足 $V_{DD} > \left| V_{GS(TH)P} \right| + V_{GS(TH)N}$。

当控制端信号 $C=1$（$\overline{C}=0$）时，PMOS、NMOS 两管中至少有一个处于导通状态，输入、输出之间呈现低阻状态（在数百欧姆以内，特别设计的芯片导通电阻在几欧姆以内），传输门导通，$v_O=v_I$。

当控制端信号 $C=0$（$\bar{C}=1$）时，PMOS、NMOS 管均处于截止状态，输入、输出之间呈现高阻状态，传输门断开，不能传递信号。

CMOS 传输门可以双向传输数字和模拟信号的特点使其在模拟电路和数字系统中都得到广泛的应用。

将 CMOS 传输门与非门电路组合，可以构成 CMOS 模拟开关，如图 2.28 所示。此时，仅需要一个控制信号即可控制开关的状态。

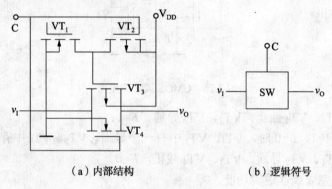

（a）内部结构　　　　（b）逻辑符号

图 2.28　CMOS 模拟开关

4. OD 门

即 CMOS 漏极开路门。与 OC 门一样，正常工作时需外接上拉电阻，实现"线与"逻辑功能。主要用于输出缓冲/驱动器中，还可用于输出电平的转换。图 2.29 为双 2 输入与非缓冲器/驱动器 40107 的内部结构图。

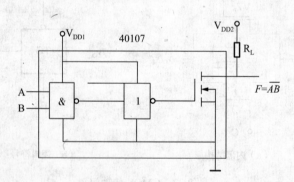

图 2.29　双 2 输入与非缓冲器/驱动器 40107 的内部结构图

5. 三态门

与 TTL 门电路类似，CMOS 门电路中也有三态门电路产品。图 2.30 为几种 CMOS 三态门的电路结构图。

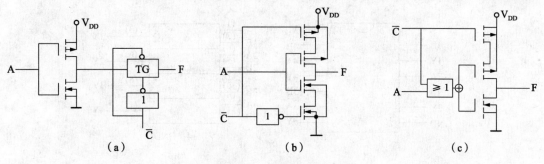

（a）　　　　　　　　　（b）　　　　　　　　　（c）

图 2.30　CMOS 三态门的电路结构图

2.3.3　常见 CMOS 门电路举例

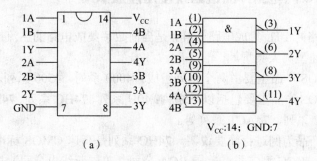

（a）　　　　　　　　　（b）

图 2.31　四 2 输入与非门 54/74HC00

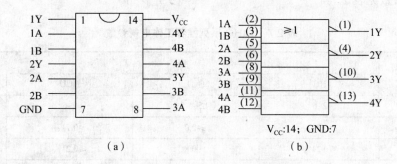

（a）　　　　　　　　　（b）

图 2.32　四 2 输入或非门 54/74HC02

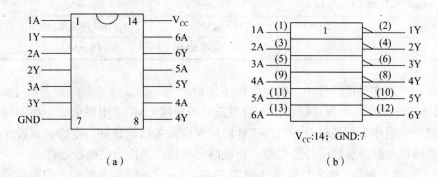

（a）　　　　　　　　　（b）

图 2.33　六反相器 54/74HC04

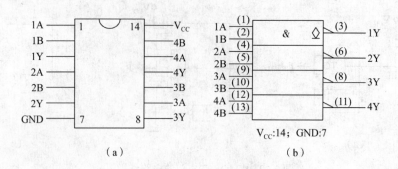

图 2.34 四 2 输入 OD 与非门 54/74HC03

2.3.4 CMOS 门电路产品说明及使用注意事项

CMOS 集成电路同 TTL 集成电路一样，是当前数字集成电路的主流产品。CMOS 产品主要包括标准型和高速型两大类型。

① 标准型 CMOS 产品主要由两个系列组成：4000 系列、4500 系列。

② 高速型 CMOS 产品主要包括以下系列：40H 系列、74HC 系列、74HC4000/4500 系列、74HCT 系列、74AC 系列、74ACT 系列等。

以 74HC 系列产品为例进行简要说明。74HC 系列是高速 CMOS 标准逻辑电路系列，包含 HC 型、HCT 型、HCU 型三类。美国 RCA 公司（美国无线电公司）规定的 74HC 系列推荐工作电气参数见表 2.7。

表 2.7 74HC 系列推荐工作电气参数

参 数		系 列			备 注
		HC	HCT	HCU	
电源电压 V_{CC}（V）		2~6	4.5~5.5	2~6	工作环境在 V_{CC}=5V±10%；温度−40~85℃时
输入电压/V	V_{IH}	$\geq 0.7V_{CC}$	≥ 2.0	$\geq 0.7V_{CC}$	
	V_{IL}	$\leq 0.2V_{CC}$	≤ 0.8	$\leq 0.2V_{CC}$	
输出电压/V	V_{OH}	$\geq V_{CC}-0.1$（$I_{OH}=-20\mu A$）	$\geq V_{CC}-0.1$（$I_{OH}=-20\mu A$）	$\geq V_{CC}-0.5$（$I_{OH}=-20\mu A$）	
	V_{OH}	≥ 3.7（$I_{OH}=-4mA$）	≥ 3.7（$I_{OH}=-4mA$）	≥ 3.7（$I_{OH}=-4mA$）	
	V_{OL}	≤ 0.1（$I_{OL}=20\mu A$）	≤ 0.1（$I_{OL}=20\mu A$）	≤ 0.5（$I_{OL}=20\mu A$）	
	V_{OL}	≤ 0.4（$I_{OL}=4mA$）	≤ 0.4（$I_{OL}=4mA$）	≤ 0.4（$I_{OL}=4mA$）	

CMOS 门电路在使用过程中，需遵守以下规则。

① 基本操作规则。主要是防止由于静电击穿而导致 CMOS 电路失效。在存储和运输时应使用金属屏蔽层作为包装材料。电路工作时应保证设备接地良好。电路调试时注意通电顺序：先接电路板电源，后接信号源电源。断电时则相反。禁止带电插拔器件。

② 输入与输出规则。输入信号电压控制在 V_{SS}~V_{DD} 之间。输入端接低内阻信号源、接大电容或输入端连线较长时，应串接限流电阻。多余输入端禁止悬空。多余与输入端接高电平或 V_{DD}；多余或输入端接低电平或 V_{SS}，也可通过电阻接地。除 OD 门和三态门之外，其余

CMOS 门电路输出端禁止并联使用。输出端禁止直接与 V_{SS}、V_{DD} 连接。同一芯片上的 CMOS 门可以并联增加驱动能力。

③ 电源规则。CMOS 门电路电源极性切勿接反，防止电路的永久损坏。电源电压不能超过极限电压范围，随电源电压增大，电路抗干扰能力增强，功耗增大。

2.4　接口电路

在使用数字电路时，一般考虑同一系列的集成电路。有时为了改善系统功能、缩小体积、降低成本，需要在同一电路中混用不同类型的集成电路。由于它们之间的输入、输出电平、负载能力等方面存在一定的差别，为保证电路正常工作，需使用接口电路。

接口电路是驱动门与负载门之间的连接电路，作用是配合驱动门和负载门，使驱动门的输出能够满足负载门输入的要求，即达到负载门要求的驱动能力。这里以 TTL 与 CMOS 之间的接口电路为例进行介绍。

对驱动门和负载门，应满足下列条件要求（见表 2.8）。

表 2.8　驱动门输出与负载门输入之间应满足的关系

驱动门		负载门
输出低电平的最大值 V_{OLmax}	小于	输入低电平的最大值 V_{ILmax}
输出高电平的最小值 V_{OHmin}	大于	输入高电平的最小值 V_{IHmin}
输出低电平时电流的最小值 I_{OLmin}	大于	$n×$输入低电平时电流的最大值 I_{ILmax}
输出高电平时电流的最小值 I_{OHmin}	大于	$n×$输入高电平时电流的最大值 I_{IHmax}

n 为负载门输入电流的个数。

几种常见 TTL 与 CMOS 门电路的输入、输出参数见表 2.9。

表 2.9　常见 TTL、CMOS 门电路输入、输出参数

电路种类 参数	TTL 74 系列	TTL 74LS 系列	CMOS 4000 系列	高速 CMOS 74HC 系列	高速 CMOS 74HCT 系列
V_{OHmin}(V)	2.4	2.7	4.6	4.4	4.4
V_{OLmax}(V)	0.4	0.5	0.05	0.1	0.1
V_{IHmin}(V)	2	2	3.5	3.5	2
V_{ILmax}(V)	0.8	0.8	1.5	1	0.8
I_{OHmax}(mA)	−0.4	−0.4	−0.51	−4	−4
I_{OLmax}(mA)	16	8	0.51	4	4
I_{IHmax}(μA)	40	20	0.1	0.1	0.1
I_{ILmax}(mA)	−1.6	−0.4	$−0.1×10^{-3}$	$−0.1×10^{-3}$	$−0.1×10^{-3}$

2.4.1　TTL 驱动 CMOS

TTL 门电路驱动 CMOS 门电路，主要是提高 TTL 电路输出高电平的值，使之满足 CMOS

电路对 V_{IH} 的要求。可以采取以下措施。

① 在 TTL 与 CMOS 之间附加上拉电阻 R，在 R 的值不是非常大的情况下，将起到提升 TTL 输出高电平的作用，如图 2.35 所示。

② 由于 CMOS 门电路电源电压范围较宽，当其电压值较高时，CMOS 门电路对输入高电平的要求将超过 TTL 门电路输出能够达到的范围。此时，应使用 OC 门作为驱动门电路，如图 2.36 所示。

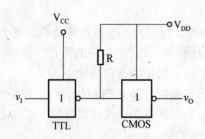
图 2.35　接入电阻 R 提升 TTL 输出高电平

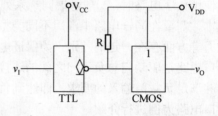
图 2.36　OC 门作为驱动门电路

③ 使用带电平偏移的 CMOS 接口电路，如 40109。它具有两个电源输入端，它的输出电平能够满足 CMOS 对输入电平的要求，如图 2.37 所示。

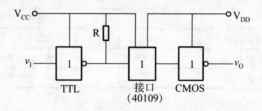
图 2.37　带电平偏移的 CMOS 接口电路

2.4.2　CMOS 驱动 TTL

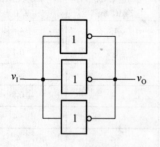
图 2.38　CMOS 门电路并联提高带负载能力

由于 CMOS 门电路不能产生较大电流，也不允许大电流灌入，为满足驱动门与负载门之间对电流的不同要求，需增强 CMOS 门电路输出低电平时，带灌电流负载的能力，通常采用以下措施。

① 将同一芯片上的 CMOS 门电路并联使用，提高带负载能力，如图 2.38 所示。

② 在 CMOS 门电路后增加一级驱动器电路，如同相输出驱动器 4010、OD 门 40107 等，以提高带负载能力，如图 2.39 所示。

③ 采用分立元件组成电流放大器，如图 2.40 所示。

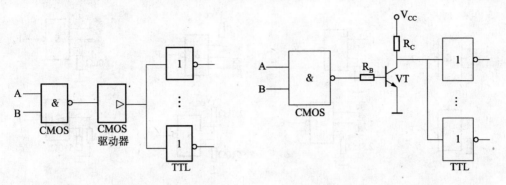

图 2.39　利用 CMOS 驱动器提高带负载能力　　　图 2.40　利用电流放大器驱动 TTL 电路

本 章 小 结

1. 集成门电路是数字电路的基本逻辑单元之一，应熟练掌握门电路的分类方式与参数。

2. 现在广泛应用的数字集成门电路是 CMOS 型和 TTL 型。CMOS 型门电路功耗小且工作速度较快，因而占据重要位置。

3. 应熟练掌握 TTL 型和 CMOS 型门电路的电气特性，这对应正确使用、选择合适的集成门电路是非常重要的。

4. 接口电路是不同种类门电路连接的中间电路，通过学习，应了解 TTL 型与 CMOS 型门电路之间的各种接口电路。

习题 2

2.1　什么叫正逻辑描述、负逻辑描述？

2.2　集成门电路的特点是什么？

2.3　根据制造工艺及特点，集成电路分为哪几类？

2.4　衡量门电路性能的参数有哪些？

2.5　典型 TTL 与非门电路的电压传输特性曲线分为几个区域？可反映哪些参数？

2.6　试将与非门、或非门、异或门用做反相器使用，门电路输入端应如何连接？

2.7　已知驱动门输出 V_{OH}=2.4V，V_{OL}=0.4V；负载门输入 V_{IHmin}=2.4V，V_{ILmax}=0.8V，试求 V_{NH}、V_{NL}。

2.8　TTL 门电路的输入负载特性曲线中，将维持门电路输出高电平的 R_I 最大值称为关门电阻 R_{OFF}；将维持门电路输出低电平的 R_I 最小值称为开门电阻 R_{ON}。若已知 R_{OFF}=0.7kΩ，R_{ON}=2.3kΩ，试判断以下门电路输出电平的值。

2.9　下列电路中，除输入端 A 外均为多余输入端，试判断以下门电路多余输入端的处理方法是否正确？

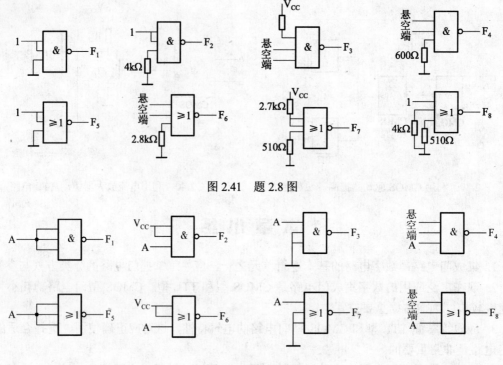

图 2.41　题 2.8 图

图 2.42　题 2.9 图

2.10　用万用表直流电压 10V 挡（内阻 50kΩ/V）测量 TTL 与非门一个悬空输入端的电压值，求出下列各种情况下万用表的读数：

其余输入端全部悬空；

其余输入端全部接 5V；

其余输入端全部接地；

其余输入端中有一个接地；

其余输入端全部接低电平 0.3V。

2.11　根据下图所示电路及输入波形，画出 $F_1 \sim F_4$ 输出波形。

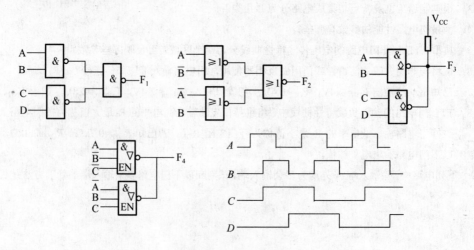

图 2.43　题 2.11 图

2.12　判断以下电路能否完成所设定的逻辑功能。

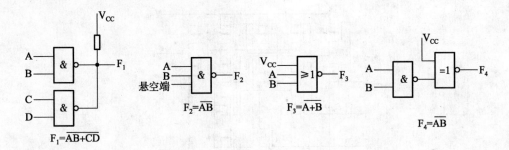

图 2.44　题 2.12 图

2.13　下图电路中，设反相器 $V_{OH} \geqslant 3V$，$V_{OL} \leqslant 0.3V$，$I_{OH} = -0.4mA$，$I_{OL} = 8mA$。所带负载的 $I_{IL} \leqslant -0.45mA$，$I_{IH} \leqslant 20\mu A$，试求该电路扇出系数。

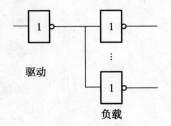

图 2.45　题 2.13 图

2.14　下列各种电路中，哪些电路的输出端可以并联使用？

　　　TTL 门电路；

　　　TTL OC 门电路；

　　　TTL 三态门电路；

　　　CMOS 门电路；

　　　CMOS OD 门电路；

　　　CMOS 三态门电路。

2.15　试求出下列各电路的输出表达式，并根据给定输入信号波形，画出各输出信号波形。

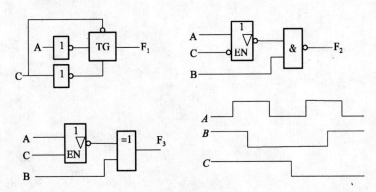

图 2.46　题 2.15 图

2.16　试求出下列电路的输出逻辑表达式，说明逻辑功能。

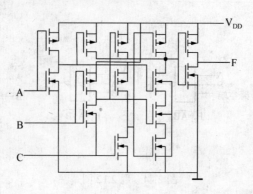

图 2.47　题 2.16 图

第3章 组合逻辑电路

【**学习指导**】本章学习组合逻辑电路的分析与设计方法；熟悉常用组合逻辑电路：加法器、编码器、译码器、数据选择器与分配器等；掌握它们的组成与外部特性；了解组合逻辑电路的竞争冒险现象及其消除办法。

3.1 组合逻辑电路的分析与设计

根据电路逻辑功能的不同特点，数字电路分为两类：组合逻辑电路（简称组合电路）和时序逻辑电路（简称时序电路）。

组合逻辑电路指电路在某一时刻的输出仅与同一时刻电路的输入有关系，而与电路此前的状态无关。如前面学习的各种门电路就属于组合逻辑电路的范畴。组合逻辑电路的组成框图如图 3.1 所示。

图 3.1 中，x_i（i 从 $1 \rightarrow n$）为输入逻辑变量，y_j（j 从 $1 \rightarrow m$）为输出逻辑变量。y_j 与 x_i 之间的逻辑关系为：

图 3.1 组合逻辑电路组成框图

$$y_1 = f_1 (x_1 \cdots x_n)$$
$$y_2 = f_2 (x_1 \cdots x_n)$$
$$\cdots$$

$$y_m = f_m (x_1 \cdots x_n)$$

学习组合逻辑电路，包括两个方面：组合逻辑电路的分析与组合逻辑电路的设计。

3.1.1 组合逻辑电路分析

根据已知组合逻辑电路，运用相关逻辑运算规律，确定电路逻辑功能的过程，称为组合逻辑电路的分析。基本分析步骤如下：

① 根据已知组合逻辑电路，确定电路输出逻辑表达式，输出逻辑表达式一般按照从输入到输出（或相反方向）逐级推导的方法进行；

② 对得到的输出逻辑表达式进行变换和化简，得到最简表达式（或所需要的表达式形式）；

③ 列出输出逻辑函数的真值表；

④ 分析真值表，确定、说明组合逻辑电路功能。

以上分析步骤，可概括成流程图如图 3.2 所示。

图 3.2　组合逻辑电路分析步骤

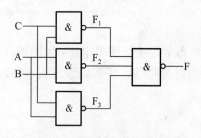

图 3.3　【例 3.1】逻辑电路

【例 3.1】分析图 3.3 所示组合逻辑电路。

解： ① 确定电路输出逻辑表达式：

$$F_1 = \overline{BC}, \quad F_2 = \overline{AB}, \quad F_3 = \overline{AC}$$

$$F = \overline{F_1 F_2 F_3} = \overline{\overline{BC}\,\overline{AB}\,\overline{AC}} = BC + AB + AC$$

② 对获得的表达式变换化简，得到最简输出逻辑表达式。分析知，本例中所得到的输出逻辑表达式已经是最简形式。

③ 根据表达式，列出相应真值表（见表 3.1）。

表 3.1　【例 3.1】真值表

输入变量			输出变量
A	B	C	F
0	0	0	0
0	0	1	0
0	1	0	0
0	1	1	1
1	0	0	0
1	0	1	1
1	1	0	1
1	1	1	1

④ 分析真值表，当 3 个输入逻辑变量中有两个或以上为高电平 1 时，输出为高电平 1；否则，输出为低电平。所以，这是一个 3 位输入的多数表决电路。当事件获得多数肯定时，事件被通过。

【例 3.2】分析图 3.4 所示组合逻辑电路。

解： ① 确定电路输出逻辑表达式：

$$P_1 = \overline{A}, \quad P_2 = \overline{B}$$

$$Z_1 = P_1 B = \overline{A}B, \quad Z_3 = P_2 A = A\overline{B},$$

$$Z_2 = \overline{Z_1 + Z_3} = \overline{\overline{A}B + A\overline{B}} = \overline{A \oplus B}$$

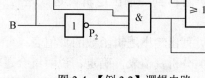

图 3.4　【例 3.2】逻辑电路

通过上式可知，组合逻辑电路的输出逻辑变量可以有多个。

② 根据输出逻辑表达式，列出对应真值表（见表 3.2）。

表 3.2　【例 3.2】真值表

输 入 变 量		输 出 变 量		
A	B	Z_1	Z_2	Z_3
0	0	0	1	0
0	1	1	0	0
1	0	0	0	1
1	1	0	1	0

③ 分析真值表：当输入分别为 $A<B$、$A=B$、$A>B$ 时，3 个输出 Z_1、Z_2、Z_3 分别输出高电平 1。因此，Z_1 表示 $A<B$，Z_2 表示 $A=B$，Z_3 表示 $A>B$。

这是一个一位数值比较电路。

【例 3.3】分析图 3.5（a）所示组合逻辑电路。

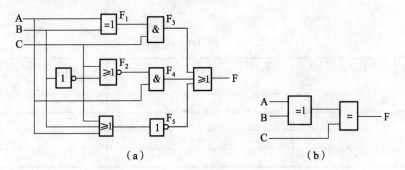

（a）　　　　　　　　　　　　　　（b）

图 3.5　【例 3.3】逻辑电路

解：① 确定电路输出逻辑表达式：

$$F_1 = A \oplus B$$

$$F_2 = \overline{\overline{B} + C}$$

$$F_3 = CF_1 = (A \oplus B)C$$

$$F_4 = AF_2 = A\overline{\overline{B} + C}$$

$$F_5 = \overline{A + B + C}$$

$$F = F_3 + F_4 + F_5 = (A \oplus B)C + \overline{A\overline{B} + C} + \overline{A + B + C} = A\overline{B}C + \overline{A}BC + AB\overline{C} + \overline{A}\,\overline{B}\,\overline{C}$$

分析可知，上式已经是函数 F 的最简形式。

② 列出真值表（见表 3.3）。

表 3.3　【例 3.3】真值表

输 入 变 量			输 出 变 量
A	B	C	F
0	0	0	1
0	0	1	0
0	1	0	0
0	1	1	1
1	0	0	0
1	0	1	1
1	1	0	1
1	1	1	0

③ 分析真值表，可以确定该组合逻辑电路的逻辑功能为：当输入 A、B、C 全 0 或存在偶数个 1 时，电路输出为 1。

上述逻辑功能的实现电路，用到了 7 个门电路，较为复杂。因此对逻辑函数 F 的表达式进行适当变换：

$$F = \overline{A}\,\overline{B}C + \overline{A}BC + AB\overline{C} + \overline{ABC} = (\overline{A}\,\overline{B} + \overline{A}B)C + (AB + \overline{A}\,\overline{B})\overline{C} = (A \oplus B)C + \overline{A \oplus B}\,\overline{C}$$

即使用同或门和异或门，实现电路较为简单，如图 3.5（b）所示。

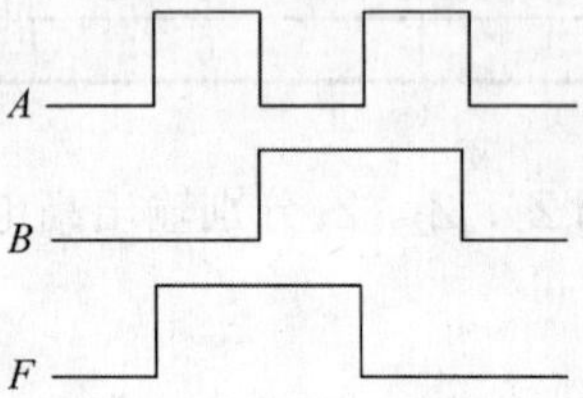

【例 3.4】确定图 3.6 所示波形对应组合逻辑电路的功能。

解：波形图是描述逻辑电路功能的方法之一。根据已知的输入输出波形，同样可以获得对应电路的真值表。

根据已知输入/输出波形图，可以获得电路真值表（见表 3.4）。

图 3.6 【例 3.4】输入/输出波形

表 3.4 【例 3.4】真值表

输 入 变 量		输 出 变 量
A	B	F
0	0	0
0	1	1
1	0	1
1	1	0

分析真值表可知，输入 A、B 相同时，输出为 0；输入 A、B 不同时，输出为 1。该电路反映输入输出之间的"异或"逻辑关系，即

$$F = A\overline{B} + \overline{A}B$$

通过对上述组合逻辑电路的分析，可以发现：组合逻辑电路主要由门电路构成，不包含具有记忆功能的电路单元和反馈电路。

3.1.2 组合逻辑电路设计

组合逻辑电路的设计是根据电路应具备的逻辑功能，从拟实现的电路逻辑功能出发，运用逻辑运算规律，经过逻辑抽象，列出真值表并进行化简和变换，求出实现目标逻辑功能最佳电路的过程。组合逻辑电路的设计是分析的逆过程。组合逻辑电路的设计步骤为：

① 根据拟实现的逻辑功能，分析已知条件，确定输入、输出各对应变量间的逻辑关系，建立关于该逻辑问题的真值表；

② 根据真值表，求出输出逻辑表达式，并进行变换和化简，得到需要的最简表达式；

③ 根据表达式，画出逻辑图，并用给定的门电路实现逻辑功能。

以上设计组合逻辑电路的过程，可用图 3.7 所示的流程图描述。

图 3.7 组合逻辑电路设计步骤

【例 3.5】设计一个三变量相异电路，用与非门实现。

解:① 三变量相异电路,即当 3 个输入逻辑变量取值相同时,输出为 0;当 3 个输入逻辑变量取值不同时,输出为 1。

设 3 个输入逻辑变量为 A、B、C,输出逻辑变量为 F。根据题意,获得电路真值表(见表 3.5)。

表 3.5 【例 3.5】真值表

输 入 变 量			输 出 变 量
A	B	C	F
0	0	0	0
0	0	1	1
0	1	0	1
0	1	1	1
1	0	0	1
1	0	1	1
1	1	0	1
1	1	1	0

② 根据真值表,利用卡诺图法(如图 3.8 所示)获得逻辑函数 F 的最简表达式。

$$F = \overline{A}C + B\overline{C} + A\overline{B}$$

若利用与非门电路实现,则应将上式进一步变换为

$$F = \overline{A}C + B\overline{C} + A\overline{B} = \overline{\overline{\overline{A}C + B\overline{C} + A\overline{B}}} = \overline{\overline{\overline{A}C} \cdot \overline{B\overline{C}} \cdot \overline{A\overline{B}}}$$

③ 根据此表达式,获得实现电路,如图 3.9 所示。

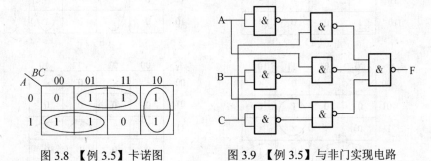

图 3.8 【例 3.5】卡诺图   图 3.9 【例 3.5】与非门实现电路

【例 3.6】设计一个将余 3 码变换为 8421BCD 码的码制变换电路。

解:① 根据题意,列出真值表(见表 3.6),设输入的 4 位余 3 码为 $A_3A_2A_1A_0$,输出的 8421BCD 码为 $F_3F_2F_1F_0$。

表 3.6 【例 3.6】真值表

十进制数	输入余 3 码				输出 8421BCD 码			
	A_3	A_2	A_1	A_0	F_3	F_2	F_1	F_0
0	0	0	1	1	0	0	0	0
1	0	1	0	0	0	0	0	1
2	0	1	0	1	0	0	1	0
3	0	1	1	0	0	0	1	1

续表

十进制数	输入余 3 码				输出 8421BCD 码			
	A_3	A_2	A_1	A_0	F_3	F_2	F_1	F_0
4	0	1	1	1	0	1	0	0
5	1	0	0	0	0	1	0	1
6	1	0	0	1	0	1	1	0
7	1	0	1	0	0	1	1	1
8	1	0	1	1	1	0	0	0
9	1	1	0	0	1	0	0	1
	0	0	0	0	×	×	×	×
	0	0	0	1	×	×	×	×
	0	0	1	0	×	×	×	×
	1	1	0	1	×	×	×	×
	1	1	1	0	×	×	×	×
	1	1	1	1	×	×	×	×

② 根据真值表，利用卡诺图法（如图 3.10 所示）获得输出 8421BCD 码 $F_3F_2F_1F_0$ 的最简表达式。

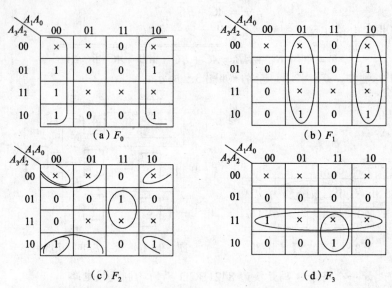

图 3.10　输出 F_3、F_2、F_1、F_0 的卡诺图

可以得到：

$$F_0 = \overline{A}_0$$

$$F_1 = A_1\overline{A}_0 + \overline{A}_1 A_0 = A_1 \oplus A_0$$

$$F_2 = \overline{A}_2\overline{A}_0 + A_2 A_1 A_0 + \overline{A}_2\overline{A}_1 = \overline{\overline{\overline{A}_2\overline{A}_0}\ \overline{A_2 A_1 A_0}\ \overline{\overline{A}_2\overline{A}_1}}$$

$$F_3 = A_3 A_2 + A_3 A_1 A_0 = \overline{\overline{A_3 A_2}\ \overline{A_3 A_1 A_0}}$$

以与非门为主实现该逻辑功能的电路如图 3.11 所示。

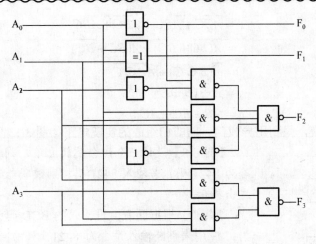

图 3.11　【例 3.6】实现电路

【例 3.7】设计一个组合逻辑电路，正确显示设备故障情况。用两个灯显示 3 台设备故障情况：一台设备出现故障时，黄灯亮；两台设备出现故障时，红灯亮；3 台设备出现故障时，两灯同时亮。

解： ① 根据题意，设 A、B、C 代表 3 台设备故障情况，有故障为 1，无故障为 0；Y、R 分别代表黄灯和红灯的状态，灯亮为 1，显示出现故障；灯灭为 0，表示运转正常。列出真值表，见表 3.7。

表 3.7　【例 3.7】真值表

输 入 变 量			输 出 变 量	
A	B	C	Y	R
0	0	0	0	0
0	0	1	1	0
0	1	0	1	0
0	1	1	0	1
1	0	0	1	0
1	0	1	0	1
1	1	0	0	1
1	1	1	1	1

② 根据真值表，利用卡诺图法（如图 3.12 所示）获得输出 Y、R 的最简表达式。

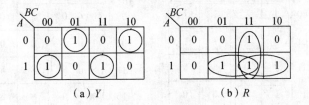

(a) Y　　　　　　(b) R

图 3.12　【例 3.7】卡诺图

可得：

$$Y = \overline{A}\,\overline{B}C + \overline{A}B\overline{C} + A\overline{B}\,\overline{C} + ABC$$
$$= \overline{A}(\overline{B}C + B\overline{C}) + A(BC + \overline{B}\,\overline{C})$$
$$= \overline{A}(B \oplus C) + A\overline{B \oplus C}$$
$$= A \oplus (B \oplus C)$$
$$R = AB + BC + AC$$

将上式适当变换，得到用异或门、与非门组成的实现电路如图 3.13 所示。

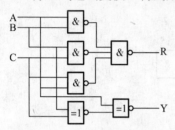

图 3.13 【例 3.7】实现电路

【例 3.8】设计一个组合逻辑电路，判断输入的 BCD 码是否为 8421 码。若输入 8421 码，则该码能够被 4 或 5 整除时，发出提示。

解：① 根据题意，设输入的 BCD 码为 $ABCD$；输出分别为：Y_1 用来判断输入是否为 8421 码，$Y_1=1$ 表示输入为 8421 码；Y_2 用来判断输入的 8421 码能否被 4 或 5 整除，$Y_2=1$ 表示可以整除。列出真值表（见表 3.8）。

表 3.8 【例 3.8】真值表

输 入 变 量				输 出 变 量	
A	B	C	D	Y_1	Y_2
0	0	0	0	1	1
0	0	0	1	1	0
0	0	1	0	1	0
0	0	1	1	1	0
0	1	0	0	1	1
0	1	0	1	1	1
0	1	1	0	1	0
0	1	1	1	1	0
1	0	0	0	1	1
1	0	0	1	1	0
1	0	1	0	0	×
1	0	1	1	0	×
1	1	0	0	0	×
1	1	0	1	0	×
1	1	1	0	0	×
1	1	1	1	0	×

② 根据真值表，利用卡诺图法（如图 3.14 所示）获得输出 Y_1、Y_2 的最简表达式。

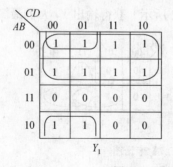
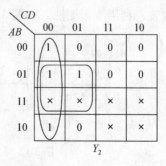

图 3.14 【例 3.8】卡诺图

$$Y_1 = \overline{A} + \overline{BC}$$

$$Y_2 = \overline{CD} + B\overline{C}$$

利用与非门实现该功能的电路如图 3.15 所示。

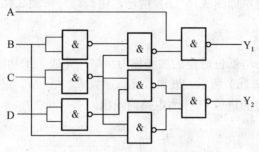

图 3.15 【例 3.8】实现电路

3.2 常见组合逻辑电路

3.2.1 加法器

数字电路中进行数值算术运算的基本单元电路，称为加法器。由于数字系统中乘、除、减等运算均是在加法运算的基础上变换进行的，因此加法运算是最主要的算术运算，加法器是最基本的运算单元。

1. 半加器

只考虑本位两个数相加，不考虑低位进位的加法运算，称为半加。完成半加功能的电路，称为半加器。半加器的框图如图 3.16（a）所示。其中，A、B 是被加数与加数，作为电路的输入端；S 是两个输入相加产生的本位和，它和两个输入相加产生的向高位进位 C 一起作为电路的输出。

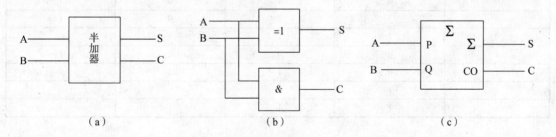

（a）　　　　　　　（b）　　　　　　　（c）

图 3.16 半加器

根据二进制数相加的原则，得到半加器的真值表（见表 3.9）。

表 3.9 半加器真值表

输 入 变 量		输 出 变 量	
A	B	C	S
0	0	0	0
0	1	0	1
1	0	0	1
1	1	1	0

根据真值表，可以得到半加器输出的逻辑表达式：

$$S = \overline{A}B + A\overline{B} = A \oplus B$$

$$C = AB$$

实现半加器的逻辑电路如图 3.16（b）所示，逻辑符号如图 3.16（c）所示。

2. 一位全加器

考虑本位两个数相加与低位进位的加法称为全加，完成全加功能的电路称为全加器。全加器的组成框图如图 3.17（a）所示。被加数 A_i、加数 B_i、低位向本位的进位 C_{i-1} 作为电路的输入，全加和 S_i 与向高位的进位 C_i 作为电路的输出。

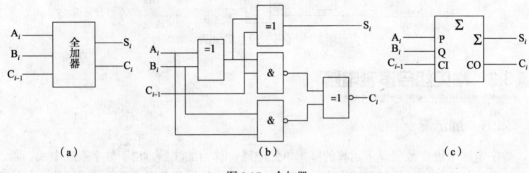

（a）　　　　　　　　　　　　　（b）　　　　　　　　　　　　　（c）

图 3.17　全加器

全加器的真值表见表 3.10。

表 3.10　全加器真值表

输 入 变 量			输 出 变 量	
A_i	B_i	C_{i-1}	C_i	S_i
0	0	0	0	0
0	0	1	0	1
0	1	0	0	1
0	1	1	1	0
1	0	0	0	1
1	0	1	1	0
1	1	0	1	0
1	1	1	1	1

根据真值表，可得：

$$
\begin{aligned}
S_i &= \overline{A}_i\overline{B}_iC_{i-1} + \overline{A}_iB_i\overline{C}_{i-1} + A_i\overline{B}_i\overline{C}_{i-1} + A_iB_iC_{i-1} \\
&= \overline{A}_i(\overline{B}_iC_{i-1} + B_i\overline{C}_{i-1}) + A_i(\overline{B}_i\overline{C}_{i-1} + B_iC_{i-1}) \\
&= \overline{A}_i(B_i \oplus C_{i-1}) + A_i(\overline{B_i \oplus C_{i-1}}) \\
&= A_i \oplus B_i \oplus C_{i-1} \\
C_i &= \overline{A}_iB_iC_{i-1} + A_i\overline{B}_iC_{i-1} + A_iB_i\overline{C}_{i-1} + A_iB_iC_{i-1} \\
&= (\overline{A}_iB_i + A_i\overline{B}_i)C_{i-1} + A_iB_i \\
&= (A_i \oplus B_i)C_{i-1} + A_iB_i
\end{aligned}
$$

由异或门和与非门组成的一位全加器，逻辑电路如图 3.17（b）所示。全加器的逻辑符号如图 3.17（c）所示。

与一位全加器相对应，还有一位全减器。被减数 A_i、减数 B_i、低位向本位的借位 J_{i-1} 是全减器电路的输入，本位全减差 F_i、本位向高位的借位 J_i 作为电路的输出。根据全减器的定义，获得其真值表（见表 3.11）。

表 3.11　全减器真值表

输 入 变 量			输 出 变 量	
A_i	B_i	J_{i-1}	F_i	J_i
0	0	0	0	0
0	0	1	1	1
0	1	0	1	1
0	1	1	0	1
1	0	0	1	0
1	0	1	0	0
1	1	0	0	0
1	1	1	1	1

根据真值表，可以获得输出 F_i 与 J_i 的表达式：

$$F_i = A_i \oplus B_i \oplus C_i$$
$$J_i = \overline{A_i} B_i + \overline{A_i \oplus B_i} J_{i-1}$$

3. 多位全加器

能够实现多位二进制数加法运算的电路称为多位加法器。用全加器构成多位加法器，主要考虑进位方式的问题。按照进位信号连接方式的不同，多位加法器可以分为串行进位加法器和超前进位加法器两种。

（1）串行进位加法器。

实现两个 4 位二进制数 $A = A_3A_2A_1A_0$ 和 $B = B_3B_2B_1B_0$ 相加，可以由 4 个全加器完成，如图 3.18 所示。低位全加器的进位输出接至相邻高位全加器的进位输入端，依此类推。最低位进位输入端接地，最高位进位输出端作为整个电路的进位输出端。

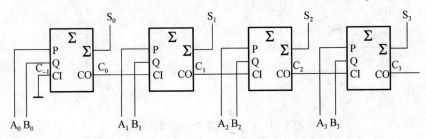

图 3.18　4 位串行进位加法器

将两个 4 位二进制数 $A = A_3A_2A_1A_0$ 和 $B = B_3B_2B_1B_0$ 送至 4 位串行进位加法器电路输入端，电路的输出为

$$F=A+B=A_3A_2A_1A_0+B_3B_2B_1B_0=C_3S_3S_2S_1S_0$$

串行进位加法器电路简单，但低位产生的进位信号需逐级传送，即最高位的全加器，必须在各低位全加器运算结束并产生进位信号之后，才能得到整个电路的运算结果，工作速度较慢。而且输入数据位数越多，运算速度越慢。所以这种电路仅适用于对运算速度要求不高、位数较少的数字系统中。为提高运算速度，必须减少进位信号传送所需的时间。

（2）超前进位加法器。

超前进位加法器也叫并行进位加法器，它是在串行电路的基础上，在电路中增加了快速进位电路。在进行算术运算的同时，采用超前进位方式，将进位信号也计算出来，以提高运算速度。下面以4位超前进位加法器为例进行介绍。

根据全加器中向高位进位 C_i 的真值表，可以得到 C_i 的另一种表示形式，即

$$C_i = A_iB_i + B_iC_{i-1} + A_iC_{i-1}$$

根据被加数 $A=A_3A_2A_1A_0$ 和加数 $B=B_3B_2B_1B_0$，可以直接求得相关各位的进位数值如下：

$$C_0 = A_0B_0 + B_0C_{-1} + A_0C_{-1}$$
$$= A_0B_0 + (A_0 + B_0)C_{-1}$$
$$C_1 = A_1B_1 + B_1C_0 + A_1C_0$$
$$= A_1B_1 + (A_1 + B_1)C_0$$
$$= A_1B_1 + (A_1 + B_1)\left[A_0B_0 + (A_0 + B_0)C_{-1}\right]$$
$$C_2 = A_2B_2 + B_2C_1 + A_2C_1$$
$$= A_2B_2 + (A_2 + B_2)C_1$$
$$= A_2B_2 + (A_2 + B_2)\left\{A_1B_1 + (A_1 + B_1)\left[A_0B_0 + (A_0 + B_0)C_{-1}\right]\right\}$$
$$C_3 = A_3B_3 + B_3C_2 + A_3C_2$$
$$= A_3B_3 + (A_3 + B_3)C_2$$
$$= A_3B_3 + (A_3 + B_3)\left\{A_2B_2 + (A_2 + B_2)\left\{A_1B_1 + (A_1 + B_1)\left[A_0B_0 + (A_0 + B_0)C_{-1}\right]\right\}\right\}$$

因此只要已知输入信号 A、B 及最低位进位信号 C_{-1}，利用上述表达式确定的快速进位电路，可以迅速求出每一位的进位数值，提高电路的运算速度。图3.19为带快速进位的4位二进制全加器7483A，其中（a）为逻辑符号，（b）为外引线功能图。

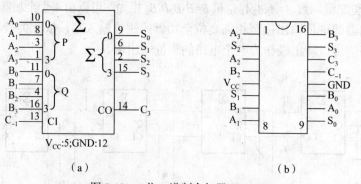

（a）　　　　　　　　　　　　（b）

图 3.19　4 位二进制全加器 7483A

两块4位全加器首尾相连可组成8位二进制全加器。图3.20是两块7483A组成的8位二进制超前进位加法器。其中最低位进位输入 CI 接地，最高位进位输出 CO 作为整个电路的进位输出。该电路能够实现 $A=A_7A_6A_5A_4A_3A_2A_1A_0$ 和 $B=B_7B_6B_5B_4B_3B_2B_1B_0$ 的加法功能。

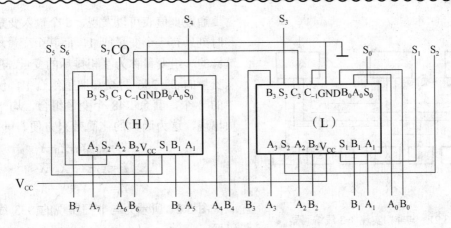

图 3.20　两块 7483A 组成 8 位二进制全加器

3.2.2　编码器

在一些场合需要用特定的符号或数码表示特定的对象。例如，一个班级中的每个同学都有不重复的学号，每个电话用户都有一个特定的号码等。数字电路中，需要将具有某种特定含义的信号变成代码，利用代码表示具有特定含义对象的过程，称为编码。具有编码功能的器件，称为编码器。编码器是一种多输入、多输出的组合逻辑电路，在数字电路中有广泛应用。

1. 普通编码器

普通编码器电路在某一时刻只能对一个输入信号进行编码，即只能有一个输入端存在有效输入信号。例如，当输入信号高电平有效时，则只能有一个输入信号为高电平，其余输入信号均为低电平，是无效信号。由于 n 位二进制代码可以表示 2^n 种不同的状态，所以，2^n 个输入信号只需要 n 个输出就能够完成编码工作。

【例 3.9】设计一个 8-3 线普通编码器。

解：8-3 线普通编码器电路具有 8 个输入端，3 个输出端（$2^3 = 8$），属于二进制编码器。设 $X_7 \sim X_0$ 代表 8 路输入，$Y_2 \sim Y_0$ 代表 3 路输出。原则上对输入信号的编码是任意的，常用的编码方式是按照二进制数的顺序由小到大进行编码。设输入、输出均为高电平有效，列出 8-3 线编码器的真值表（见表 3.12）。

表 3.12　8-3 线编码器真值表

输 入 变 量								输 出 变 量		
X_7	X_6	X_5	X_4	X_3	X_2	X_1	X_0	Y_2	Y_1	Y_0
0	0	0	0	0	0	0	1	0	0	0
0	0	0	0	0	0	1	0	0	0	1
0	0	0	0	0	1	0	0	0	1	0
0	0	0	0	1	0	0	0	0	1	1
0	0	0	1	0	0	0	0	1	0	0
0	0	1	0	0	0	0	0	1	0	1
0	1	0	0	0	0	0	0	1	1	0
1	0	0	0	0	0	0	0	1	1	1

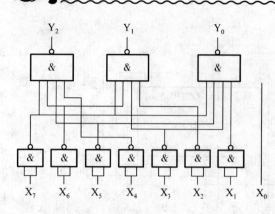

图 3.21　与非门实现 8-3 线编码器

通过真值表可以发现，8 个输入变量中在某一时刻只有一个变量取 1，而其余变量均为 0，这样的一组变量称为互相排斥的变量。在 8 个输入变量的 $2^8=256$ 种变量取值组合中，仅用到其中的 8 个，其余 248 个变量组合，均作为无关项出现，这为函数的化简带来方便。可以求出：

$$Y_2=X_4+X_5+X_6+X_7$$
$$Y_1=X_2+X_3+X_6+X_7$$
$$Y_0=X_1+X_3+X_5+X_7$$

图 3.21 所示为与非门实现的 8-3 线普通编码器。

2. 优先编码器

普通编码器工作时若同时出现两个或以上的有效输入信号，会造成电路工作的混乱，导致输出错误。例如，同时按下电话机的两个数字键，会显示拨号错误。而优先编码器允许多个有效输入信号同时存在，但根据事先设定优先级别的不同，编码器只接受输入信号中优先级别最高的编码请求，而不响应其他的输入信号。

【例 3.10】设计一个 8421BCD 优先编码器，设大数优先级别高。

解：8421BCD 优先编码器，有 10 个输入端，代表十进制数 0~9，用 X_0~X_9 表示；有 4 个输出端，代表对应输入的 8421BCD 码，用 A、B、C、D 表示。根据题意，输入的十进制数越大，优先级别越高。设输入、输出均为高电平有效，该优先编码器真值表如表 3.13 所示。

表 3.13　【例 3.10】真值表

输 入 变 量										输 出 变 量			
X_9	X_8	X_7	X_6	X_5	X_4	X_3	X_2	X_1	X_0	A	B	C	D
0	0	0	0	0	0	0	0	0	1	0	0	0	0
0	0	0	0	0	0	0	0	1	×	0	0	0	1
0	0	0	0	0	0	0	1	×	×	0	0	1	0
0	0	0	0	0	0	1	×	×	×	0	0	1	1
0	0	0	0	0	1	×	×	×	×	0	1	0	0
0	0	0	0	1	×	×	×	×	×	0	1	0	1
0	0	0	1	×	×	×	×	×	×	0	1	1	0
0	0	1	×	×	×	×	×	×	×	0	1	1	1
0	1	×	×	×	×	×	×	×	×	1	0	0	0
1	×	×	×	×	×	×	×	×	×	1	0	0	1

根据真值表，可以得到输出 A、B、C、D 的表达式：

$$A = Y_9 + \overline{Y_8}Y_8$$
$$= Y_9 + Y_8$$
$$B = \overline{Y_9}\,\overline{Y_8}Y_7 + \overline{Y_9}\,\overline{Y_8}\,\overline{Y_7}Y_6 + \overline{Y_9}\,\overline{Y_8}\,\overline{Y_7}\,\overline{Y_6}Y_5 + \overline{Y_9}\,\overline{Y_8}\,\overline{Y_7}\,\overline{Y_6}\,\overline{Y_5}Y_4$$
$$= \overline{Y_9}\,\overline{Y_8}(Y_7 + Y_6 + Y_5 + Y_4)$$
$$C = \overline{Y_9}\,\overline{Y_8}Y_7 + \overline{Y_9}\,\overline{Y_8}\,\overline{Y_7}Y_6 + \overline{Y_9}\,\overline{Y_8}\,\overline{Y_7}\,\overline{Y_6}\,\overline{Y_5}\,\overline{Y_4}Y_3 + \overline{Y_9}\,\overline{Y_8}\,\overline{Y_7}\,\overline{Y_6}\,\overline{Y_5}\,\overline{Y_4}\,\overline{Y_3}Y_2$$
$$= \overline{Y_9}\,\overline{Y_8}(Y_7 + Y_6 + \overline{Y_5}\,\overline{Y_4}Y_3 + \overline{Y_5}\,\overline{Y_4}Y_2)$$
$$D = Y_9 + \overline{Y_9}\,\overline{Y_8}Y_7 + \overline{Y_9}\,\overline{Y_8}\,\overline{Y_7}\,\overline{Y_6}Y_5 + \overline{Y_9}\,\overline{Y_8}\,\overline{Y_7}\,\overline{Y_6}\,\overline{Y_5}\,\overline{Y_4}Y_3 + \overline{Y_9}\,\overline{Y_8}\,\overline{Y_7}\,\overline{Y_6}\,\overline{Y_5}\,\overline{Y_4}\,\overline{Y_3}\,\overline{Y_2}Y_1$$
$$= Y_9 + \overline{Y_8}(Y_7 + \overline{Y_6}Y_5 + \overline{Y_6}\,\overline{Y_4}Y_3 + \overline{Y_6}\,\overline{Y_4}\,\overline{Y_2}Y_1)$$

根据表达式，可以画出实现该功能的逻辑电路图。

图 3.22 为 8-3 线优先编码器 74LS148 的逻辑符号和外引线功能图。

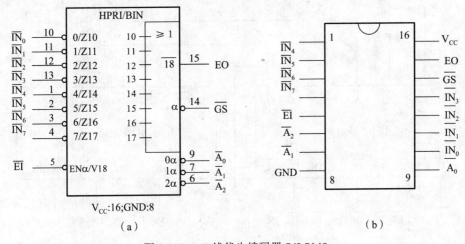

图 3.22　8-3 线优先编码器 74LS148

74LS148 具有 8 位输入 $\overline{IN_0} \sim \overline{IN_7}$，3 位输出 $\overline{A_0} \sim \overline{A_2}$。输入与输出信号均为低电平有效。电路增加了部分使能端：使能输入端 $\overline{EI}$（低电平有效）、使能输出端 EO（高电平有效）、优先标志端 $\overline{GS}$（低电平有效），它们的作用是扩展电路功能。该优先编码器的功能表（见表 3.14）。

表 3.14　74LS148 功能表

输入变量									输出变量				
$\overline{EI}$	$\overline{IN_7}$	$\overline{IN_6}$	$\overline{IN_5}$	$\overline{IN_4}$	$\overline{IN_3}$	$\overline{IN_2}$	$\overline{IN_1}$	$\overline{IN_0}$	$\overline{A_2}$	$\overline{A_1}$	$\overline{A_0}$	$\overline{GS}$	EO
1	×	×	×	×	×	×	×	×	1	1	1	1	1
0	1	1	1	1	1	1	1	1	1	1	1	1	0
0	1	1	1	1	1	1	1	0	1	1	1	0	1
0	1	1	1	1	1	1	0	×	1	1	0	0	1
0	1	1	1	1	1	0	×	×	1	0	1	0	1
0	1	1	1	1	0	×	×	×	1	0	0	0	1
0	1	1	1	0	×	×	×	×	0	1	1	0	1
0	1	1	0	×	×	×	×	×	0	1	0	0	1
0	1	0	×	×	×	×	×	×	0	0	1	0	1
0	0	×	×	×	×	×	×	×	0	0	0	0	1

利用编码器的使能端，可以方便地实现电路输入/输出端个数的扩展。

【例 3.11】利用 74LS148 构成 16-4 线优先编码器。

解：将两块 8-3 线优先编码器 74LS148 通过使能端连接，即可完成 16-4 线优先编码功能，如图 3.23 所示。

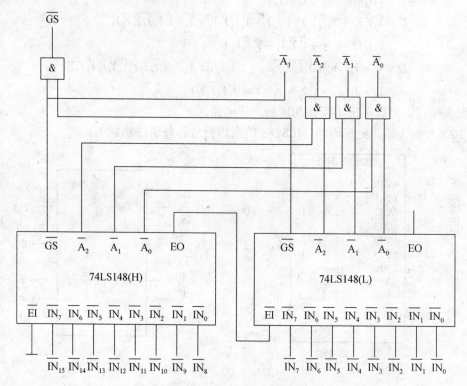

图 3.23　【例 3.11】电路图

电路工作过程如下。

当 $\overline{IN}_8 \sim \overline{IN}_{15}$ 中有低电平输入时，（H）块工作。此时，$EO_H = 1$，$\overline{GS}_H = \overline{A}_3 = 0$。由于 $EO_H = \overline{EI}_L = 1$，（L）块不工作，其输出 $\overline{A}_0 \sim \overline{A}_2$ 均为 1。例如，当输入 $\overline{IN}_{12} = 0$ 时，（L）块不工作，（H）块的 $\overline{A}_2\overline{A}_1\overline{A}_0 = 011$，$\overline{GS}_H = \overline{A}_3 = 0$。电路总输出为 $\overline{A}_3\overline{A}_2\overline{A}_1\overline{A}_0 = 0011$。

当 $\overline{IN}_8 \sim \overline{IN}_{15}$ 全为高电平输入时，（H）块不工作。其输出 $\overline{A}_2\overline{A}_1\overline{A}_0 = 111$，此时，$EO_H = \overline{EI}_L = 0$，（L）块工作。例如，输入 $\overline{IN}_3 = 0$，则（L）块工作，其输出 $\overline{A}_2\overline{A}_1\overline{A}_0 = 100$，电路总输出为 $\overline{A}_3\overline{A}_2\overline{A}_1\overline{A}_0 = 1100$。

利用两块 74LS148 级联，可以方便的构成 16-4 线优先编码器。

另一种常用的编码器 74LS147 是反码输出的 10-4 线优先编码器，其逻辑符号、外引线功能图如图 3.24 所示，功能表见表 3.15。

该电路输入与输出信号均为低电平有效；全部输入均为高电平信号时，表示输入零。由于在 BCD 编码器中，每一位数字均独立编码，不需扩展，所以该电路没有扩展端。

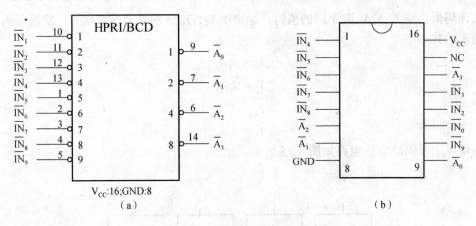

图 3.24　10-4 线优先编码器 74LS147

表 3.15　74LS147 功能表

输　入　变　量									输　出　变　量			
$\overline{IN}_9$	$\overline{IN}_8$	$\overline{IN}_7$	$\overline{IN}_6$	$\overline{IN}_5$	$\overline{IN}_4$	$\overline{IN}_3$	$\overline{IN}_2$	$\overline{IN}_1$	$\overline{A}_3$	$\overline{A}_2$	$\overline{A}_1$	$\overline{A}_0$
1	1	1	1	1	1	1	1	1	1	1	1	1
1	1	1	1	1	1	1	1	0	1	1	1	0
1	1	1	1	1	1	1	0	×	1	1	0	1
1	1	1	1	1	1	0	×	×	1	1	0	0
1	1	1	1	1	0	×	×	×	1	0	1	1
1	1	1	1	0	×	×	×	×	1	0	1	0
1	1	1	0	×	×	×	×	×	1	0	0	1
1	1	0	×	×	×	×	×	×	1	0	0	0
1	0	×	×	×	×	×	×	×	0	1	1	1
0	×	×	×	×	×	×	×	×	0	1	1	0

3.2.3　译码器

译码是将一种输入代码转换成另一种代码输出的过程。能够完成译码工作的电路称做译码器。译码是编码的逆过程，是一种多输入、多输出组合逻辑电路。

1. 变量译码器

变量译码器是将二进制码输入转换成相应高低电平信号输出的电路。它具有 m 个输入端，2^m 个输出端。这种译码器的输出是一组对应输入二进制代码的电平信号。不同的输入代码组合，在不同的输出端呈现有效电平。

表 3.16 为 2-4 线译码器功能表。

表 3.16　2-4 线译码器功能表

输　入　变　量		输　出　变　量			
A_1	A_0	Y_3	Y_2	Y_1	Y_0
0	0	0	0	0	1
0	1	0	0	1	0
1	0	0	1	0	0
1	1	1	0	0	0

该译码器当输入 A_1A_0 取不同的值时，输出 $Y_3Y_2Y_1Y_0$ 分别处于有效状态，实现译码功能。输出的表达式如下：

$$Y_0 = \overline{A_1}\,\overline{A_0}$$
$$Y_1 = \overline{A_1}A_0$$
$$Y_2 = A_1\overline{A_0}$$
$$Y_3 = A_1A_0$$

实现以上译码功能的电路如图 3.25 所示。

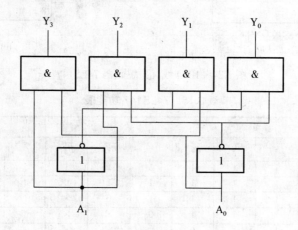

图 3.25　2-4 线译码功能实现电路

图 3.26 为 3-8 线变量译码器 74LS138 的逻辑符号及外引线功能图，该译码器增加了 3 个使能端：$G_1, \overline{G}_{2A}, \overline{G}_{2B}$。其作用是便于电路级联，扩大输入端的个数，同时通过使能端的作用控制可能出现的冒险现象。当 $G_1 = 1, \overline{G}_{2A} = \overline{G}_{2B} = 0$ 时，电路处于正常的工作状态。其功能表（见表 3.17）。

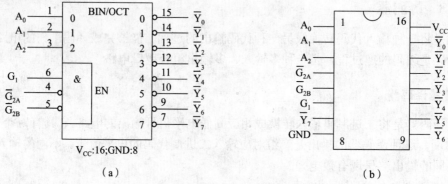

图 3.26　3-8 线变量译码器 74LS138

表 3.17　74LS138 功能表

输 入 变 量						输 出 变 量							
G_1	$\overline{G}_{2A}$	$\overline{G}_{2B}$	A_2	A_1	A_0	$\overline{Y}_7$	$\overline{Y}_6$	$\overline{Y}_5$	$\overline{Y}_4$	$\overline{Y}_3$	$\overline{Y}_2$	$\overline{Y}_1$	$\overline{Y}_0$
0	×	×	×	×	×	1	1	1	1	1	1	1	1
×	1	×	×	×	×	1	1	1	1	1	1	1	1
×	×	1	×	×	×	1	1	1	1	1	1	1	1

输 入 变 量						输 出 变 量							
G_1	$\overline{G}_{2A}$	$\overline{G}_{2B}$	A_2	A_1	A_0	$\overline{Y}_7$	$\overline{Y}_6$	$\overline{Y}_5$	$\overline{Y}_4$	$\overline{Y}_3$	$\overline{Y}_2$	$\overline{Y}_1$	$\overline{Y}_0$
1	0	0	0	0	0	1	1	1	1	1	1	1	0
1	0	0	0	0	1	1	1	1	1	1	1	0	1
1	0	0	0	1	0	1	1	1	1	1	0	1	1
1	0	0	0	1	1	1	1	1	1	0	1	1	1
1	0	0	1	0	0	1	1	1	0	1	1	1	1
1	0	0	1	0	1	1	1	0	1	1	1	1	1
1	0	0	1	1	0	1	0	1	1	1	1	1	1
1	0	0	1	1	1	1	1	1	1	1	1	1	1

利用译码器使能端，可方便地实现电路功能扩展。

【例 3.12】利用 3-8 线变量译码器 74LS138 实现 4-16 线译码功能。

解： 利用 3-8 线译码器 74LS138 的使能端扩展级联，可完成 4-16 线译码功能。设 4 位输入为 $A_3A_2A_1A_0$，16 位输出为 $\overline{Y}_{15} \sim \overline{Y}_0$。实现电路如图 3.27 所示。

当输入 $A_3=0$ 时，（L）块工作，此时根据 $A_2A_1A_0$ 的取值组合，在 $\overline{Y}_7 \sim \overline{Y}_0$ 中选择一路输出，完成 0000~0111 的译码工作。

当输入 $A_3=1$ 时，（H）块工作，此时根据 $A_2A_1A_0$ 的取值组合，在 $\overline{Y}_{15} \sim \overline{Y}_8$ 中选择一路输出，完成 1000~1111 的译码工作。

综合以上两种情况，利用两块 74LS138 级联就能够完成 4-16 线译码功能。

译码器除了完成正常的译码工作之外，还可以用来实现逻辑函数运算。

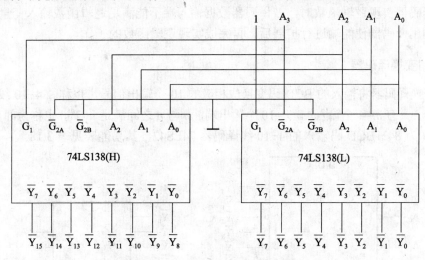

图 3.27　【例 3.12】连接图

【例 3.13】用一块 74LS138 实现下列逻辑函数。

$$F_1 = \overline{A}\,\overline{B}C + \overline{A}BC + A\overline{B}\,\overline{C} + ABC$$

$$F_2 = \overline{A}C + \overline{A}B + BC$$

解： 根据译码器 74LS138 真值表可知，译码器正常工作时，满足

$$\overline{Y}_i = \overline{m}_i \quad (m_i \text{为最小项，} i \text{ 的取值由 } 0\sim7)$$

即每个输出变量仅包含一个输入变量构成的最小项。所以，将逻辑函数 F_1、F_2 变换为：

$$F_1 = \overline{A}\,\overline{B}C + \overline{A}B\overline{C} + A\overline{B}\,\overline{C} + ABC$$
$$= m_1 + m_2 + m_4 + m_7$$
$$= \overline{\overline{m_1} \cdot \overline{m_2} \cdot \overline{m_4} \cdot \overline{m_7}}$$
$$= \overline{\overline{Y_1} \cdot \overline{Y_2} \cdot \overline{Y_4} \cdot \overline{Y_7}}$$
$$F_2 = \overline{A}C + \overline{A}B + BC$$
$$= m_1 + m_2 + m_3 + m_7$$
$$= \overline{\overline{m_1} \cdot \overline{m_2} \cdot \overline{m_3} \cdot \overline{m_7}}$$
$$= \overline{\overline{Y_1} \cdot \overline{Y_2} \cdot \overline{Y_3} \cdot \overline{Y_7}}$$

设译码器使能端 $G_1 = 1$，$\overline{G}_{2A} = \overline{G}_{2B} = 0$，将逻辑函数输入变量 A、B、C 分别对应接至译码器数据输入端 A_2、A_1、A_0。实现函数 F_1、F_2 的连接图如图 3.28 所示。

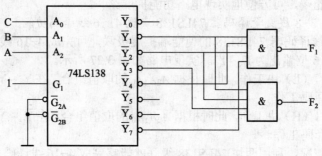

图 3.28 【例 3.13】连接图

利用译码器实现逻辑函数时，若译码器数据输入端不能满足逻辑函数输入变量个数的要求，应先利用译码器使能端进行扩展后，再完成实现逻辑函数的工作。

2. 码制变换译码器

码制变换译码器将输入的 BCD 码变换成相应的 10 个输出信号，也称做 4-10 线译码器。这种译码器，具有 $m=4$ 个输入端，$n=10$ 个输出端，m 与 n 之间满足 $n<2^m$，也称为部分译码器。

图 3.29 为 8421BCD 码输入的 4-10 线译码器 74LS42，其功能表见表 3.18。

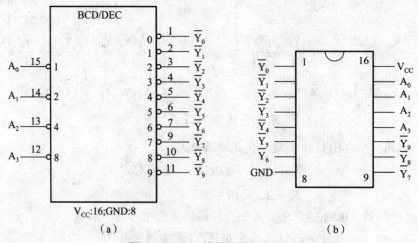

图 3.29 4-10 线译码器 74LS42

表 3.18　74LS42 功能表

十进制数	BCD 码输入				输 出									
	A_3	A_2	A_1	A_0	$\overline{Y_9}$	$\overline{Y_8}$	$\overline{Y_7}$	$\overline{Y_6}$	$\overline{Y_5}$	$\overline{Y_4}$	$\overline{Y_3}$	$\overline{Y_2}$	$\overline{Y_1}$	$\overline{Y_0}$
0	0	0	0	0	1	1	1	1	1	1	1	1	1	0
1	0	0	0	1	1	1	1	1	1	1	1	1	0	1
2	0	0	1	0	1	1	1	1	1	1	1	0	1	1
3	0	0	1	1	1	1	1	1	1	1	0	1	1	1
4	0	1	0	0	1	1	1	1	1	0	1	1	1	1
5	0	1	0	1	1	1	1	1	0	1	1	1	1	1
6	0	1	1	0	1	1	1	0	1	1	1	1	1	1
7	0	1	1	1	1	1	0	1	1	1	1	1	1	1
8	1	0	0	0	1	0	1	1	1	1	1	1	1	1
9	1	0	0	1	0	1	1	1	1	1	1	1	1	1
无效数码	10	1	0	1	0	输 出 端 全 部 显 示 为 1								
	11	1	0	1	1									
	12	1	1	0	0									
	13	1	1	0	1									
	14	1	1	1	0									
	15	1	1	1	1									

根据功能表，当输入为 1010~1111 这 6 组无效数码（也称为伪数码）时，输出端全部呈现高电平 1，提示输入数码无效，因此该电路具有拒绝无效数码输入的功能。

另外，若将该译码器最高输入位 A_3 看做使能端，则该译码器可作为 3-8 线译码器使用。

3. 显示译码器

数字系统中，经常要求译码后的结果或数据以十进制数形式显示，以方便读取数据或信息，显示译码器和数码显示器件配合可完成这项工作。能够将输入二-十进制代码以十进制数形式显示所需的转换电路称为显示译码器。

将二-十进制代码送至显示译码器的输入端，以显示译码器的输出信号驱动显示器件。

（1）数码显示器件。

数码显示器件有许多种，主要用来显示各种数字和符号。目前使用较多的是 7 段数码显示器，简称 7 段数码管。数码显示器包括发光二极管数码管（LED）和液晶显示数码管（LCD）两种。

LED 数码管利用发光二极管构成显示数码的笔画来显示数字，在电压、电流合适时，LED 将发出可见光，通过点亮不同位置上的发光二极管使其显示不同的字符形状。将需要显示的各段按 a~g 命名，如图 3.30 所示。其优点是亮度较高、工作电压较低、体积小、可靠性高、有多种颜色可供选择，应用广泛但工作电流较大。

图 3.30　LED 7 段显示器

7 段显示器中的发光二极管根据连接方式不同，分为共阴极与共阳极两种连接方式，如图 3.31 所示。

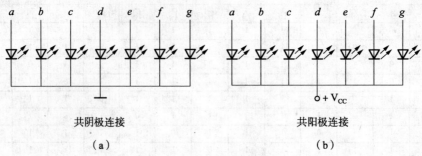

图 3.31　LED 连接方式

共阴极连接时，译码器输出高电平驱动相应二极管发光显示；共阳极连接时，译码器输出低电平驱动相应二极管发光显示。例如，在共阴极连接方式下显示数字 3，则 a、b、c、d、g 段加高电平发光显示，其余各段加低电平熄灭。为保证电路正常工作，实际应用中应串接限流电阻。

LCD 数码管是利用在电场作用下液晶材料会吸收光线的特性显示数码。其优点是耗电较低、体积小、重量轻、显示清晰但显示亮度较低。

（2）数字显示译码/驱动器。

数字显示译码/驱动器的主要作用是将输入代码通过译码器转换成相应高、低电平信号，驱动数码显示器件发光、正确显示。

74LS47 是一种 BCD 码输入、开路输出的 4 线-7 段译码/驱动器。逻辑符号与外引线功能图如图 3.32 所示。

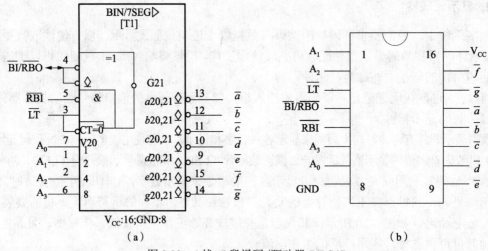

图 3.32　4 线-7 段译码/驱动器 74LS47

$A_3A_2A_1A_0$ 是 74LS47 的 4 位 BCD 码输入，$\bar{a} \sim \bar{g}$ 是 7 段输出、低电平有效。例如，输入 $A_3A_2A_1A_0=0111$ 时，$\bar{a}$、$\bar{b}$、$\bar{c}$ 段输出低电平，显示十进制数 7。74LS47 功能表见表 3.19。

为保证数码显示器件正常工作，该器件增加了 $\overline{LT}$、$\overline{RBI}$、$\overline{BI/RBO}$ 等功能扩展端。

$\overline{LT}$ 端是测试灯输入端，作用是检查数码管 7 段显示是否都能够正常发光。当 $\overline{LT}=0$，$\overline{BI}=1$ 时，7 段显示部件全部点亮，显示"日"字。译码器正常工作时，应使 $\overline{LT}=1$。

表 3.19　74LS47 功能表

十进制数	输入						$\overline{BI}/\overline{RBO}$	输出						
	$\overline{LT}$	$\overline{RBI}$	A_3	A_2	A_1	A_0		$\overline{a}$	$\overline{b}$	$\overline{c}$	$\overline{d}$	$\overline{e}$	$\overline{f}$	$\overline{g}$
0	1	1	0	0	0	0	1	0	0	0	0	0	0	1
1	1	×	0	0	0	1	1	1	0	0	1	1	1	1
2	1	×	0	0	1	0	1	0	0	1	0	0	1	0
3	1	×	0	0	1	1	1	0	0	0	0	1	1	0
4	1	×	0	1	0	0	1	1	0	0	1	1	0	0
5	1	×	0	1	0	1	1	0	1	0	0	1	0	0
6	1	×	0	1	1	0	1	1	1	0	0	0	0	0
7	1	×	0	1	1	1	1	0	0	0	1	1	1	1
8	1	×	1	0	0	0	1	0	0	0	0	0	0	0
9	1	×	1	0	0	1	1	0	0	0	1	1	0	0
10	1	×	1	0	1	0	1	1	1	1	0	0	1	0
11	1	×	1	0	1	1	1	1	1	0	0	1	1	0
12	1	×	1	1	0	0	1	1	0	1	1	1	0	0
13	1	×	1	1	0	1	1	0	1	1	0	1	0	0
14	1	×	1	1	1	0	1	1	1	1	0	0	0	0
15	1	×	1	1	1	1	1	1	1	1	1	1	1	1

$\overline{RBI}$ 端是动态灭灯输入端，作用是将数码管显示的、不用的零熄灭掉。当 $\overline{LT}$ =1、$\overline{RBI}$ =0、$A_3A_2A_1A_0$ =0000 时，$\overline{a} \sim \overline{g}$ 均为 1，数码管不显示，且 $\overline{RBO}$ =0。

$\overline{BI}$ 端是灭灯输入端。$\overline{BI}$ =0 时，不管输入如何，$\overline{a} \sim \overline{g}$ 均为 1，数码管不显示。该功能端优先级别最高。

$\overline{RBO}$ 端是动态灭灯输出端，起控制低位灭零信号的作用。$\overline{RBO}$ =1，说明本位处于显示状态；若 $\overline{RBO}$ =0，且低位为零，则低位零被熄灭。它与 $\overline{BI}$ 组成线与关系。

图 3.33 所示为利用 74LS47 和数码显示器件配合构成的具有灭 0 效果的 8 位数码显示电路。

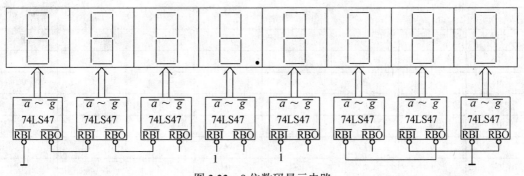

图 3.33　8 位数码显示电路

该电路可显示 4 位整数与 4 位小数，整数最高位和小数最低位的 $\overline{RBI}$ 接低电平，$\overline{RBO}$ 接相邻芯片的 $\overline{RBI}$。当它们接收数字"0"时，不会显示，且通过 $\overline{RBO}$ 向相邻 $\overline{RBI}$ 送入 0。若相邻位也接收"0"，则也不会显示。当 8 位输入均接收"0"时，正常显示为"0.0"。

3.2.4　数据选择器与数据分配器

1. 数据选择器

数据选择器（多路选择器或多路开关）是从多路输入数据中选择一路输出的数字器件，

是一种多输入、单输出的组合逻辑电路。利用它可以完成将输入并行数据转换为串行数据输出的功能。常见数据选择器包括2选1、4选1、8选1、16选1等多种类型。

（1）4选1数据选择器。

图 3.34 为双 4 选 1 数据选择器 74LS153 逻辑符号及外引线功能图，作用相当于两个单刀四掷开关，示意图如图 3.34（c）所示。

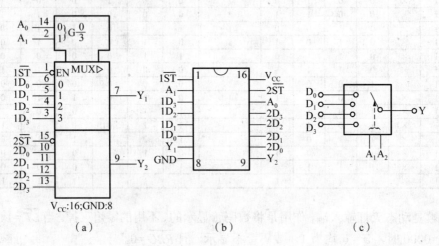

（a）　　　　　　　　　（b）　　　　　　　　　（c）

图 3.34　双 4 选 1 数据选择器 74LS153

其中，$D_0 \sim D_3$ 为数据输入端，其个数称为通道数；Y 为数据输出端；$\overline{ST}$ 为选通输入端，其状态决定电路的工作状态，$\overline{ST}=0$ 时，电路正常工作，输出被选中数据。A_1A_0 为地址输入端，根据 A_1A_0 的组合，从输入数据中选择一路进行传送输出。74LS153 中的两个数据选择器共用一组地址输入端。地址输入端的个数 m 与通道数 n 满足 $n=2^m$。其功能表见表 3.20。

表 3.20　74LS153 功能表

输 入 变 量							输 出 变 量
$\overline{ST}$	A_1	A_0	D_3	D_2	D_1	D_0	Y
1	×	×	×	×	×	×	0
0	0	0	×	×	×	0	0
0	0	0	×	×	×	1	1
0	0	1	×	×	0	×	0
0	0	1	×	×	1	×	1
0	1	0	×	0	×	×	0
0	1	0	×	1	×	×	1
0	1	1	0	×	×	×	0
0	1	1	1	×	×	×	1

根据功能表，可以得到

$$Y = \overline{\overline{ST}}(\overline{A_1}\,\overline{A_0}D_0 + \overline{A_1}A_0D_1 + A_1\overline{A_0}D_2 + A_1A_0D_3)$$

在选中该数据选择器的情况下，地址 A_1A_0 分别取 00、01、10、11 时，输出 Y 分别选中 D_0、D_1、D_2、D_3 进行传送。

（2）数据选择器的应用。

① 通道数扩展。当数据选择器的输入端个数不足时，利用选通端可以进行通道数的扩展，以满足输入数据的要求。图 3.35 为利用 74LS153 完成 8 选 1 的功能。

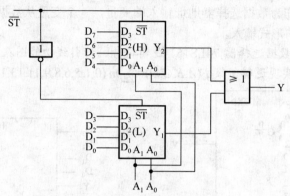

图 3.35 数据选择器通道数的扩展

$\overline{ST}$ =0 时，数据选择器（H）工作，根据地址输入 A_1A_0 的取值，从输入 $D_4 \sim D_7$ 中选择一路输出；$\overline{ST}$ =1 时，数据选择器（L）工作，根据地址输入 A_1A_0 的取值，从输入 $D_0 \sim D_3$ 中选择一路输出。两个数据选择器配合工作，完成 8 选 1。

图 3.36 是利用 5 块 4 选 1 数据选择器，完成 16 选 1 的工作。采用分级选择的办法：首先，从 4 块 4 选 1 数据选择器中各选择一路输出；然后，对选出的 4 路数据再进行 4 选 1，最终确定一路作为整个电路的输出。

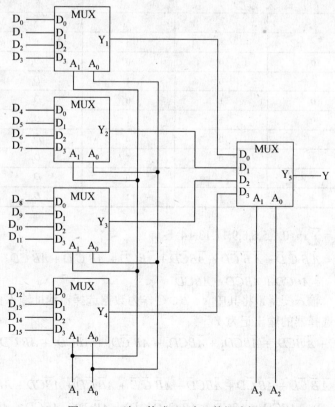

图 3.36 4 选 1 构成 16 选 1 数据选择器

② 实现逻辑函数。由数据选择器输出函数表达式可知，表达式中包含地址变量的所有最小项，可以通过数据输入端控制输出函数中所包含的最小项。这种特性可以被用来实现逻辑函数。若数据选择器地址输入端个数为 n，则该数据选择器能够实现含有 $n+1$ 个变量的逻辑函数。其中 n 个变量作为数据选择器地址输入端变量，一个变量从数据输入端、作为输入数据以原变量或反变量的形式输入。

【例 3.14】8 选 1 数据选择器 74LS151 逻辑符号、外引线功能图及功能简表如图 3.37 和表 3.21 所示。利用它实现逻辑函数 $F(A,B,C,D)=\sum m(0,1,5,6,8,9,11,13,14)$。

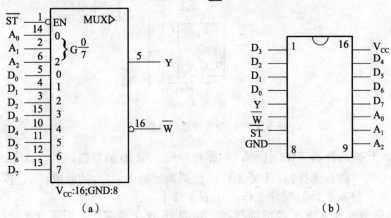

（a）　　　　　　　　　　　　　　　　　　（b）

图 3.37　8 选 1 数据选择器 74LS151

表 3.21　74LS151 功能简表

输 入 变 量				输 出 变 量	
$\overline{ST}$	A_2	A_1	A_0	Y	$\overline{W}$
1	×	×	×	0	1
0	0	0	0	D_0	$\overline{D}_0$
0	0	0	1	D_1	$\overline{D}_1$
0	0	1	0	D_2	$\overline{D}_2$
0	0	1	1	D_3	$\overline{D}_3$
0	1	0	0	D_4	$\overline{D}_4$
0	1	0	1	D_5	$\overline{D}_5$
0	1	1	0	D_6	$\overline{D}_6$
0	1	1	1	D_7	$\overline{D}_7$

解： $F(A,B,C,D) = \sum m(0,1,5,6,8,9,11,13,14)$

$= \overline{A}\,\overline{B}\,\overline{C}\,\overline{D} + \overline{A}\,\overline{B}\,\overline{C}D + \overline{A}B\overline{C}D + \overline{A}BC\overline{D} + A\overline{B}\,\overline{C}\,\overline{D} + A\overline{B}\,\overline{C}D$

$+ A\overline{B}CD + AB\overline{C}D + ABC\overline{D}$

该函数含有四个输入变量，将其中 A、B、C 作为数据选择器地址输入变量，D 作为数据输入变量。将数据选择器的输出记为 Y。

$Y = \overline{A}\,\overline{B}\,\overline{C}D_0 + \overline{A}\,\overline{B}CD_1 + \overline{A}B\overline{C}D_2 + \overline{A}BCD_3 + A\overline{B}\,\overline{C}D_4 + A\overline{B}CD_5 + AB\overline{C}D_6 + ABCD_7$

整理函数 F。

$F = \overline{A}\,\overline{B}\,\overline{C}\,\overline{D} + \overline{A}\,\overline{B}\,\overline{C}D + \overline{A}B\overline{C}D + \overline{A}BC\overline{D} + A\overline{B}\,\overline{C}\,\overline{D} + A\overline{B}\,\overline{C}D + A\overline{B}CD + AB\overline{C}D + ABC\overline{D}$

$= \overline{A}\,\overline{B}\,\overline{C}(\overline{D}+D) + \overline{A}B\overline{C}D + \overline{A}BC\overline{D} + A\overline{B}\,\overline{C}(\overline{D}+D) + A\overline{B}CD + AB\overline{C}D + ABC\overline{D}$

F 与 Y 比较，可得：

$$D_0 = 1, \ D_1 = 0, \ D_2 = D, \ D_3 = \bar{D}, \ D_4 = 1, \ D_5 = D, \ D_6 = 1, \ D_7 = \bar{D}$$

将 $D_0 \sim D_7$ 加至数据输入端，在变量 A、B、C 的控制下，可实现逻辑函数 F，如图 3.38 所示。

【例 3.15】 利用 74LS151 实现逻辑函数 $F = A\bar{B} + \bar{A}C + B\bar{C}$。

解： 该函数含有 3 个输入变量，可以用 4 选 1 数据选择器实现。现在利用 8 选 1 数据选择器 74LS151 实现它。

$$\begin{aligned}
F &= A\bar{B} + \bar{A}C + B\bar{C} \\
&= A\bar{B}(C + \bar{C}) + \bar{A}C(B + \bar{B}) + B\bar{C}(A + \bar{A}) \\
&= \bar{A}\,\bar{B}C + \bar{A}B\bar{C} + \bar{A}BC + A\bar{B}\,\bar{C} + A\bar{B}C + AB\bar{C}
\end{aligned}$$

将三个输入逻辑变量 A、B、C 全部作为数据选择器的地址输入变量。可得：

$$D_0 = 0, D_1 = D_2 = D_3 = D_4 = D_5 = D_6 = 1, D_7 = 0$$

连接图如图 3.39 所示。

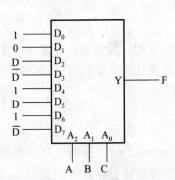
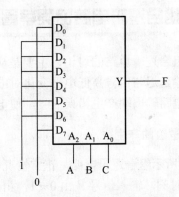

图 3.38　【例 3.14】连接图　　　　　图 3.39　【例 3.15】连接图

2. 数据分配器

数据分配器（多路解调器）是将一个输入数据传送至若干个输出端中任意一个的电路。它可以将串行数据输入变为并行数据输出，图 3.40 为输入、输出均为低电平有效的 4 路数据分配器 74LS139。

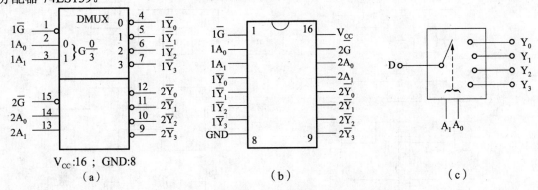

图 3.40　4 路数据分配器 74LS139

表 3.22   74LS139 功能表

输入变量			输出变量			
$\overline{G}(D)$	A_1	A_0	$\overline{Y}_3$	$\overline{Y}_2$	$\overline{Y}_1$	$\overline{Y}_0$
1	×	×	1	1	1	1
D	0	0	1	1	1	D
D	0	1	1	1	D	1
D	1	0	1	D	1	1
D	1	1	D	1	1	1

　　74LS139 是双 4 路数据分配器，它根据地址输入端 A_1A_0 的取值组合，选中 $\overline{Y}_0 \sim \overline{Y}_1$ 中的一路输出；同时，如果将 A_1A_0 作为输入端，G 作为使能端，该器件就是一个 2-4 线译码器。所以，任何带使能端的全译码器（区别于部分译码器），均可以用做数据分配器。

3.3   组合逻辑电路的竞争冒险现象

　　以上对组合逻辑电路的讨论，主要是从逻辑角度进行分析与设计，未考虑实际电路中存在的信号传输延迟与信号高低电平变化对电路逻辑功能可能产生的影响。而以上因素的存在，将可能导致电路输出端产生错误信号，使电路工作混乱。

1. 竞争冒险的产生

　　图 3.41 所示组合逻辑电路，正常情况下输出 $F = A + \overline{A} = 1$。设每个门的传输延迟时间均为 t_{pd}，在 t_1 时刻，输入信号 A 由 0→1，由于门 G_1 的传输延迟，$\overline{A}$ 需要延迟 t_{pd} 才能变为 0。但这一延迟时间并不会导致输出出现错误。而在 t_2 时刻，输入信号 A 由 1→0，$\overline{A}$ 也需要延迟 t_{pd} 才能变为 1。这样，在 $t_2 + t_{pd}$ 这段时间内，$A = \overline{A} = 0$。导致在 $t_2 + t_{pd} \sim t_2 + 2t_{pd}$ 这段时间内，输出 F 为 0，出现了不该出现的低电平（即负窄脉冲）。这种现象称为 0 型冒险。

　　同样，在图 3.42 中，电路输出应恒为低电平，由于传输延迟时间的影响，也会导致输出信号 F 在短暂时间内出现了错误的高电平（即正窄脉冲），这种现象称为 1 型冒险。

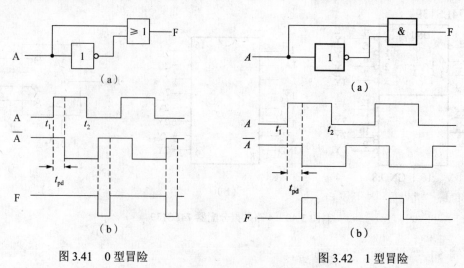

图 3.41   0 型冒险　　　　　　　　　　　　　　图 3.42   1 型冒险

在图 3.43 所示电路中，输出 $F = AB$，当输入 A、B 同时变化时，例如，A 由 $0 \rightarrow 1$，B 由 $1 \rightarrow 0$，若不考虑信号变化的时间差异，F 恒为 0。若信号变化不同步，例如，A 的变化早于 B，结果会导致输出 F 出现错误变化，这也是冒险。

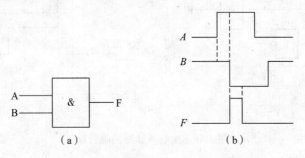

图 3.43　多输入同时变化产生冒险

在组合逻辑电路中，由于存在信号传递的传输延迟时间或信号状态变化的不一致，导致信号的变化出现快慢的差异，这种现象叫竞争。竞争的结果是使输出信号可能发生错误，这种现象叫冒险。出现的短暂错误电平信号，也称为毛刺。

2. 竞争冒险的判断

两个互补的信号作用于一个门电路或两个输入信号同时发生变化，均存在竞争冒险的可能性。正确判断竞争冒险现象对电路的安全工作非常重要。可以使用卡诺图判断法判断一个逻辑函数是否存在竞争冒险现象。

具体判断方法是：根据已知的逻辑函数，做出其卡诺图，若卡诺图中填 1 的方格所形成的卡诺圈中，存在两个或两个以上相切的卡诺圈，则存在竞争冒险的可能性。

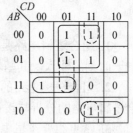

【例 3.16】利用卡诺图判断法判断函数 F 是否存在竞争冒险。

$$F = A\bar{B}C + AB\bar{C} + \bar{A}D$$

解：做出函数 F 的卡诺图，如图 3.44 所示。由图可知，各有两个卡诺圈相切，即当 $BCD = 101$ 和 $BCD = 011$ 时，函数形式变化为 $F = A + \bar{A}$，出现 0 型冒险。

图 3.44　【例 3.16】卡诺图

3. 竞争冒险的消除

常用消除竞争冒险的方法如下。

① 增加取样脉冲，消除竞争冒险。输入信号状态发生变化时，存在出现竞争冒险的可能性。为此，在输入信号处于稳态时，增加取样脉冲，以保证电路输出结果的正确性。在未加取样脉冲期间，输出端被封锁，输出信号无效，如图 3.45 所示。

② 加封锁脉冲。当输入信号发生变化可能导致输出出现竞争冒险时，可在门电路的输入端加一封锁脉冲，将该门电路封锁，从而消除出现冒险的可能性。

③ 在输出端加滤波电容。若电路负载具有一定抗冲击能力，则对由于竞争冒险现象而在电路输出端产生的窄脉冲，可采取在电路输出端并联一小电容的办法，将窄脉冲滤掉。

④ 修改逻辑设计，增加冗余项。冗余项是逻辑函数表达式中对函数逻辑功能没有影响的逻辑项。利用化简方法，可以将其从表达式中化简掉。

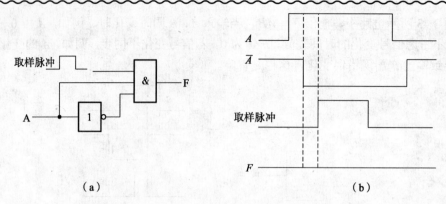

（a）　　　　　　　　　　　　　　　　（b）

图 3.45　加取样脉冲消除冒险

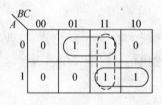

图 3.46　【例 3.17】卡诺图

【例 3.17】已知函数 $F = AB + \overline{A}C$，判断它是否存在竞争冒险；若存在，请消除。

解： 做出函数 F 的卡诺图，如图 3.46 所示。

由卡诺图知，函数存在一个相切的卡诺圈。当 $BC=11$ 时，函数形式变化为 $F = A + \overline{A}$，存在 0 型冒险。

消除的办法是增加一项冗余项 BC，使原函数变为

$$F = AB + \overline{A}C + BC$$

从而避免了 0 型冒险的出现。

本 章 小 结

1. 组合逻辑电路是数字电路的重要组成部分，其特点是电路在某一时刻的输出仅取决于同一时刻的输入，其基本组成单元是集成门电路。

2. 组合逻辑电路的分析与设计方法是学习各种组合逻辑电路的基础，应熟练掌握各种组合逻辑电路的分析与设计方法。

3. 常见组合逻辑电路包括加法器、编码器、译码器、数据选择器等，应掌握它们的基本工作原理、器件逻辑符号及常见功能端的使用方法。

4. 竞争冒险现象是使用组合逻辑电路需要考虑的问题，应了解竞争冒险现象产生的原因、判断方法及解决办法。

习题 3

3.1　组合逻辑电路的特点是什么？

3.2　组合逻辑电路的分析与设计步骤是什么？

3.3　试分析图 3.47 所示的组合逻辑电路。

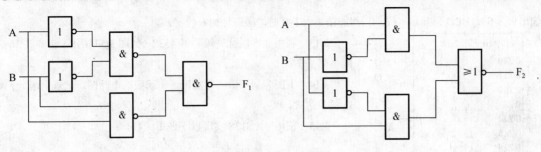

图 3.47　题 3.3 图

3.4　试分析图 3.48 所示的组合逻辑电路。

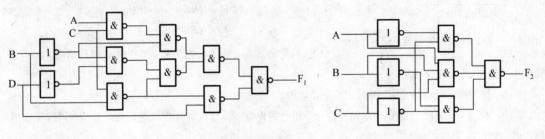

图 3.48　题 3.4 图

3.5　已知某组合逻辑电路的输入 A、B、C 与输出 Y、Z 的波形如图 3.49 所示,试根据波形分析电路逻辑功能。

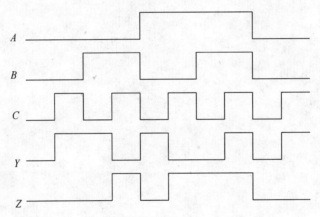

图 3.49　题 3.5 图

3.6　试设计一个能够比较两个二进制数 $A=A_1A_0$ 和 $B=B_1B_0$ 大小的数值比较电路。

3.7　试设计一个 3 人多数表决电路,用与非门实现。

3.8　试设计两个二进制数 $A=A_1A_0$ 和 $B=B_1B_0$ 相乘的乘法运算电路。

3.9　设有 A、B、C、D 四台机器,正常工作时,要求:A 必须开机;B、C、D 中至少两台机器开机。设计一个正常工作的判断电路。

3.10　试设计一个余 3 码的判断电路,当输入代码中有奇数个 1 时,输出为 1。用与非门实现。

3.11　试设计一个一位全减器。A_i 为被减数,B_i 为减数,J_{i-1} 为低位对本位的借位;J_i 为本位对高位的借位,F_i 为本位差。

3.12　利用两片 7483A,辅以必要门电路,设计能够完成两个 8421BCD 码加法运算的电路,要求电路输出仍为8421BCD码显示（提示：相加结果大于9时，应进行加6校正）。

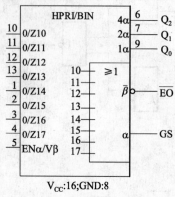

V_{CC}:16;GND:8

图3.50 8-3线优先编码器4532

3.13 利用8-3线优先编码器4532（如图3.50所示），完成16-4线编码工作。

3.14 下图为利用译码器实现逻辑函数的电路图，试求出函数 F_1、F_2 的表达式。

3.15 试用74LS138实现以下逻辑函数。

$$F_1 = \overline{ABC} + \overline{A}\overline{BC} + BC$$

$$F_2 = A\overline{BC} + \overline{BC}$$

3.16 利用4选1数据选择器实现以下逻辑函数。

$$F_1 = \overline{ABC} + \overline{AC} + BC$$

$$F_2 = A\overline{B} + AC$$

3.17 利用两片双4选1数据选择器74LS153及译码器74LS138，实现16选1的数据选择功能。

3.18 试用74LS153实现第10题的全减器功能。

3.19 利用74LS151及必要门电路设计一个组合逻辑电路，输入为4位二进制数，当输入能够被2或5整除时，电路输出1。

3.20 简述组合逻辑电路竞争冒险产生的原因及判断、消除的办法。

3.21 已知逻辑函数 $F = \sum m(1,3,7,8,9,15)$，试判断该函数是否存在竞争冒险现象？若存在，如何消除？

第4章 时序逻辑电路

【学习指导】本章首先学习时序逻辑电路的基本组成单元——双稳态触发器，然后介绍时序逻辑电路的分析与设计方法及寄存器、计数器等常见时序逻辑电路的组成与工作原理，并介绍计数器的主要应用。

4.1 触发器

数字电路对二进制代码进行各种运算的同时，常需将这些信号及运算结果保存起来。为此，需要使用具有记忆功能的逻辑单元。能够存储二进制信息的基本逻辑单元电路称为触发器（简称 FF）。它和逻辑门电路一起，构成了数字系统的基本逻辑单元电路。这里主要介绍双稳态触发器。

触发器具有如下特点：

① 具有两个稳定状态，分别表示二值逻辑或二进制数 0、1；

② 具有触发翻转特性，在输入信号作用下，两个稳态之间可以相互转换；

③ 现有稳态一直保持到下一个有效输入信号到来时，才有发生变化的可能。

触发器由门电路构成，具有两个互补输出端，用 Q 和 $\bar{Q}$ 表示。通常用 Q 端的状态表示整个触发器的状态。当输出 $Q=1$、$\bar{Q}=0$ 时，称触发器处于 1 态，记为 $Q=1$；当输出 $Q=0$、$\bar{Q}=1$ 时，称触发器处于 0 态，记为 $Q=0$。数字电路中二进制数的存储和记忆都是通过触发器实现的。

根据逻辑功能的不同，触发器可分为：RS 触发器、D 触发器、JK 触发器、T 触发器、T'触发器等。根据电路结构和动作特点的不同，触发器可分为：基本 RS 触发器、同步触发器、主从触发器和边沿触发器等。

4.1.1 基本 RS 触发器

基本 RS 触发器（也称为 RS 锁存器或直接复位-置位触发器）是最简单的触发器，由与非门或者或非门交叉连接构成。图 4.1 为与非门构成的基本 RS 触发器。

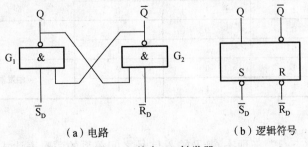

（a）电路　　　　　（b）逻辑符号

图 4.1　基本 RS 触发器

1. 工作过程简介

① $\begin{cases} \overline{R}_D = 0 \\ \overline{S}_D = 1 \end{cases} \Rightarrow Q = 0, \overline{Q} = 1$；触发器置 0。将输入端 $\overline{R}_D$ 称为置 0 端，也叫复位端。

② $\begin{cases} \overline{R}_D = 1 \\ \overline{S}_D = 0 \end{cases} \Rightarrow Q = 1, \overline{Q} = 0$；触发器置 1。将输入端 $\overline{S}_D$ 称为置 1 端，也叫置位端。

③ $\begin{cases} \overline{R}_D = 1 \\ \overline{S}_D = 1 \end{cases} \Rightarrow \begin{cases} \text{若} Q \text{原为0态，则继续保持0态;} \\ \text{若} Q \text{原为1态，则继续保持1态;} \end{cases} \Rightarrow$ 触发器保持原状态不变。

基本 RS 触发器两个输入端均为低电平有效，即此时无有效的输入信号，触发器保持原态不变。

④ $\begin{cases} \overline{R}_D = 0 \\ \overline{S}_D = 0 \end{cases} \Rightarrow$ 非正常工作状态，此时触发器状态不定。

此时触发器输出 $Q = \overline{Q} = 1$，由于触发器为互补输出，所以此时触发器输出既不是 1 状态，也不是 0 状态，称触发器此时状态不定。这种情况是不允许出现的。若输入信号 $\overline{R}_D$ 和 $\overline{S}_D$ 同时由 0 变为 1 时，由于 G_1 和 G_2 电气性能的差异，电路的输出状态无法预知，既可能是 0 状态，也可能是 1 状态。

2. 触发器逻辑功能描述

触发器接收新的输入信号前的状态称为触发器的现态，用 Q^n 表示；触发器接收输入信号之后的状态称为触发器的次态，用 Q^{n+1} 表示。现态和次态是两个相邻离散时间里触发器输出端的状态，描述触发器的逻辑功能就是要找出触发器次态与现态及输入信号之间的关系。

触发器的逻辑功能可以使用以下方法描述：特性表、特性方程、状态转换图、驱动表、波形图（时序图）。

（1）特性表。

表示触发器的次态 Q^{n+1} 与现态 Q^n 及输入信号之间关系的真值表，称为特性表，也叫状态转换真值表。基本 RS 触发器的特性表见表 4.1。

表 4.1 基本 RS 触发器特性表

输入变量		触发器状态变化		说　明
$\overline{R}_D$	$\overline{S}_D$	Q^n	Q^{n+1}	
0	0	0	×	触发器状态不定
0	0	1	×	
0	1	0	0	触发器置 0
0	1	1	0	
1	0	0	1	触发器置 1
1	0	1	1	
1	1	0	0	触发器保持原状态不变
1	1	1	1	

（2）特性方程。

表示触发器的次态 Q^{n+1} 与现态 Q^n 及输入信号之间关系的逻辑表达式，称为触发器的特性方程，也称为特征方程或次态（状态）方程。

由表 4.1 得到基本 RS 触发器 Q^{n+1} 的卡诺图，如图 4.2 所示。

所以基本 RS 触发器的特性方程为

$$\begin{cases} Q^{n+1} = \overline{\overline{S}}_D + \overline{R}_D Q^n \\ \overline{S}_D + \overline{R}_D = 1 \end{cases}$$

式中，$\overline{S}_D + \overline{R}_D = 1$ 是基本 RS 触发器的约束条件，即正常使用时 $\overline{R}_D$、$\overline{S}_D$ 不能同时为 0。

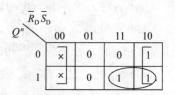

图 4.2　基本 RS 触发器 Q^{n+1} 卡诺图

（3）状态转换图。

状态转换图说明了触发器状态发生变化时，电路对输入信号的要求，是描述触发器逻辑功能的常用方法之一。基本 RS 触发器状态转换图如图 4.3 所示。

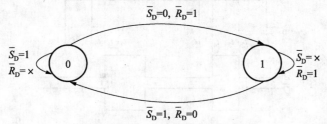

图 4.3　基本 RS 触发器状态转换图

图 4.3 中的两个圆圈代表触发器的两个稳定状态，箭头表示触发器的状态转换方向，箭头旁标注的 $\overline{R}_D$、$\overline{S}_D$ 表示触发器完成这种状态转换上时，输入信号的状态。

（4）驱动表。

驱动表也称激励表，是根据触发器现态 Q^n、次态 Q^{n+1} 的值确定输入信号取值的关系表（见表 4.2）。

表 4.2　基本 RS 触发器驱动表

输出变量状态的变化		对输入变量的要求	
Q^n	Q^{n+1}	$\overline{R}_D$	$\overline{S}_D$
0	0	×	1
0	1	1	0
1	0	0	1
1	1	1	×

【例 4.1】基本 RS 触发器输入波形如下，画出触发器输出 Q、$\overline{Q}$ 的波形，设触发器初始状态为 0。

解：根据输入信号变化情况，将输入信号分为 $t_1 \sim t_{10}$ 变化区间。

$T < t_1$ 时，$\overline{S}_D = 1$，$\overline{R}_D = 0$，触发器保持 0 态；

$t_1 \leq t < t_2$ 时，$\overline{S}_D = 1$，$\overline{R}_D = 1$，触发器保持 0 态不变；

$t_2 \leq t < t_3$ 时，$\overline{S}_D = 0$，$\overline{R}_D = 1$，触发器置 1

$t_3 \leq t < t_4$ 时，$\overline{S}_D = 1$，$\overline{R}_D = 1$，触发器保持 1 态不变；

$t_4 \leq t < t_5$ 时，$\overline{S}_D = 1$，$\overline{R}_D = 0$，触发器置 0；

$t_5 \leq t < t_6$ 时，$\overline{S}_D = 1$，$\overline{R}_D = 1$，触发器保持 0 态不变；

$t_6 \leq t < t_7$ 时，$\overline{S}_D = 0$，$\overline{R}_D = 1$，触发器置 1；

$t_7 \leq t < t_8$ 时，$\overline{S}_D = 1$，$\overline{R}_D = 1$，触发器保持 1 态不变；

$t_8 \leq t < t_9$ 时，$\overline{S}_D = 1$，$\overline{R}_D = 0$，触发器置 0；

$t_9 \leq t < t_{10}$ 时，$\overline{S}_D = 1$，$\overline{R}_D = 1$，触发器保持 0 态不变；

$t > t_{10}$ 时，$\overline{S}_D = 1$，$\overline{R}_D = 0$，触发器保持 0 态不变。

画出该触发器输出 Q、$\overline{Q}$ 的波形如图 4.4 所示。该例题中，未出现 $\overline{R}_D$、$\overline{S}_D$ 同时为 0 的情况。

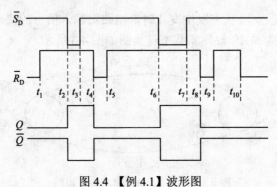

图 4.4 【例 4.1】波形图

【例 4.2】基本 RS 触发器输入波形如图 4.5 所示，画出触发器输出 Q、$\overline{Q}$ 的波形，设触发器初始状态为 1。

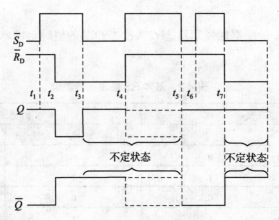

图 4.5 【例 4.2】波形图

解： 根据输入信号的变化情况，分为 $t_1 \sim t_7$ 变化区间。

参考上题分析过程，可求出在 $t_1 \sim t_3$、$t_5 \sim t_7$ 变化区间内输出信号的变化情况。

而在 $t_3 \sim t_5$ 变化区间内，$t_3 \leq t < t_4$ 时，$\overline{S}_D = \overline{R}_D = 0$，$Q = \overline{Q} = 1$，触发器输出状态不定；$t_4 \leq t < t_5$ 时，$\overline{S}_D$、$\overline{R}_D$ 同时由 0 变为 1、并保持 1 态，由于门电路电气性能的差异，触发器输出状态不定；$t > t_7$ 时，$\overline{S}_D = \overline{R}_D = 0$，$Q = \overline{Q} = 1$，触发器输出状态不定。

根据以上分析，画出该触发器输出 Q、$\overline{Q}$ 的波形如图 4.5 所示。

基本 RS 触发器也可以由或非门电路构成，如图 4.6 所示。该触发器输入信号高电平有效，当两个输入信号同时呈现高电平时，触发器状态不定。

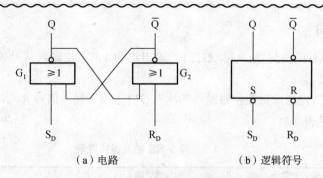

（a）电路　　　　　　　　　　（b）逻辑符号

图 4.6　或非门组成基本 RS 触发器

【例 4.3】或非门组成的基本 RS 触发器输入波形如下，画出触发器输出 Q、$\overline{Q}$ 的波形，设触发器初始状态为 0。

解：根据电路特征，当 $R=1$、$S=0$ 时，电路置 0；$R=0$、$S=1$ 时，电路置 1；$R=0$、$S=0$ 时，电路状态不变；$R=S=1$ 时，电路状态不定。该触发器输出 Q、$\overline{Q}$ 的波形如图 4.7 所示。

基本 RS 触发器电路简单，是构成各种复杂触发器的基础，但由于采用电平直接控制方式，输入信号在全部时间内都可以直接控制输出端的状态，导致电路抗干扰能力下降，且输入信号之间存在约束关系，限制了触发器的应用。

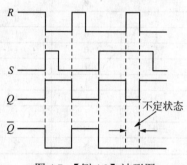

图 4.7　【例 4.3】波形图

4.1.2　同步触发器

实际工作中，希望触发器按一定的节拍工作。为改变基本 RS 触发器的电平直接控制方式，在原电路基础上增加时钟脉冲控制信号 CP，使触发器仅在 CP 控制端出现有效脉冲信号时，触发器的状态才可能改变。

在时钟脉冲控制信号 CP 控制下工作的触发器称为同步触发器，也称为时钟触发器（或钟控触发器）。

同步 RS 触发器在基本 RS 触发器的基础上增加两个由时钟脉冲控制信号 CP 控制的与非门 G_3、G_4 构成。图 4.8 为带直接复位端和直接置位端的同步 RS 触发器电路，图中 CP 端为时钟脉冲信号输入端，简称钟控端。

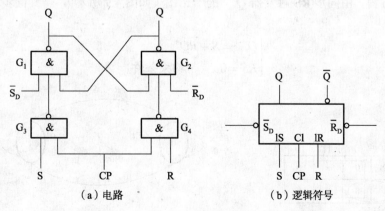

（a）电路　　　　　　　　　　（b）逻辑符号

图 4.8　同步 RS 触发器

1. 工作过程简介

$CP=0$ 时，G_3、G_4 门被封锁，G_3、G_4 门的输出均为 1。不论输入信号 R、S 如何变化，触发器的状态保持不变。

$CP=1$ 时，G_3、G_4 门解除封锁，触发器的次态 Q^{n+1} 取决于输入信号 R、S 及电路的现态 Q^n。电路的特性表见表 4.3。

表 4.3　同步 RS 触发器特性表

时钟信号	输入变量		触发器状态		说　明
CP	R	S	Q^n	Q^{n+1}	
1	0	0	0	0	触发器保持原状态不变
1	0	0	1	1	
1	0	1	0	1	触发器置 1
1	0	1	1	1	
1	1	0	0	0	触发器置 0
1	1	0	1	0	
1	1	1	0	×	触发器状态不定
1	1	1	1	×	
0	×	×	0	0	CP = 0 时，触发器状态不变
0	×	×	1	1	

由表 4.3 知，$R=S=1$ 时，触发器的状态不定。电路正常工作时应满足约束条件 $RS=0$。

图 4.8（a）中，$\overline{R}_D$ 和 $\overline{S}_D$ 分别为直接复位端和直接置位端，通过 $\overline{R}_D$ 端和 $\overline{S}_D$ 端的值可以直接确定触发器的初始状态。$\overline{R}_D$ 端和 $\overline{S}_D$ 端也称为异步置 0 端和异步置 1 端。

$$\begin{cases} \overline{R}_D = 0,\ \overline{S}_D = 1 \Rightarrow Q=0,\ \overline{Q}=1,\ \text{触发器被置0;} \\ \overline{R}_D = 1,\ \overline{S}_D = 0 \Rightarrow Q=1,\ \overline{Q}=0,\ \text{触发器被置1;} \\ \overline{R}_D = \overline{S}_D = 1 \Rightarrow \text{触发器接收输入信号，处于正常工作状态。} \end{cases}$$

为保证电路正常工作，有效的 $\overline{R}_D$ 和 $\overline{S}_D$ 信号一般在 $CP=0$ 时加至相应端口。

2. 触发器逻辑功能描述

① 特性表。如表 4.3 所示。

② 特性方程。由同步 RS 触发器 Q^{n+1} 的卡诺图（如图 4.9 所示），得到同步 RS 触发器的特性方程

$$\begin{cases} Q^{n+1} = S + \overline{R}Q^n \\ RS = 0 \quad\quad \text{（约束条件）} \end{cases}$$

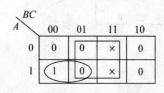

图 4.9　同步 RS 触发器 Q^{n+1} 卡诺图

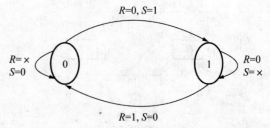

图 4.10　同步 RS 触发器状态转换图

③ 状态转换图与驱动表。同步 RS 触发器的状态转换图如图 4.10 所示。

表 4.4 为同步 RS 触发器的驱动表。

表 4.4　同步 RS 触发器驱动表

输出变量状态的变化		对输入变量的要求	
Q^n	Q^{n+1}	R	S
0	0	×	0
0	1	0	1
1	0	1	0
1	1	0	×

3. 同步 RS 触发器的特点

① $CP=0$ 时，触发器不接受输入信号，电路状态不变。$CP=1$ 时，触发器接收输入信号按特性表规律变化。

② 输入信号之间存在约束，有不定状态出现的可能性。

③ 存在空翻现象。$CP=1$ 时，输入信号发生多次变化，将导致触发器的状态也多次发生变化，这种现象称为空翻。所以同步 RS 触发器只能用于数据锁存，而不能用于计数器、寄存器和存储器中。它与在一个 CP 脉冲信号作用下，触发器状态最多变化一次的原则相悖，应采取措施避免。

【例 4.4】同步 RS 触发器输入信号 S、R 的波形如图 4.11 所示，设触发器初态为 0，试画出 Q 和 $\overline{Q}$ 的波形。

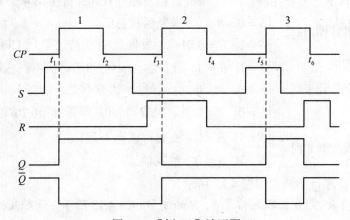

图 4.11　【例 4.4】波形图

解：将输入信号分为 $t_1 \sim t_6$ 变化区间。$CP=0$ 期间，输入信号不会影响触发器状态，触发器状态保持不变；$CP=1$ 期间，输入信号根据特性表变化规律作用于触发器。

$T<t_1$ 时，$CP=0$，触发器保持初态 0；

$t_1 \leq t < t_2$ 时，$CP=1$，$S=1$，$R=0$，触发器置 1；

$t_2 \leq t < t_3$ 时，$CP=0$，触发器保持 1 态；

$t_3 \leq t < t_4$ 时，$CP=1$，$S=0$，$R=1$，触发器置 0；

$t_4 \leq t < t_5$ 时，$CP=0$，触发器保持 0 态；

$t_5 \leqslant t < t_6$ 时，$CP=1$，输入信号变化情况如下：$\begin{cases} S=1、R=0，触发器置1； \\ S=0、R=0，触发器状态不变，仍为1态； \\ S=0、R=1，触发器置0。 \end{cases}$

$t > t_6$ 时，$CP=0$，触发器保持 0 态。

触发器输出 Q 和 $\overline{Q}$ 的波形如图 4.11 所示。

【例 4.5】同步 RS 触发器输入信号 S、R 的波形如图 4.12 所示，设触发器初态为 0，试画出 Q 和 $\overline{Q}$ 的波形。

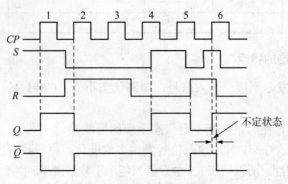

图 4.12 【例 4.5】波形图

解： 在第 1 个 CP 信号作用前，触发器输出保持初态 0；

第 1 个 CP 信号作用时，$S=1$、$R=0$，触发器置 1 并保持至第 2 个 CP 信号到来；

在第 2、3 个 CP 信号作用时，$S=0$、$R=1$，触发器置 0 并保持至第 4 个 CP 信号到来；

第 4 个 CP 信号作用时，$\begin{cases} S=0、R=0，触发器状态不变； \\ S=1、R=0 时，触发器置1并保持至第5个CP信号到来。 \end{cases}$

第 5 个 CP 信号到来时，$\begin{cases} S=1、R=0，触发器继续保持1态； \\ S=0、R=0 时，触发器状态不变； \\ S=0、R=1 时，触发器置0并保持至第6个CP信号到来。 \end{cases}$

第 6 个 CP 信号到来时，$\begin{cases} S=1、R=1，触发器状态不定； \\ S=1、R=0，触发器置1。 \end{cases}$

触发器输出 Q 和 $\overline{Q}$ 的波形如图 4.12 所示。

【例 4.6】同步 RS 触发器输入信号 S、R 的波形如图 4.13 所示，设触发器初态为 0，试画出 Q 和 $\overline{Q}$ 的波形。

$T < t_1$ 时，触发器保持初态 0；

$t_1 \leqslant t < t_2$ 时，$CP=1$，$S=1$、$R=0$，触发器置 1；

$t_2 \leqslant t < t_3$ 时，$CP=0$，触发器保持 1 态；

$t_3 \leqslant t < t_4$ 时，$CP=1$，$S=1$、$R=1$，触发器状态不定；

$t_4 \leqslant t < t_5$ 时，$CP=0$，触发器输出状态不定；

$t_5 \leqslant t < t_6$ 时，$CP=1$，$S=0$、$R=1$，触发器置 0；

$t_6 \leqslant t < t_7$ 时，$CP=0$，触发器保持 0 态；

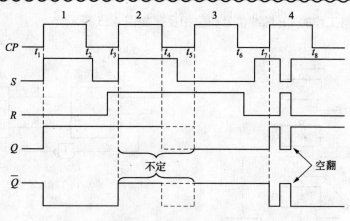

图 4.13　【例 4.6】波形图

$t_7 \leqslant t < t_8$ 时，$CP=1$，输入信号变化情况如下：$\begin{cases} S=1、R=0，触发器置1; \\ S=0、R=1，触发器0; \\ S=1、R=0，触发器置1; \end{cases}$ ⇐ 发生空翻现象；

$t > t_8$ 时，$CP=0$，触发器状态不变，保持 1 态。

触发器输出 Q 和 $\overline{Q}$ 的波形如图 4.13 所示。

除此之外，同步触发器还包括同步 D 触发器、同步 JK 触发器等，基本结构如图 4.14 所示。

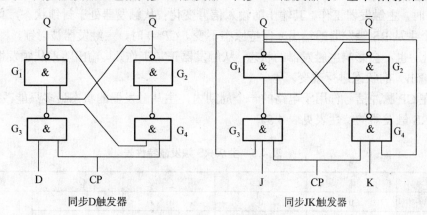

同步D触发器　　　　　　　　　　同步JK触发器

图 4.14　同步 D、JK 触发器

同步触发器在 CP 信号有效期内，触发器接收输入信号，实现了输入信号的选通控制；但由于输入信号之间存在约束，且存在空翻现象，所以电路的抗干扰能力仍然不强，应用受到一定限制。

为克服空翻现象对触发器工作的影响，提高触发器工作的可靠性，希望触发器在 CP 信号作用下，其状态最多只发生一次变化。这就需要对触发器中的触发引导电路进行改进，使其具有记忆功能、输入信号无法直接影响触发器输出，满足这种要求的包括主从触发器、边沿触发器等。

4.1.3　主从触发器

1. 主从 RS 触发器

主从 RS 触发器由两个同步 RS 触发器分别组成主触发器和从触发器首尾相连构成，但是控制主、从触发器工作的 CP 脉冲信号相位相反，如图 4.15 所示。

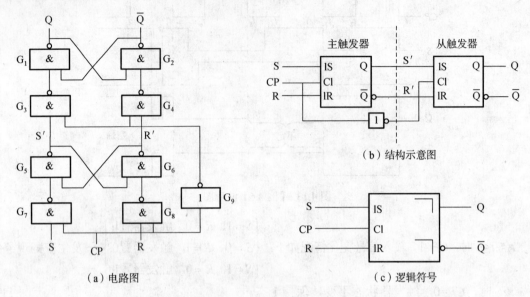

（a）电路图　　　　　　　　（b）结构示意图

（c）逻辑符号

图 4.15　主从 RS 触发器

根据结构图知：

CP=1 时，主触发器工作，其输出随输入信号变化；从触发器处于封锁状态，其输出（同时也是整个主从 RS 触发器的输出）保持原态不变。CP=0 时，主触发器被封锁，即使输入信号发生变化，也不会影响主触发器的状态；从触发器正常工作，其输出随着从触发器输入（即主触发器输出）的状态进行改变。

因此在 CP 脉冲信号作用于电路的一个周期内，主从触发器的状态最多只能改变一次。

主从 RS 触发器的特性表见表 4.5。

表 4.5　主从 RS 触发器特性表

CP	S	R	Q^n	Q^{n+1}	说　明
↓	0	0	0	0	
↓	0	0	1	1	在 CP 信号下降
↓	0	1	0	0	沿到来时，输入信
↓	0	1	1	0	号通过主触发器
↓	1	0	0	1	作用于从触发器，
↓	1	0	1	1	使触发器状态改
↓	1	1	0	×	变
↓	1	1	1	×	

主从 RS 触发器的特征方程、驱动表、状态转换图与同步 RS 触发器相同。

【例 4.7】已知主从 RS 触发器的输入波形如图 4.16 所示，设电路初始状态为 0，画出电路输出波形。

解：设主触发器的输出（从触发器的输入）为 $Q'(S')$、$\overline{Q}'(R')$；从触发器的输出为 Q、$\overline{Q}$。第一个 CP 信号作用于电路。

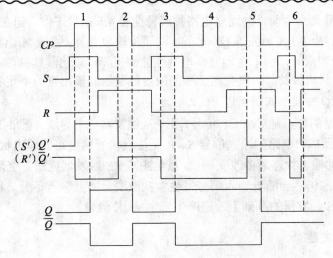

图 4.16 【例 4.7】波形图

$CP\uparrow$ 到来时，$S=1$、$R=0$，主触发器置 1，$Q'=1$。该状态一直维持到 $CP\downarrow$。之后，主触发器被封锁，在第二个 CP 脉冲到来之前，主触发器一直维持该状态不变。在主触发器被封锁的同时，从触发器打开，接收主触发器的状态。由于 $Q'=1$，$\overline{Q}'=0$，即 $S'=1$，$R'=0$。从触发器置 1，该状态一直维持到第 2 个 CP 脉冲的下降沿。

依此类推，可以求出第 2 个至第 6 个 CP 信号作用时触发器状态的变化情况。

值得注意的是，第 6 个 $CP=1$ 期间，输入信号的变化导致主触发器状态变化了两次，但主触发器这期间状态的变化，并不会影响整个电路的输出。

电路输出 Q、$\overline{Q}$ 的波形如图 4.16 所示。

【例 4.8】已知主从 RS 触发器的输入波形如图 4.17 所示，设电路初始状态为 0，请画出电路输出波形。

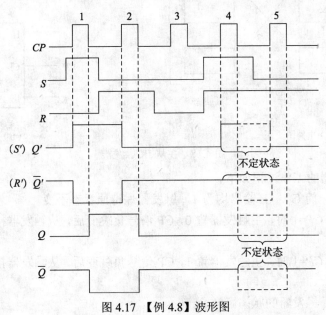

图 4.17 【例 4.8】波形图

解：设主触发器输出（从触发器的输入）为 $Q'(S')$、$\overline{Q}'(R')$；从触发器输出为 Q、$\overline{Q}$。

　　第4个CP信号到来之前，触发器电路按照特性表4.5正常工作，但在第4个CP信号到来时，输入信号 $S=R=1$，主触发器 $Q'=\overline{Q}'=1$，违反输出互补原则，输出状态不定。在第4个CP信号下降沿到来时，由于主触发器电气性能的差异，输出继续持续不定状态；同时将这种不定状态传送到从触发器，使在这一时间段内触发器的输出也为不定状态。

　　电路输出 Q、$\overline{Q}$ 的波形如图4.17所示。

　　主从RS触发器的特点是对应CP信号，主、从触发器一个导通，正常工作；一个被封锁，不接收输入信号。所以，电路的输入信号S、R无法直接影响电路的输出状态。在一个CP信号周期内，触发器的输出状态最多改变一次。虽然主从RS触发器克服了空翻现象，但在 $CP=1$ 时，主触发器的状态仍然会随着输入信号发生多次改变。而且输入信号之间仍然存在约束条件。因此在主从RS触发器的基础上改进产生了主从JK触发器。

2. 主从 JK 触发器

　　主从JK触发器的电路结构基本与主从RS触发器相同，只是将电路的输出 Q、$\overline{Q}$ 反馈到电路输入端，如图4.18所示。

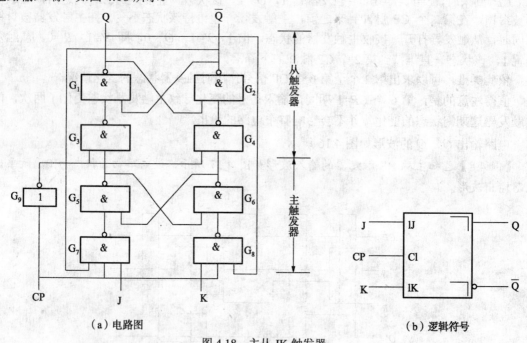

（a）电路图　　　　　　　　　　　　　　　（b）逻辑符号

图4.18　主从JK触发器

主从JK触发器的工作过程如下。

① $J=0$，$K=0$。门 G_7、G_8 输出均为1，触发器保持原状态不变。

② $J=0$，$K=1$。$CP=1$ 时，主触发器置0，CP信号负跳变后，从触发器接收主触发器状态、置0。

③ $J=1$，$K=0$。$CP=1$ 时，主触发器置1，CP信号负跳变后，从触发器接收主触发器状态、置1。

④ $J=1$，$K=1$。触发器的状态翻转。

若 $Q^n=0$，$CP=1$ 时，主触发器置1。CP信号负跳变后，从触发器接收主触发器状态，置1。

若 $Q^n=1$，$CP=1$ 时，主触发器置0。CP信号负跳变后，从触发器接收主触发器状态，置0。

所以，$J=1$，$K=1$ 时，CP 信号下降沿到来后，触发器的状态将翻转。

主从 JK 触发器特性表见表 4.6。

表 4.6 主从 JK 触发器特性表

CP	J	K	Q^n	Q^{n+1}	说明
↓	0	0	0	0	保持
↓	0	0	1	1	
↓	0	1	0	0	置 0
↓	0	1	1	0	
↓	1	0	0	1	置 1
↓	1	0	1	1	
↓	1	1	0	1	取反
↓	1	1	1	0	

主从 JK 触发器的特性方程如下

$$Q^{n+1} = J\bar{Q}^n + \bar{K}Q^n$$

主从 JK 触发器的状态转换图如图 4.19 所示。

主从 JK 触发器克服了主从 RS 触发器的空翻现象，且输入信号之间没有约束条件，应用方便。

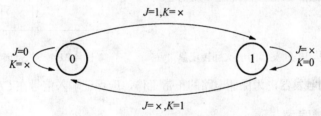

图 4.19 主从 JK 触发器状态转换图

【例 4.9】已知主从 JK 触发器的输入波形如下，设触发器初始状态为 0，请画出电路输出 Q 的波形。

解： 由主从 JK 触发器特性表，可以画出电路输出 Q 波形。$CP=1$ 期间，输入信号 J、K 与触发器反馈信号一起作用于电路输入端，决定主触发器的状态；在 CP 由 1→0 时，从触发器接收主触发器的状态，决定整个电路的输出，如图 4.20 所示。

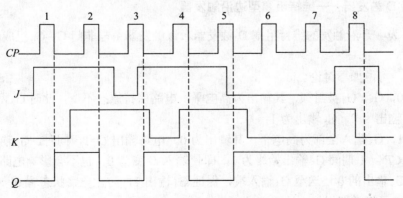

图 4.20 【例 4.9】波形图

使用主从 JK 触发器应注意以下问题。

电路的初态。如初态为 1，则由输入 K 决定电路次态，和输入 J 无关；若初态为 0，则电路次态和输入 J 有关，和输入 K 无关。

电路状态的改变均在 CP 信号的下降沿到来时发生。

CP=1 期间，输入信号 J、K 发生变化，存在发生一次翻转的可能性，如图 4.21 所示。

设电路初态为 0，则电路次态由输入 J 决定。若图 4.21 中没有虚线脉冲出现，则输出波形为 Q_1；若输入 J 出现了虚线干扰脉冲，则输出波形为 Q_2。即在 CP=1 期间，主触发器的状态只能翻转变化一次，一旦翻转则无法再恢复原来状态。这就是主从 JK 触发器存在的一次翻转现象。

对于图 4.22 所示的输入波形，设电路输出初态为 0，请分析是否存在一次翻转现象。

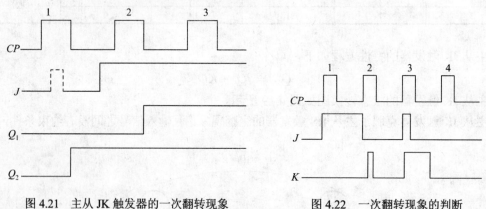

图 4.21 主从 JK 触发器的一次翻转现象   图 4.22 一次翻转现象的判断

对于主从结构的触发器，为保证电路的正常工作，应保证输入信号在 CP=1 期间保持不变。

4.1.4 边沿触发器

边沿触发器只在 CP 信号的上升沿或下降沿到来时工作、接收输入信号，电路的状态才可能发生变化。在其他时刻触发器处于封闭状态，输入信号的变化对触发器输出没有影响。这类触发器电路没有空翻及一次翻转现象，提高了触发器工作的可靠性和抗干扰能力。

边沿触发器的逻辑描述与同类的同步触发器相同，区别是边沿触发器的状态转换只在 CP 信号边沿到来时进行。边沿触发器主要包括边沿 D 触发器、边沿 JK 触发器等。

1. 边沿 D 触发器——维持阻塞型边沿触发器

图 4.23 为上升沿触发的维持阻塞 D 触发器。该触发器由与非门 $G_1 \sim G_6$ 组成 3 个基本 RS 触发器。

D=1 时，可做如下讨论。

若 CP=0，G_3、G_4 被封锁，其输出为高电平，电路保持原态不变，此时 G_6 两个输入全为高电平，G_6 输出为 0，G_5 输出为 1；

若 CP=1，G_3 输入全部为高电平，其输出为 0，电路输出 Q=1，同时，G_3 输出反馈到 G_5 输入，保证 CP=1 期间 G_5 输出始终为 1，即使输入 D 变为 0，也不会影响电路的输出状态，另一方面，G_3 输出的 0 还送至 G_4 输入端，保证 G_4 输出 1，防止电路状态置 0。

D=0 时，可作类似讨论。

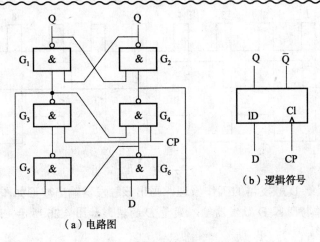

（a）电路图

（b）逻辑符号

图 4.23 维持阻塞 D 触发器

该触发器的逻辑功能可归纳如下。

① $CP=0$，电路状态保持原态。此时若 $D=0$，则为 G_4 开启、触发器置 0 做准备；$D=1$，则为 G_3 开启、触发器置 1 做准备。

② CP 由 0 跳变为 1 时，触发器接收数据：$D=1$，触发器置 1；$D=0$，触发器置 0。

③ $CP=1$ 期间，即使输入信号 D 发生变化，电路状态也不再随之发生变化。

维持阻塞 D 触发器的逻辑功能描述如下。

① 特性表。维持阻塞 D 触发器的特性表见表 4.7。

表 4.7 维持阻塞 D 触发器特性表

CP	D	Q^{n+1}
0	×	Q^n
↑	0	0
↑	1	1
1	×	Q^n

② 特性方程。该触发器在 CP 信号上升沿到来时，满足

$$Q^{n+1} = D$$

③ 状态转换图。维持阻塞 D 触发器的状态转换图如图 4.24 所示。

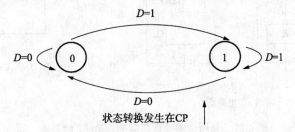

图 4.24 维持阻塞 D 触发器状态转换图

【例 4.10】已知维持阻塞 D 触发器输入变量 D 的波形如图 4.25 所示，设触发器初态为 1，请画出输出 Q 的波形。

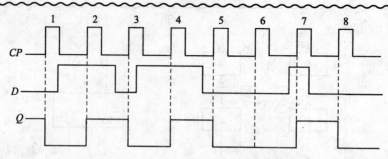

图 4.25　【例 4.10】波形图

解： 根据维持阻塞 D 触发器的工作原理，画出该触发器输出波形如图 4.25 所示。

【例 4.11】 已知维持阻塞 D 触发器输入变量 D 的波形如图 4.26 所示，设触发器初态为 0，请画出输出 Q 的波形。

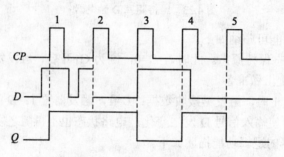

图 4.26　【例 4.11】波形图

解： 根据维持阻塞 D 触发器的工作原理，画出该触发器输出波形如图 4.26 所示。结合原理图，注意在第 2、3 个 CP 脉冲到来时，输出 Q 的状态变化情况。

2. 利用传输延迟的 TTL 边沿触发器

以利用传输延迟时间的边沿 JK 触发器为例进行介绍，如图 4.27 所示。

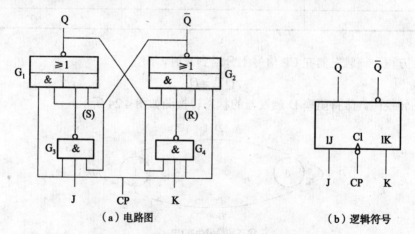

（a）电路图　　　　　　　　　　（b）逻辑符号

图 4.27　利用传输延迟时间的边沿 JK 触发器

CP 信号为低电平时，与或非门 G_1、G_2 可看做与非门，组成低电平有效的基本 RS 触发器，此时其输入均为 1，即触发器状态保持不变。

CP 信号为高电平时，根据电路结构可知：

$$Q^{n+1} = \overline{S\overline{Q}^n} + \overline{Q}^n = Q^n; \quad \overline{Q}^{n+1} = \overline{RQ^n} + Q^n = \overline{Q}^n$$

即触发器输出保持不变。但此时门 G_3、G_4 的输出会随着输入信号发生变化：

$$S = \overline{J\overline{Q}^n}; \quad R = \overline{KQ^n}$$

当 CP 信号发生负跳变时，门 G_3、G_4 与 G_1、G_2 的 CP 信号输入同时变为 0，但由于门电路传输延迟时间的作用，门 G_3、G_4 的输出 S、R 仍保持 CP 下降沿之前的状态；而 G_1、G_2 恢复为低电平有效的基本 RS 触发器特性。此时触发器状态为

$$Q^{n+1} = \overline{S} + RQ^n = J\overline{Q}^n + \overline{KQ^n}Q^n = J\overline{Q}^n + \overline{K}Q^n \quad (CP\downarrow 有效)$$

因此，该电路是下降沿触发、具有 JK 触发器功能的逻辑电路。

【例 4.12】已知下降沿触发 JK 触发器输入变量 J、K 的波形如图 4.28 所示，设触发器初态为 0，请画出输出 Q 的波形。

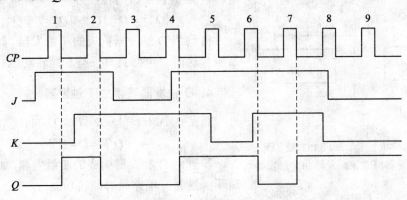

图 4.28　【例 4.12】波形图

解： 根据 CP 信号下降沿到来时，JK 触发器输入信号的状态，可推导出触发器输出 Q 的波形，如图 4.28 所示。

4.1.5　触发器之间的转换

功能不同的触发器，在一定条件下可以相互转换。通过门电路可以方便的完成触发器之间的功能转换。

1. 由 JK 触发器构成 T 触发器

在 CP 信号作用下，具有保持和翻转功能的触发器，称为 T 触发器。图 4.29（a）为由 JK 触发器构成的 T 触发器。将 JK 触发器的输入端 J、K 连在一起可以构成了 T 触发器。

将 $J=K=T$ 代入 JK 触发器的特性方程，得到 T 触发器的特性方程

$$Q^{n+1} = J\overline{Q}^n + \overline{K}Q^n$$
$$= T\overline{Q}^n + \overline{T}Q^n$$

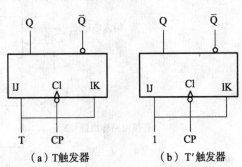

图 4.29　JK 触发器构成 T 触发器和 T'触发器

T触发器在$T=1$时，$Q^{n+1}=\bar{Q}^n$。输入一个CP信号，触发器状态翻转一次。$T=0$时，$Q^{n+1}=Q^n$，CP信号到来时，触发器保持原状态不变。

2. JK触发器转换成T′触发器

　　在CP信号作用下，具有翻转功能的触发器称为T′触发器。将JK触发器输入端J、K相连并接高电平1，即构成了T′触发器。如图4.29（b）所示。

　　T′触发器是T触发器在输入$T=1$时的特例。将$T=1$代入T触发器的特性方程，可得T′触发器的特性方程

$$Q^{n+1}=\bar{Q}^n$$

3. D触发器转换成T触发器

　　比较T触发器的特性方程$Q^{n+1}=T\bar{Q}^n+\bar{T}Q^n$和D触发器的特性方程$Q^{n+1}=D$，可得D触发器转换为T触发器的转换方程

$$Q^{n+1}=D=T\bar{Q}^n+\bar{T}Q^n=T\oplus Q^n$$

　　得到由D触发器构成的T触发器，如图4.30（a）所示。这时，电路具有保持和翻转功能。

4. D触发器转换成T′触发器

　　将$T=1$代入$Q^{n+1}=D=T\oplus Q^n$得

$$Q^{n+1}=D=\bar{Q}^n$$

　　得到由D触发器构成的T′触发器，如图4.30（b）所示。这时，电路具有翻转功能。

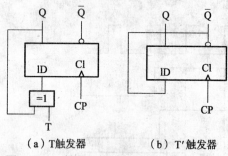

（a）T触发器　　　　（b）T′触发器

图4.30　D触发器构成T触发器和T′触发器

4.2　时序逻辑电路分析

　　时序逻辑电路是数字电路的重要组成部分，该类电路任一时刻的输出不仅与同时刻的输入信号有关系，而且与电路原来的状态有关。

　　时序逻辑电路由两部分组成：组合逻辑电路部分和存储电路部分，其中存储电路部分是不可缺少的（存储电路一般由触发器构成）。时序逻辑电路组成框图如图4.31所示。

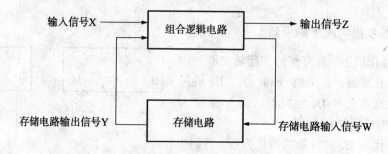

图4.31　时序逻辑电路组成框图

图4.31中：

$X(x_1, x_2, \cdots, x_i)$为外部输入信号；

$Z(z_1, z_2, \cdots, z_j)$ 为输出信号；

$W(w_1, w_2, \cdots, w_k)$ 为存储电路输入信号，同时是组合逻辑电路的部分输出信号；

$Y(y_1, y_2, \cdots, y_l)$ 为存储电路输出信号，同时是组合逻辑电路的部分输入信号。

以上各种信号之间存在一定的逻辑关系：

$$\begin{cases} W(t_n) = G\big[X(t_n), Y(t_n)\big] & \text{驱动方程，也称为激励方程、激励函数。} \\ Y(t_{n+1}) = H\big[W(t_n), Y(t_n)\big] & \text{状态方程，也称为状态函数。} \\ Z(t_n) = F\big[X(t_n), Y(t_n)\big] & \text{输出方程，也称为输出函数。} \end{cases}$$

对于时序逻辑电路，t_{n+1} 时刻电路的输出 $Z(t_{n+1})$ 由该时刻电路的输入 $X(t_{n+1})$ 和存储电路的状态 $Y(t_{n+1})$ 决定；$Y(t_{n+1})$ 由 t_n 时刻存储电路的输入 $W(t_n)$ 和存储电路的状态 $Y(t_n)$ 决定。

$Z(t_{n+1})$ 取决于 $X(t_{n+1})$、$W(t_n)$、$Y(t_n)$，体现了时序逻辑电路的显著特点。另外，并不是任何一个时序逻辑电路都具有图 4.31 所示的完整电路形式，或不具备组合逻辑电路部分，或没有输入变量。

时序逻辑电路根据电路状态转换的不同，分为同步时序逻辑电路和异步时序逻辑电路。

同步时序逻辑电路中，所有触发器的时钟脉冲信号输入端连在一起，在同一个时钟脉冲信号 CP 作用下，满足条件的触发器状态同步翻转，触发器状态的更新和时钟脉冲信号 CP 同步。

异步时序逻辑电路的外加 CP 信号仅触发部分触发器，其余触发器由电路内部信号触发。因此，具备翻转条件触发器状态的翻转有先后顺序，并不都与时钟脉冲信号 CP 同步。

本节首先学习时序逻辑电路的分析方法。时序逻辑电路的分析，即根据给定电路，分析确定或说明电路逻辑功能的过程。

4.2.1 同步时序逻辑电路分析

（1）根据电路结构，写出相应方程式。

① 驱动方程——存储电路中各触发器输入信号的逻辑表达式；

② 状态方程——将驱动方程代入相应触发器的特性方程中，得到该触发器的状态方程。时序逻辑电路的状态方程由各触发器的次态逻辑表达式组成；

③ 输出方程——时序逻辑电路输出信号的逻辑表达式。

（2）做出电路状态转换真值表，画状态转换图。

状态转换真值表是反映时序逻辑电路的输出 $Z(t_n)$、现态 $Y(t_n)$、次态 $Y(t_{n+1})$、输入 $X(t_n)$ 之间取值对应关系的表格。

将电路现态的各种取值代入状态方程和输出方程，求出相应的次态值和输出值，得到状态转换真值表。若现态的初始值已经给定，则从给定值开始推导。否则可设定一个现态初始值进行推导，应将各触发器所有状态的组合考虑一遍。

状态转换图是电路由现态转换到次态的示意图。

（3）检查电路自启动能力。

自启动能力是电路状态由于某种原因进入到无效状态后，在 CP 信号作用下，回到有效状态的能力。一般来说，根据实际情况，将电路的部分（或全部）状态构成的一个循环称为有效循环，其中的各组状态称为有效状态；除此之外，其余的状态称为无效状态，无效状态组成的循环称为无效循环。

（4）画出电路时序图。

时序图是在 CP 信号和输入信号的共同作用下，电路输出及各触发器状态变化的波形图。它以图形的形式描述了输入、输出信号与电路状态在时间上的对应关系。

（5）电路逻辑功能的分析确定。

根据以上分析，确定电路的逻辑功能。

【例 4.13】试分析图 4.32 所示的时序逻辑电路。

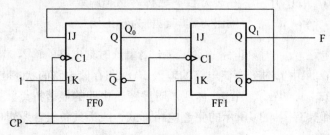

图 4.32 【例 4.13】电路图

解： 由电路连接方式知，这是一个同步时序逻辑电路。

① 求出相应方程。

驱动方程：

$$J_0 = \bar{Q}_1^n \qquad K_0 = 1$$
$$J_1 = Q_0^n \qquad K_1 = 1$$

状态方程。根据 JK 触发器特性方程，得：

$$Q_0^{n+1} = J_0\bar{Q}_0^n + \overline{K_0}Q_0^n = \bar{Q}_1^n\bar{Q}_0^n$$
$$Q_1^{n+1} = J_1\bar{Q}_1^n + \overline{K_1}Q_1^n = \bar{Q}_1^nQ_0^n$$

输出方程：

$$F = Q_1^n$$

② 列出状态转换真值表（见表 4.8），画出状态转换图。

表 4.8 【例 4.13】状态转换真值表

脉冲信号 CP	电 路 现 态		电 路 次 态		电 路 输 出
	Q_1^n	Q_0^n	Q_1^{n+1}	Q_0^{n+1}	F
1	0	0	0	1	0
2	0	1	1	0	0
3	1	0	0	0	1
↓	1	1	0	0	1

画出电路状态转换图如图 4.33 所示。

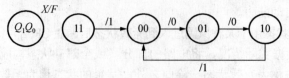

图 4.33 【例 4.13】状态转换图

圆圈中的 Q_1Q_0 表示电路的状态，X/F 表示此时电路的输入/输出状态。该电路没有输入信号，所以斜线左侧空缺。

③ 检查电路自启动能力。

该电路的存储电路由两位触发器组成，电路的工作状态数有 $2^2=4$ 个。在 CP 信号作用下，电路状态在 $00 \rightarrow 01 \rightarrow 10 \rightarrow 00$ 之间循环，这 3 个状态称为电路的有效状态；另外一个状态 11 称为无效状态。

该电路进入 11 状态后，在 CP 信号作用下，可以通过 00 状态回到有效循环中，所以该电路具备自启动能力。

④ 画出电路时序图。

设电路初始状态 $Q_1Q_0=00$，各触发器及电路输出波形如图 4.34 所示。

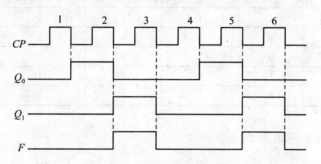

图 4.34 【例 4.13】时序图

⑤ 确定电路逻辑功能。

根据电路状态转换真值表、状态转换图，电路具有三个有效状态，且在 $10 \rightarrow 00$ 时，输出一个进位信号 1。因此这是一个可以自启动的同步三进制计数器。

【例 4.14】试分析图 4.35 所示时序逻辑电路。

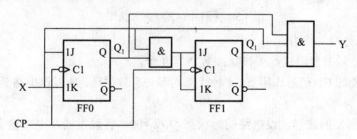

图 4.35 【例 4.14】电路图

解： 由电路连接方式知，这是一个同步时序逻辑电路。

① 求出相应方程。

驱动方程：

$$J_0 = K_0 = X$$

$$J_1 = K_1 = XQ_0^n$$

状态方程。根据 JK 触发器特征方程，得：

$$Q_0^{n+1} = J_0\bar{Q}_0^n + \bar{K}_0Q_0^n = X \oplus Q_0^n$$

$$Q_1^{n+1} = J_1\bar{Q}_1^n + \bar{K}_1Q_1^n = (XQ_0^n) \oplus Q_1^n$$

输出方程：

$$Y = XQ_1^n Q_0^n$$

② 列出状态转换真值表（见表 4.9），画出状态转换图。

表 4.9 【例 4.14】状态转换真值表

脉冲信号 CP	电路输入	电路现态		电路次态		电路输出
	X	Q_1^n	Q_0^n	Q_1^{n+1}	Q_0^{n+1}	Y
↓	0	0	0	0	0	0
↓	0	0	1	0	1	0
↓	0	1	0	1	0	0
↓	0	1	1	1	1	0
1	1	0	0	0	1	0
2	1	0	1	1	0	0
3	1	1	0	1	1	0
4	1	1	1	0	0	1

画出电路状态转换图如图 4.36 所示。

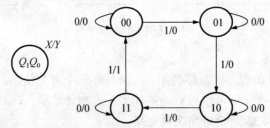

图 4.36 【例 4.14】状态转换图

③ 检查电路自启动能力。

该电路由两位触发器组成，工作状态数共有 4 个。

在输入信号 X 和 CP 信号作用下，4 种状态均参与有效循环，所以该电路具备自启动能力。

④ 画出电路时序图。

根据输入信号 X 的波形，设电路初始状态 $Q_1 Q_0$=00，各触发器及电路输出波形如图 4.37 所示。

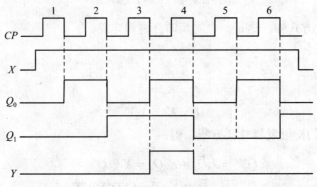

图 4.37 【例 4.14】时序图

⑤ 确定电路逻辑功能。

根据电路状态转换真值表、状态转换图，当输入信号 $X=1$ 时，在 CP 信号作用下，电路状态在 00→01→10→11→00 之间循环，经过 4 个 CP 信号循环一次，并产生一个输出信号。当 $X=0$ 时，电路不工作，保持原状态。因此该电路为受输入信号控制的同步四进制计数器。

4.2.2　异步时序逻辑电路分析

异步时序逻辑电路的 CP 信号仅控制部分触发器，因此异步时序逻辑电路的状态并不是全部由外加 CP 信号控制，一部分触发器的状态由电路本身决定。

【例 4.15】试分析图 4.38 所示的时序逻辑电路。

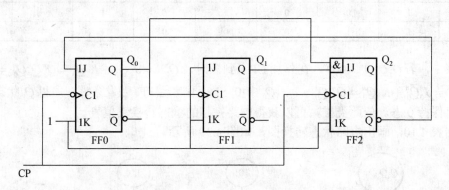

图 4.38　【例 4.15】电路图

解： 由电路知，触发器 FF1 是将前级 FF0 的输出信号 Q 作为它的 CP 时钟脉冲信号。因此，这是一个异步时序逻辑电路。

由于异步时序逻辑电路各触发器 CP 信号来源不同，分析电路列方程时，要将触发器的时钟方程考虑在内。只有各触发器 CP 信号跳变沿到来时，相应的触发器才能翻转，否则触发器将保持原状态不变。

① 求出各类方程。

时钟方程：

$CP_0=CP_2=CP$；FF0 和 FF2 由外加 CP 信号下降沿触发。

$CP_1=Q_0$；　　　FF1 由 Q_0 信号下降沿触发。

驱动方程：

$$J_0 = \bar{Q}_2^n \qquad J_1 = 1 \qquad J_2 = Q_1^n Q_0^n$$
$$K_0 = 1 \qquad K_1 = 1 \qquad K_2 = 1$$

状态方程：

$$\begin{cases} Q_0^{n+1} = J_0\bar{Q}_0^n + \bar{K}_0 Q_0^n = \bar{Q}_2^n \bar{Q}_0^n & CP\text{下降沿有效} \\ Q_1^{n+1} = J_1\bar{Q}_1^n + \bar{K}_1 Q_1^n = \bar{Q}_1^n & Q_0\text{下降沿有效} \\ Q_2^{n+1} = J_2\bar{Q}_2^n + \bar{K}_2 Q_2^n = \bar{Q}_2^n Q_1^n Q_0^n & CP\text{下降沿有效} \end{cases}$$

② 列状态转换真值表，画状态转换图。

设电路初态 $Q_2 Q_1 Q_0 = 000$，代入状态方程，得到电路状态转换真值表（见表 4.10）。以上状态方程在满足时钟方程时才成立。

表 4.10　【例 4.15】状态转换真值表

电 路 现 态			电 路 次 态			对应时钟脉冲状态		
Q_2^n	Q_1^n	Q_0^n	Q_2^{n+1}	Q_1^{n+1}	Q_0^{n+1}	CP_2	CP_1	CP_0
0	0	0	0	0	1	↓	↑	↓
0	0	1	0	1	0	↓	↓	↓
0	1	0	0	1	1	↓	↑	↓
0	1	1	1	0	0	↓	↓	↓
1	0	0	0	0	0	↓	→	↓
1	0	1	0	1	0	↓	↓	↓
1	1	0	0	1	0	↓	→	↓
1	1	1	0	0	0	↓	↓	↓

上表中，若 $Q_2^n Q_1^n Q_0^n = 000$，在外加 CP↓ 到来时，$Q_2^{n+1} = J_2 \bar{Q}_2^n + \bar{K}_1 Q_2^n = \bar{Q}_2^n Q_1^n Q_0^n = 0$；

$Q_0^{n+1} = J_0 \bar{Q}_0^n + \bar{K}_0 Q_0^n = \bar{Q}_2^n \bar{Q}_0^n = 1$。$Q_0$ 由 0→1，不满足 FF$_1$ 触发条件，所以 Q_1 状态不发生变化，仍保持 0 态。依此类推，可以获得电路完整的状态转换真值表。

根据表 4.10，画出电路状态转换图，如图 4.39 所示。

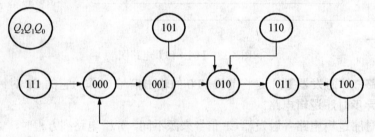

图 4.39　【例 4.15】状态转换图

③ 检查电路自启动能力。

经检查，任一无效状态，在 CP 信号作用下，均可返回有效循环中。该电路能够自启动。

④ 画出电路时序图。

设电路初态 $Q_2 Q_1 Q_0 = 000$，各触发器状态的变化如图 4.40 所示。

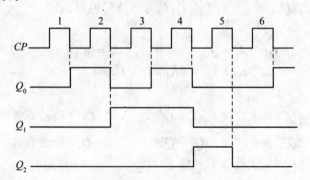

图 4.40　【例 4.15】时序图

时序图中，如在第 2、4 个 CP 信号到来时，Q_1 的波形发生了变化，但这个变化并不是由外加 CP 引起的，而是 Q_0 输出产生了下降沿，即触发器状态的变化有先后顺序。

⑤ 分析确定电路的逻辑功能。

根据分析知，该电路为具有自启动能力的异步五进制计数器。

4.3　寄存器

寄存器是常用时序逻辑电路之一，主要用于存放数码、运算结果或指令等二值信息。移位寄存器不但可以存放二值代码，而且在 CP 信号作用下，还可以将寄存器中的数码按规定方向移位。寄存器和移位寄存器主要由触发器组成。一个触发器可存储一位二进制代码，n个触发器可存储 n 位二进制代码。

4.3.1　基本寄存器

用来存放二值代码的电路称为基本寄存器，也叫数码寄存器。图 4.41 为 D 触发器组成的 4 位数码寄存器，图中 $\overline{CR}$ 为置 0 输入端，$D_3 \sim D_0$ 为并行数码输入端，$Q_3 \sim Q_0$ 为并行数码输出端。

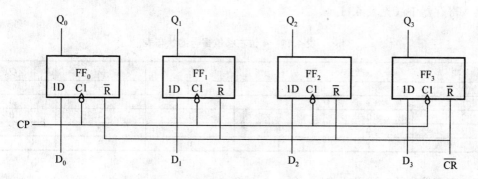

图 4.41　4 位数码寄存器

$\overline{CR}$ =0，触发器 $FF_3 \sim FF_0$ 同时被置 0；$\overline{CR}$ =1，寄存器正常工作。

$D_3 \sim D_0$ 为触发器 $FF_3 \sim FF_0$ 的输入信号。当 CP 信号下降沿到来时，$D_3 \sim D_0$ 被同时送入 $FF_3 \sim FF_0$，此时 $Q_3 Q_2 Q_1 Q_0 = D_3 D_2 D_1 D_0$。

$\overline{CR}$ =1、CP=1 或 0 时，寄存器中的数码保持不变，即 $FF_3 \sim FF_0$ 的状态不变。

数码寄存器一般采用并行输入、并行输出的工作方式，电路中的触发器只要具有置 1、置 0 功能即可满足要求。同步触发器、主从触发器、边沿触发器均可以构成数码寄存器。除并入并出的寄存器外，具有并入串出、串入串出、串入并出的寄存器均属于移位寄存器。

4.3.2　移位寄存器

具有存放代码、按规定方向移动代码功能的电路称为移位寄存器。在 CP 信号的控制下，存储在移位寄存器中的代码依次左移或右移。

移位寄存器包括单向移位寄存器和双向移位寄存器。

1. 单向移位寄存器

图 4.42 为 4 位同步右移移位寄存器，数码由 D_I 端输入。

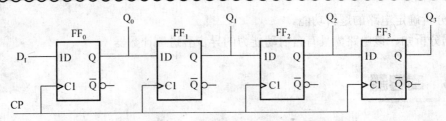

图 4.42　右移移位寄存器

设串行输入数码 D_1=1001。首先，使用各触发器的复位端将 FF$_3$~FF$_0$ 置为 0 状态，按照由高到低的顺序输入 D_1。输入第一个数码 1 时，D_0=D_1=1、D_1=Q_0=0、D_2=Q_1=0、D_3=Q_2=0，在第 1 个移位信号 CP 上升沿到来时，FF$_0$ 由 0 状态变为 1 状态，第一位数码 1 存入 FF$_0$。同时，D_1=Q_0=0 移入 FF$_1$ 中，即各触发器中原存储的数码均右移一位。这时，寄存器的状态为 $Q_3Q_2Q_1Q_0$=0001。输入第二个数码 0 时，经过同样分析，在第二个移位信号 CP 上升沿到来时，第二个数码 0 存入 FF$_0$，Q_0=0。FF$_0$ 中原存数码 1 移入 FF$_1$ 中，Q_1=1，同理 Q_2=Q_3=0，移位寄存器中的数码又依次右移一位。这样，在 4 个移位信号作用下，输入的 4 位串行数码 1001 全部存入寄存器中（见表 4.11）。

表 4.11　4 位右移位寄存器状态表

移位脉冲 CP	输入数据 D_1	Q_0	Q_1	Q_2	Q_3
		0	0	0	0
1	1	1	0	0	0
2	0	0	1	0	0
3	0	0	0	1	0
4	1	1	0	0	1

移位寄存器中的数码可由 Q_3、Q_2、Q_1、Q_0 并行输出；也可从 Q_3 串行输出，但此时需要连续输入 4 个 CP 移位信号才能从寄存器中取出 4 位数码 1001。

同样可以组成左移移位寄存器。

2. 双向移位寄存器

将右移移位寄存器和左移移位寄存器组合在一起，并附加控制电路，可以构成双向移位寄存器。

图 4.43 为 4 位双向移位寄存器 74LS194。图中，$\overline{CR}$ 为置零端，D_3~D_0 为并行数码输入端，Q_3~Q_0 为并行数码输出端，D_{SR} 为右移串行数码输入端，D_{SL} 为左移串行数码输入端，M_1 和 M_0 为工作方式控制端。74LS194 的功能见表 4.12。

① 置 0 功能：$\overline{CR}$=0 时，寄存器置 0，Q_3~Q_0 均为 0 状态。

② 保持功能：$\overline{CR}$=1 且 CP=0，或 $\overline{CR}$=1 且 M_1M_0=00 时，寄存器保持原态不变。

③ 并行置数功能：$\overline{CR}$=1 且 M_1M_0=11 时，在 CP 信号上升沿到来时，D_3~D_0 端输入的数码 d_3~d_0 并行同步送入寄存器。

④ 右移串行送数功能：$\overline{CR}$=1 且 M_1M_0=01 时，在 CP 信号上升沿到来时，完成右移功能，D_{SR} 端输入的数码依次送入寄存器。

⑤ 左移串行送数功能：$\overline{CR}$=1 且 M_1M_0=10 时，在 CP 信号上升沿到来时，完成左移功能，D_{SL} 端输入的数码依次送入寄存器。

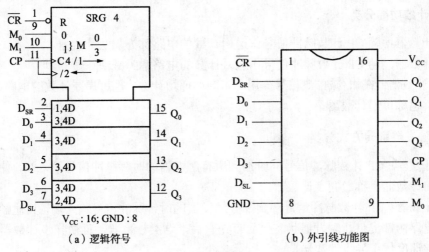

（a）逻辑符号　　　　　　　　　　　　（b）外引线功能图

图 4.43　双向移位寄存器 74LS194

表 4.12　74LS194 功能表

输　入　变　量										输　出　变　量				说明
$\overline{CR}$	M_1	M_0	CP	D_{ST}	D_{SR}	D_0	D_1	D_2	D_3	Q_0	Q_1	Q_2	Q_3	
0	×	×	×	×	×	×	×	×	×	0	0	0	0	置0
1	×	×	0	×	×	×	×	×	×	保　持				
1	1	1	↑	×	×	d_0	d_1	d_2	d_3	d_0	d_1	d_2	d_3	并行置数
1	0	1	↑	×	1	×	×	×	×	1	Q_0	Q_1	Q_2	右移输入1
1	0	1	↑	×	0	×	×	×	×	0	Q_0	Q_1	Q_2	右移输入0
1	1	0	↑	1	×	×	×	×	×	Q_1	Q_2	Q_3	1	左移输入1
1	1	0	↑	0	×	×	×	×	×	Q_1	Q_2	Q_3	0	左移输入0
1	0	0	×	×	×	×	×	×	×	保　持				

移位寄存器除可以存放代码外，还可以实现数据的串-并转换、数据运算及处理等功能。

4.4　计数器

计数器是一种时序逻辑电路，主要作用是对 CP 信号进行计数，广泛应用于各种数字运算、测量、控制及信号产生电路。

计数器能够累计地输入脉冲信号个数称为计数器的模（计数长度），用 M 表示，是该电路的有效状态数。如 $M=5$ 的计数器，表示计数器的模（计数长度）为 5，也称为五进制计数器。

计数器的种类很多，主要分类如下。

1. 按数制分类

二进制计数器：按二进制数运算规律进行计数的电路称为二进制计数器。

十进制计数器：按十进制数运算规律进行计数的电路称为十进制计数器。

任意进制计数器：二进制计数器和十进制计数器之外的其他进制计数器称为任意进制计数器（如七进制计数器等）。

2. 按计数功能分类

加法计数器：随 CP 计数脉冲信号作递增计数的电路称为加法计数器。

减法计数器：随 CP 计数脉冲信号作递减计数的电路称为减法计数器。

加/减计数器：在加/减控制信号作用下，既可递增计数，也可递减计数的电路，称为加/减计数器，也称可逆计数器。

3. 按触发器翻转方式分类

同步计数器：CP 计数脉冲信号同时加到所有触发器的时钟脉冲信号输入端，使各触发器同步翻转的计数器，称做同步计数器。

异步计数器：CP 计数脉冲信号加到部分触发器的时钟脉冲信号输入端，其他触发器的触发信号由电路内部提供，触发器状态更新有先有后，这类计数器，称做异步计数器。同步计数器的计数速度优于异步计数器。

4.4.1 同步计数器

1. 同步二进制计数器

（1）同步二进制加法计数器。

由下降沿触发的 JK 触发器组成的 4 位同步二进制加法计数器如图 4.44 所示。

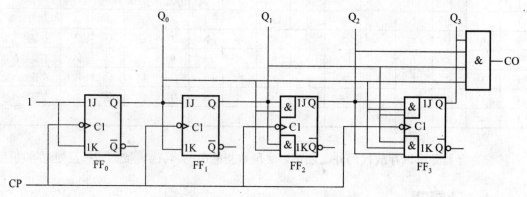

图 4.44   4 位同步二进制加法计数器

① 写出各类方程。

驱动方程：
$$\begin{cases} J_0 = K_0 = 1 \\ J_1 = K_1 = Q_0^n \\ J_2 = K_2 = Q_1^n Q_0^n \\ J_3 = K_3 = Q_2^n Q_1^n Q_0^n \end{cases}$$

将驱动方程代入 JK 触发器的特性方程 $Q^{n+1} = J\overline{Q}^n + \overline{K}Q^n$，得到电路的状态方程。

状态方程：
$$\begin{cases} Q_0^{n+1} = J_0\overline{Q}_0^n + \overline{K}_0 Q_0^n = \overline{Q}_0^n \\ Q_1^{n+1} = J_1\overline{Q}_1^n + \overline{K}_1 Q_1^n = \overline{Q}_1^n Q_0^n + Q_1^n \overline{Q}_0^n \\ Q_2^{n+1} = J_2\overline{Q}_2^n + \overline{K}_2 Q_2^n = \overline{Q}_2^n Q_1^n Q_0^n + Q_2^n \overline{Q_1^n Q_0^n} \\ Q_3^{n+1} = J_2\overline{Q}_3^n + \overline{K}_3 Q_3^n = \overline{Q}_3^n Q_2^n Q_1^n Q_0^n + Q_3^n \overline{Q_2^n Q_1^n Q_0^n} \end{cases}$$

输出方程：$CO=Q_3^n Q_2^n Q_1^n Q_0^n$

② 列状态转换真值表，画出状态转换图。

设计数器现态 $Q_3^n Q_2^n Q_1^n Q_0^n$=0000，代入状态方程和输出方程，得 $Q_3^{n+1} Q_2^{n+1} Q_1^{n+1} Q_0^{n+1}$=0001，$CO$=0。即在第一个 CP 计数脉冲信号作用下，电路状态由 0000 变化至 0001。依此类推，将 0001 作为现态代入状态方程和输出方程推导，可得状态转换真值表（见表 4.13）。根据状态转换表，画出状态转换图（如图 4.45 所示）。

表 4.13　4 位二进制计数器的状态转换真值表

计数脉冲序号	电 路 现 态				电 路 次 态				输　　出
	Q_3^n	Q_2^n	Q_1^n	Q_0^n	Q_3^{n+1}	Q_2^{n+1}	Q_1^{n+1}	Q_0^{n+1}	CO
1	0	0	0	0	0	0	0	1	0
2	0	0	0	1	0	0	1	0	0
3	0	0	1	0	0	0	1	1	0
4	0	0	1	1	0	1	0	0	0
5	0	1	0	0	0	1	0	1	0
6	0	1	0	1	0	1	1	0	0
7	0	1	1	0	0	1	1	1	0
8	0	1	1	1	1	0	0	0	0
9	1	0	0	0	1	0	0	1	0
10	1	0	0	1	1	0	1	0	0
11	1	0	1	0	1	0	1	1	0
12	1	0	1	1	1	1	0	0	0
13	1	1	0	0	1	1	0	1	0
14	1	1	0	1	1	1	1	0	0
15	1	1	1	0	1	1	1	1	0
16	1	1	1	1	0	0	0	0	1

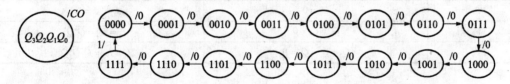

图 4.45　4 位同步二进制加法计数器状态转换图

③ 检查电路自启动能力。

经检查，该电路具备自启动能力。

④ 画出电路时序图。

由状态转换图，做出时序图（如图 4.46 所示）。

⑤ 电路逻辑功能说明。

根据以上分析，该电路在输入第 16 个 CP 计数脉冲信号时，返回 0000 状态，输出端 CO 产生一个进位信号，该电路为十六进制计数器。

（2）同步二进制减法计数器。

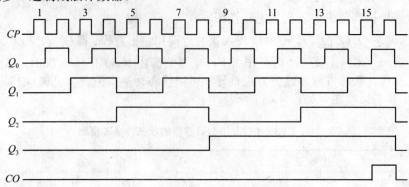

图 4.46　4 位同步二进制加法计数器时序图

4 位二进制减法计数器，在输入第一个 CP 减法计数脉冲时，电路状态应由 0000 变为 1111。为此，将二进制加法计数器的输出由 Q 端改为 $\overline{Q}$ 端，即可组成同步二进制减法计数器，如图 4.47 所示。

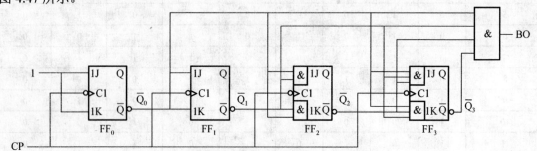

图 4.47　4 位同步二进制减法计数器

4 位同步二进制减法计数器各级触发器间连接的逻辑关系见表 4.14。

表 4.14　4 位同步二进制减法计数器各级触发器间连接关系

触发器	触发器翻转条件	J、K 端的逻辑关系
FF$_0$	输入一个脉冲翻转一次	$J_0 = K_0 = 1$
FF$_1$	$Q_0 = 0$	$J_1 = K_1 = Q_0^n$
FF$_2$	$Q_0 = Q_1 = 0$	$J_2 = K_2 = \overline{Q}_1^n \overline{Q}_0^n$
FF$_3$	$Q_0 = Q_1 = Q_2 = 0$	$J_3 = K_3 = \overline{Q}_2^n \overline{Q}_1^n \overline{Q}_0^n$

（3）集成同步二进制计数器。

实际应用中有许多 TTL 和 CMOS 专用集成计数器芯片，掌握计数器芯片型号、功能及正确使用方法是非常重要的。图 4.48 所示为 4 位二进制同步加法计数器 74LS161。$\overline{LD}$ 为同步置数控制端，$\overline{CR}$ 为异步置 0 控制端，CT_P 和 CT_T 为计数控制端，$D_3 \sim D_0$ 为并行数据输入端，$Q_3 \sim Q_0$ 为并行输出端，CO 为进位输出端。74LS161 的功能表见表 4.15。

74LS161 功能如下。

① 异步置 0 功能。

$\overline{CR}$ =0 时，不论有无 CP 信号及其他输入信号，计数器置 0，即 $Q_3Q_2Q_1Q_0$=0000。

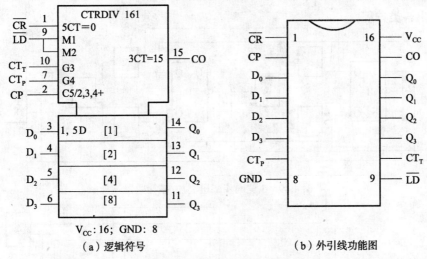

（a）逻辑符号　　　　　　　　　　　（b）外引线功能图

图 4.48　4 位二进制同步加法计数器 74LS161

表 4.15　74LS161 功能表

输入变量									输出变量					说明
$\overline{CR}$	$\overline{LD}$	CT_P	CT_T	CP	D_3	D_2	D_1	D_0	Q_3	Q_2	Q_1	Q_0	CO	
0	×	×	×	×	×	×	×	×	0	0	0	0	0	异步置 0
1	0	×	×	↑	d_3	d_2	d_1	d_0	d_3	d_2	d_1	d_0	CO_1	$CO_1 = CT_T Q_3 Q_2 Q_1 Q_0$
1	1	1	1	↑	×	×	×	×	计　数				CO_2	$CO_2 = Q_3 Q_2 Q_1 Q_0$
1	1	0	×	×	×	×	×	×	保　持				CO_3	$CO_3 = CT_T Q_3 Q_2 Q_1 Q_0$
1	1	×	0	×	×	×	×	×	保　持				0	

② 同步并行置数功能。

$\overline{CR}=1$、$\overline{LD}=0$ 时，在输入 CP 信号上升沿到来时，并行输入数据 $d_3 \sim d_0$ 被置入计数器，即 $Q_3 Q_2 Q_1 Q_0 = d_3 d_2 d_1 d_0$。

③ 计数功能。

$\overline{LD}=\overline{CR}=CT_P=CT_T=1$，随 CP 信号，计数器进行二进制加法计数。

④ 保持功能。

$\overline{LD}=\overline{CR}=1$、且 $CT_P \cdot CT_T=0$ 时，计数器状态不变。这时，若 $CT_P=0$、$CT_T=1$，则 $CO=CT_T Q_3 Q_2 Q_1 Q_0 = Q_3 Q_2 Q_1 Q_0$，即进位输出信号 CO 保持不变；若 $CT_P=1$、$CT_T=0$，则 $CO=0$，即进位输出为 0。

（4）同步二进制加/减计数器。

通过以上分析可知：从触发器 Q 端输出信号时进行加法计数，从 $\overline{Q}$ 端输出信号时进行减法计数。因此，实现加/减计数的关键是控制电路在加/减控制信号作用下，将 Q/$\overline{Q}$ 端的输出信号加到相邻高位触发器的输入端。图 4.49 为 3 位同步二进制加/减计数器，M 为加/减控制信号：$M=1$，电路进行加法计数；$M=0$，电路进行减法计数。

2. 同步十进制加法计数器

图 4.50 为 JK 触发器组成的 8421BCD 码同步十进制加法计数器，电路分析如下。

① 写出各类方程。

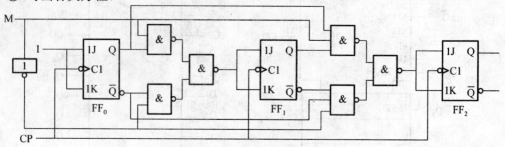

图 4.49 3 位同步二进制加/减计数器

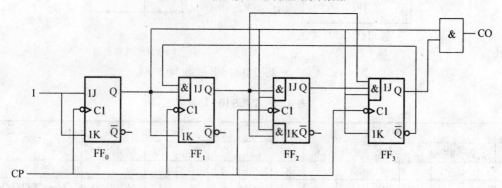

图 4.50 8421BCD 码同步十进制加法计数器

驱动方程：
$$\begin{cases} J_0 = K_0 = 1 \\ J_1 = \bar{Q}_3^n Q_0^n, \quad K_1 = Q_0^n \\ J_2 = K_2 = Q_1^n Q_0^n \\ J_3 = Q_2^n Q_1^n Q_0^n, \quad K_3 = Q_0^n \end{cases}$$

将以上驱动方程代入 $Q^{n+1} = J\bar{Q}^n + \bar{K}Q^n$，得到电路的状态方程。

状态方程：
$$\begin{cases} Q_0^{n+1} = J_0 \bar{Q}_0^n + \bar{K}_0 Q_0^n = \bar{Q}_0^n \\ Q_1^{n+1} = J_1 \bar{Q}_1^n + \bar{K}_1 Q_1^n = \bar{Q}_3^n \bar{Q}_1^n Q_0^n + Q_1^n \bar{Q}_0^n \\ Q_2^{n+1} = J_2 \bar{Q}_2^n + \bar{K}_2 Q_2^n = \bar{Q}_2^n Q_1^n Q_0^n + Q_2^n \overline{Q_1^n Q_0^n} \\ Q_3^{n+1} = J_2 \bar{Q}_3^n + \bar{K}_3 Q_3^n = \bar{Q}_3^n Q_2^n Q_1^n Q_0^n + Q_3^n \bar{Q}_0^n \end{cases}$$

输出方程：$CO = Q_3^n Q_0^n$

② 列状态转换真值表，画状态转换图。

设计数器现态 $Q_3^n Q_2^n Q_1^n Q_0^n = 0000$，代入状态方程和输出方程，得 $Q_3^{n+1} Q_2^{n+1} Q_1^{n+1} Q_0^{n+1} = 0001$，$CO = 0$，即在第一个 CP 信号作用下，电路状态由 0000 变化到 0001。依此类推，将 0001 作为现态代入状态方程和输出方程再推导，得到状态转换真值表（见表 4.16）。

根据状态转换真值表，作出状态转换图（如图 4.51 所示）。

③ 检查电路自启动能力。

经检查，该电路具备自启动能力。

④ 画出时序图。

表 4.16　同步十进制加法计数器状态转换真值表

计数脉冲序号	电路现态				电路次态				电路输出
	Q_3^n	Q_2^n	Q_1^n	Q_0^n	Q_3^{n+1}	Q_2^{n+1}	Q_1^{n+1}	Q_0^{n+1}	CO
1	0	0	0	0	0	0	0	1	0
2	0	0	0	1	0	0	1	0	0
3	0	0	1	0	0	0	1	1	0
4	0	0	1	1	0	1	0	0	0
5	0	1	0	0	0	1	0	1	0
6	0	1	0	1	0	1	1	0	0
7	0	1	1	0	0	1	1	1	0
8	0	1	1	1	1	0	0	0	0
9	1	0	0	0	1	0	0	1	0
10	1	0	0	1	0	0	0	0	1
	1	0	1	0	1	0	1	1	0
	1	0	1	1	0	1	0	0	1
	1	1	0	0	1	1	0	1	0
	1	1	0	1	0	1	0	0	1
	1	1	1	0	1	1	1	1	1
	1	1	1	1	0	0	0	0	1

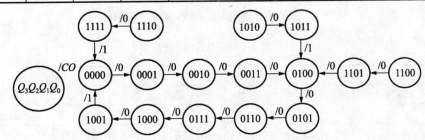

图 4.51　同步十进制加法计数器状态转换图

根据电路状态转换图，画出时序图（如图 4.52 所示）。

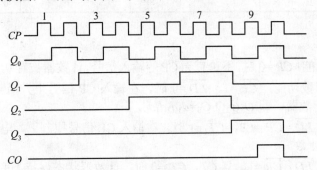

图 4.52　同步十进制加法计数器时序图

⑤ 电路逻辑功能说明。

通过以上分析，该电路在输入第 10 个 CP 信号后返回初始 0000 状态；同时，输出端 CO

产生一个进位信号。该电路为同步十进制加法计数器。

3. 集成十进制同步计数器

（1）集成十进制同步加法计数器。

图 4.53 为十进制同步加法计数器 74LS160。图中 $\overline{LD}$ 为同步置数控制端，$\overline{CR}$ 为异步置 0 控制端，CT_P、CT_T 为计数控制端；$D_3 \sim D_0$ 为并行数据输入端，$Q_3 \sim Q_0$ 为并行数据输出端，CO 为进位输出端。74LS160 的功能表见表 4.17。

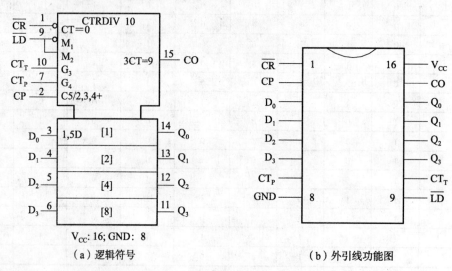

（a）逻辑符号   （b）外引线功能图

图 4.53   集成十进制同步加法计数器 74LS160

表 4.17   74LS160 功能表

输入变量									输出变量					说 明
$\overline{CR}$	$\overline{LD}$	CT_P	CT_T	CP	D_3	D_2	D_1	D_0	Q_3	Q_2	Q_1	Q_0	CO	
0	×	×	×	×	×	×	×	×	0	0	0	0	0	异步置 0
1	0	×	×	↑	d_3	d_2	d_1	d_0	d_3	d_2	d_1	d_0	CO_1	$CO_1=CT_TQ_3Q_0$
1	1	1	1	↑	×	×	×	×	计 数				CO_2	$CO_2=Q_3Q_0$
1	1	0	×	×	×	×	×	×	保 持				CO_3	$CO_3=CT_TQ_3Q_0$
1	1	×	0	×	×	×	×	×	保 持				0	

主要功能如下。

① 异步置 0 功能：$\overline{CR}=0$ 时，不论有无 CP 等输入信号，计数器被置 0，即 $Q_3Q_2Q_1Q_0=0000$。

② 同步并行置数功能：$\overline{CR}=1$、$\overline{LD}=0$ 时，在输入 CP 信号上升沿到来时，并行输入的数据 $d_3 \sim d_0$ 被置入计数器，即 $Q_3Q_2Q_1Q_0=d_3d_2d_1d_0$。

③ 计数功能：$\overline{LD}=\overline{CR}=CT_P=CT_T=1$ 时，在输入 CP 信号控制下，电路按 8421BCD 码顺序进行十进制加法计数。

④ 保持功能：$\overline{LD}=\overline{CR}=1$、且 $CT_P \cdot CT_T=0$ 时，计数器状态保持不变。这时，若 $CT_P=0$、$CT_T=1$，则 $CO=CT_TQ_3Q_0=Q_3Q_0$，即进位输出信号 CO 不变；若 $CT_P=1$、$CT_T=0$，则 $CO=CT_T Q_3Q_0=0$，即进位输出为 0。

（2）集成十进制同步加/减计数器。

图 4.54 为集成十进制同步加/减计数器 74LS190。图中 $\overline{LD}$ 为异步置数控制端，$\overline{CT}$ 为计数控制端，$D_3 \sim D_0$ 为并行数据输入端，$Q_3 \sim Q_0$ 为并行数据输出端，$\overline{U}/D$ 为加/减计数方式控制端。CO/BO 为进位输出/借位输出端，$\overline{RC}$ 为行波时钟输出端。74LS190 借助数据 $D_3 D_2 D_1 D_0 = 0000$，实现计数器的置 0 功能。因此它没有专用置 0 输入端，表 4.18 为 74LS190 的功能表。

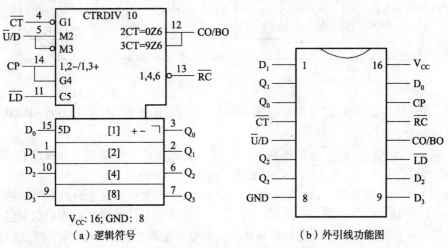

（a）逻辑符号　　　　　　　　（b）外引线功能图

图 4.54　集成十进制同步加/减计数器 74LS190

表 4.18　74LS190 功能表

输入变量								输出变量				说 明
$\overline{LD}$	$\overline{CT}$	$\overline{U}/D$	CP	D_3	D_2	D_1	D_0	Q_3	Q_2	Q_1	Q_0	
0	×	×	×	d_3	d_2	d_1	d_0	d_3	d_2	d_1	d_0	并行异步置数
1	0	0	↑	×	×	×	×	加法计数				$CO/BO = Q_3 Q_0$
1	0	1	↑	×	×	×	×	减法计数				$CO/BO = \overline{Q_3} \overline{Q_2} \overline{Q_1} \overline{Q_0}$
1	1	×	×	×	×	×	×	保　持				

电路逻辑功能如下。

① 异步置数功能：$\overline{LD} = 0$ 时，无论有无 CP 等信号输入，并行输入的数据 $d_3 \sim d_0$ 被置入相应的触发器中，即 $Q_3 Q_2 Q_1 Q_0 = d_3 d_2 d_1 d_0$。

② 计数功能：$\overline{CT} = 0$、$\overline{LD} = 1$ 时，若 $\overline{U}/D = 0$，在 CP 信号上升沿到来时，进行十进制加法计数；$\overline{U}/D = 1$，在 CP 信号上升沿到来时，进行十进制减法计数。

③ $\overline{CT} = \overline{LD} = 1$，计数器保持原态不变。

行波时钟输出端 $\overline{RC}$ 的作用是多级级联：根据级联方式的不同，$\overline{RC}$ 接下一级电路的 CP 端或 $\overline{CT}$ 端。

4.4.2　异步计数器

1. 异步二进制计数器

（1）异步二进制加法计数器。

图 4.55 为 JK 触发器组成的 4 位异步二进制加法计数器。JK 触发器均接成 T′ 触发器的

形式。

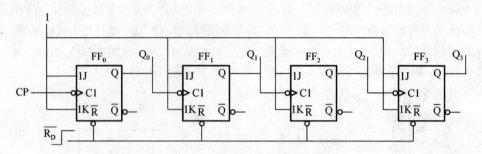

图 4.55   4 位异步二进制加法计数器

首先，通过异步置 0 端 $\overline{R}_D$ 上的有效脉冲信号，使触发器置 0，即 $Q_3Q_2Q_1Q_0 = 0000$。计数器正常工作时，$\overline{R}_D$ 为高电平。

输入第一个 CP 信号时，触发器 FF_0 由 $0 \rightarrow 1$，Q_0 输出产生正跳变，不满足 FF_1 的翻转条件，FF_1 保持原态 0 不变。此时计数器状态为 $Q_3Q_2Q_1Q_0 = 0001$。

输入第二个 CP 信号时，FF_0 再次由 $1 \rightarrow 0$，Q_0 输出产生负跳变，满足 FF_1 的翻转条件，FF_1 由 $0 \rightarrow 1$，Q_1 输出产生正跳变。此时，FF_2 保持 0 态不变。计数器状态为 $Q_3Q_2Q_1Q_0 = 0010$。

连续输入 CP 信号，根据上述计数规律，只要低位触发器由 $1 \rightarrow 0$，相邻高位触发器状态便会相应发生改变。计数器状态转换顺序见表 4.19。

表 4.19   4 位异步二进制加法计数器状态转换表

计 数 顺 序	计 数 器 状 态			
	Q_3	Q_2	Q_1	Q_0
0	0	0	0	0
1	0	0	0	1
2	0	0	1	0
3	0	0	1	1
4	0	1	0	0
5	0	1	0	1
6	0	1	1	0
7	0	1	1	1
8	1	0	0	0
9	1	0	0	1
10	1	0	1	0
11	1	0	1	1
12	1	1	0	0
13	1	1	0	1
14	1	1	1	0
15	1	1	1	1
16	0	0	0	0

该计数器的时序图如图 4.56 所示。

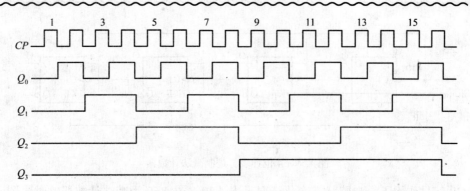

图 4.56　4 位异步二进制加法计数器时序图

输入第 16 个 CP 信号时，计数器回到初始的 $Q_3Q_2Q_1Q_0 = 0000$ 状态，从输入第 17 个 CP 信号开始，计数器又进入新的计数循环。因此，这是一个十六进制计数器。虽然电路功能与相应同步计数器相同，但是工作原理却根本不同。

根据时序图可知：输入的计数脉冲每经过一级触发器，周期增加一倍，即频率降低一半。因此，一位二进制计数器是一个 2 分频器，依此类推，图 4.55 所示的计数器电路是一个 16 分频器。

D 触发器组成的异步二进制加法计数器如图 4.57 所示。该电路利用输入 CP 信号上升沿触发，因此触发器的进位信号由 $\overline{Q}$ 端产生。电路工作时序图如图 4.58 所示。

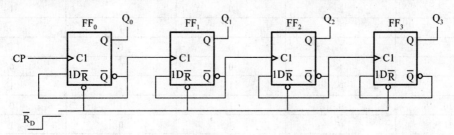

图 4.57　D 触发器组成 4 位异步二进制加法计数器

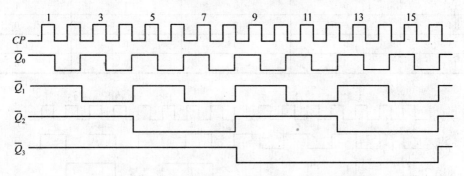

图 4.58　D 触发器 4 位异步二进制加法计数器时序图

（2）异步二进制减法计数器。

图 4.59 为由 JK 触发器组成的 4 位异步二进制减法计数器，其中，$FF_3 \sim FF_0$ 为 T'触发器。电路工作前，首先通过 $\overline{R}_D$ 端的负脉冲，使计数器复位，$Q_3Q_2Q_1Q_0 = 0000$。在计数过程中，$\overline{R}_D$ 为高电平。

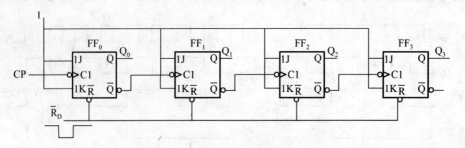

图 4.59　4 位异步二进制减法计数器

在 CP 信号作用下，电路状态变化情况见表 4.20。图 4.60 为减法计数器的时序图。

表 4.20　4 位异步二进制减法计数器状态转换表

计 数 顺 序	计 数 器 状 态			
	Q_3	Q_2	Q_1	Q_0
0	0	0	0	0
1	1	1	1	1
2	1	1	1	0
3	1	1	0	1
4	1	1	0	0
5	1	0	1	1
6	1	0	1	0
7	1	0	0	1
8	1	0	0	0
9	0	1	1	1
10	0	1	1	0
11	0	1	0	1
12	0	1	0	0
13	0	0	1	1
14	0	0	1	0
15	0	0	0	1
16	0	0	0	0

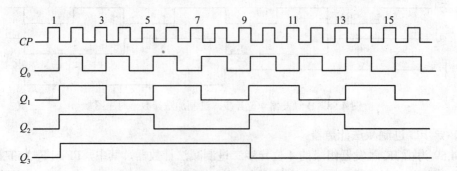

图 4.60　4 位异步二进制减法计数器时序图

将二进制加法计数器中各触发器输出由 Q 端改为 $\overline{Q}$ 端，便构成了二进制减法计数器。

2. 异步十进制加法计数器

将异步二进制加法计数器适当修改，使电路跳过 1010~1111 六组状态，即组成异步十进制加法计数器。图 4.61 为 JK 触发器组成的 8421BCD 码异步十进制加法计数器。状态转换表见表 4.21。

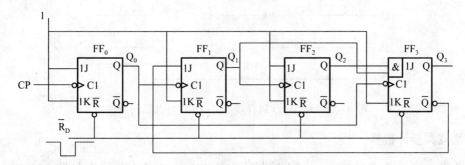

图 4.61 8421BCD 码异步十进制加法计数器

表 4.21 异步十进制计数器状态转换表

计 数 顺 序	计 数 器 状 态			
	Q_3	Q_2	Q_1	Q_0
0	0	0	0	0
1	0	0	0	1
2	0	0	1	0
3	0	0	1	1
4	0	1	0	0
5	0	1	0	1
6	0	1	1	0
7	0	1	1	1
8	1	0	0	0
9	1	0	0	1
10	0	0	0	0

计数器从 $Q_3Q_2Q_1Q_0 = 0000$ 开始计数。由电路知，FF_0 和 FF_2 为 T′触发器。当 $Q_3 = 0$ 时，$J_1 = \bar{Q}_3 = 1$，此时 FF_1 也可看做 T′触发器。即输入前 8 个 CP 信号时，计数器按异步二进制加法计数规律计数。输入第 7 个 CP 信号时，计数器的状态为 $Q_3Q_2Q_1Q_0 = 0111$，此时 $J_3 = Q_2Q_1 = 1$，$K_3 = 1$。输入第 8 个 CP 信号时，Q_0 由 1→0，Q_0 的负跳变使 FF_3 由 0→1，同时使 FF_1 由 1→0，并使 FF_2 也随之翻转为 0。这时，计数器的状态 $Q_3Q_2Q_1Q_0 = 1000$，$J_1 = \bar{Q}_3 = 0$。因此，$Q_3 = 1$ 时，FF_1 只能保持在 0 状态，不能再次翻转。所以，输入第 9 个 CP 信号时，计数器的状态 $Q_3Q_2Q_1Q_0 = 1001$，这时，$J_3 = 0$，$K_3 = 1$。

输入第 10 个 CP 信号时，计数器从 1001 状态返回初始 0000 状态，完成十进制计数。图 4.62 为该电路工作的时序图。

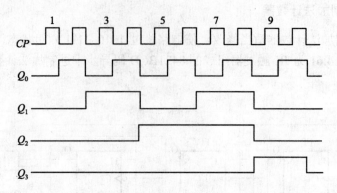

图 4.62 8421BCD 码异步十进制加法计数器时序图

3. 集成异步计数器

图 4.63（a）为集成异步二-五-十进制计数器 74LS290 的电路结构框图。74LS290 由二进制计数器和五进制计数器两部分组成。图 4.63（b）为 74LS290 的逻辑功能示意图，图中 R_{0A} 和 R_{0B} 为置 0 输入端，S_{9A} 和 S_{9B} 为置 9 输入端。图 4.64 为该电路的逻辑符号与外引线功能图，表 4.22 为功能表。

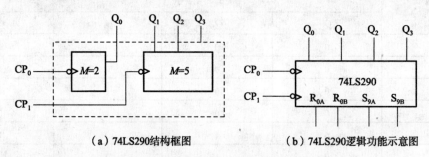

（a）74LS290结构框图　　　　　　（b）74LS290逻辑功能示意图

图 4.63 74LS290 结构框图和逻辑功能示意图

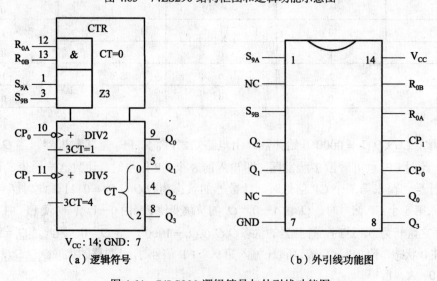

（a）逻辑符号　　　　　　　　　（b）外引线功能图

图 4.64 74LS290 逻辑符号与外引线功能图

74LS290 功能如下。

表 4.22　74LS290 功能表

输　入　变　量			输　出　变　量				说　　明
$R_{0A} \cdot R_{0B}$	$S_{9A} \cdot S_{9B}$	CP	Q_3	Q_2	Q_1	Q_0	
1	0	×	0	0	0	0	置 0
0	1	×	1	0	0	1	置 9
0	0	↓	计　　　数				

① 异步置 0 功能：$R_0 = R_{0A} \cdot R_{0B} = 1$、$S_9 = S_{9A} \cdot S_{9B} = 0$ 时，计数器置 0，即 $Q_3 Q_2 Q_1 Q_0 = 0000$。

② 异步置 9 功能：$R_0 = R_{0A} \cdot R_{0B} = 0$、$S_9 = S_{9A} \cdot S_{9B} = 1$ 时，计数器置 9，即 $Q_3 Q_2 Q_1 Q_0 = 1001$。

③ 计数功能：$R_{0A} \cdot R_{0B} = 0$、$S_{9A} \cdot S_{9B} = 0$ 时，计数器处于计数工作状态。

a. 计数脉冲由 CP_0 端输入、Q_0 输出，构成二进制计数器。

b. 计数脉冲由 CP_1 端输入、$Q_3 Q_2 Q_1$ 输出，构成异步五进制计数器。

c. 将 Q_0 与 CP_1 相连，计数脉冲由 CP_0 端输入，$Q_3 Q_2 Q_1 Q_0$ 输出，构成 8421BCD 码异步十进制计数器。

d. 将 Q_3 与 CP_0 相连，计数脉冲由 CP_1 端输入，按照 $Q_0 Q_3 Q_2 Q_1$ 顺序输出，构成 5421BCD 码异步十进制加法计数器。

4.5　移存型计数器

移位寄存器型计数器组成框图如图 4.65 所示，其中组成移位寄存器基本存储单元的触发器可以是 D、JK 等类型的触发器。根据反馈电路形式的不同，移存型计数器可以分为环形计数器和扭环计数器两种。

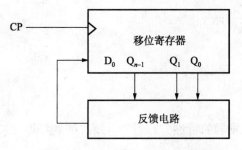

图 4.65　移位寄存器型计数器组成框图

1. 环形计数器

图 4.66 为基本环形计数器电路，是移存型计数器中最简单的一种。

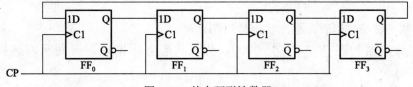

图 4.66　基本环形计数器

在输入 CP 信号作用下，寄存器中的数据将依次循环右移。该电路的状态转换图如图 4.67 所示。

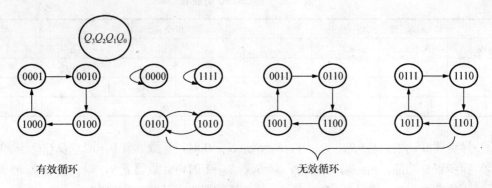

图 4.67 基本环形计数器状态转换图

将 0001→0010→0100→1000→0001 四种状态组成的循环称为有效循环，其余状态组成的循环称为无效循环。有效循环与各无效循环之间无法进行连接。因此，基本环形计数器无法自启动。图 4.68 为改进后能够自启动的环形计数器。

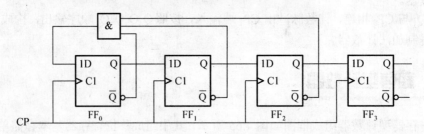

图 4.68 改进型环形计数器

（1）写出各类方程式。

驱动方程：
$$\begin{cases} D_0 = \bar{Q}_2^n \bar{Q}_1^n \bar{Q}_0^n \\ D_1 = Q_0^n \\ D_2 = Q_1^n \\ D_3 = Q_2^n \end{cases}$$

将驱动方程代入 D 触发器的特性方程 $Q^{n+1} = D$，得到环形计数器的状态方程。

状态方程：
$$\begin{cases} Q_0^{n+1} = D_0 = \bar{Q}_2^n \bar{Q}_1^n \bar{Q}_0^n \\ Q_1^{n+1} = D_1 = Q_0^n \\ Q_2^{n+1} = D_2 = Q_1^n \\ Q_3^{n+1} = D_3 = Q_2^n \end{cases}$$

（2）列状态转换真值表，画出状态转换图。

设环形计数器初态 $Q_3^n Q_2^n Q_1^n Q_0^n = 0000$，代入状态方程推导，得到状态转换真值表见表 4.23。

表 4.23 环形计数器状态转换真值表

计数脉冲序号	电 路 现 态				电 路 次 态			
	Q_3^n	Q_2^n	Q_1^n	Q_0^n	Q_3^{n+1}	Q_2^{n+1}	Q_1^{n+1}	Q_0^{n+1}
1	0	0	0	0	0	0	0	1
2	0	0	0	1	0	0	1	0
3	0	0	1	0	0	1	0	0
4	0	1	0	0	1	0	0	0
5	1	0	0	0	0	0	0	1
	0	0	1	1	0	1	1	0
	0	1	0	1	1	0	1	0
	0	1	1	0	1	1	0	0
	0	1	1	1	1	1	1	0
	1	0	0	1	0	0	1	0
	1	0	1	0	0	1	0	0
	1	0	1	1	0	1	1	0
	1	1	0	0	1	0	0	0
	1	1	0	1	1	0	1	0
	1	1	1	0	1	1	0	0
	1	1	1	1	1	1	1	0

根据状态转换真值表，画出状态转换图，如图 4.69 所示。

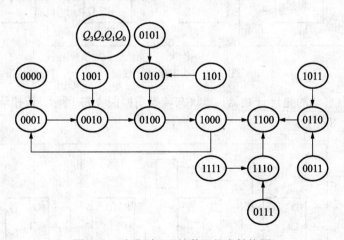

图 4.69 改进型环形计数器状态转换图

（3）检查电路自启动能力。

经检查，该电路具备自启动能力。

（4）画出电路时序图。

根据状态转换图，画出时序图，如图 4.70 所示。

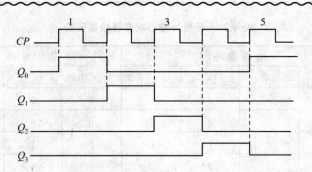

图 4.70　改进型环形计数器时序图

（5）电路逻辑功能说明。

4 位环形计数器具有 4 个有效工作状态，能够计 4 个数。由图 4.70 可以看出：Q_0、Q_1、Q_2、Q_3 的波形为一组顺序脉冲信号。即在 CP 信号作用下 $Q_0 \sim Q_3$ 分别呈现有效电平。因此，环形计数器可以用做一个顺序脉冲发生器。

环形计数器的优点是电路简单，可直接由各触发器的 Q 端输出，无须译码。缺点是电路状态利用率低，计 n 个数，需 n 个触发器，很不经济。

2. 扭环计数器

扭环计数器可以进一步提高电路状态的利用率，图 4.71 所示为扭环计数器，有效循环中的状态数提高至 8 个，但电路仍无法自启动。

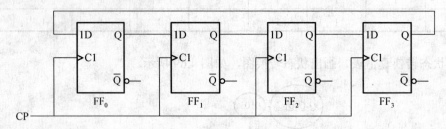

图 4.71　基本扭环计数器

图 4.72 是可自启动的扭环计数器，其状态转换图如图 4.73 所示。该扭环计数器有效循环共 8 种状态，可计 8 个数。

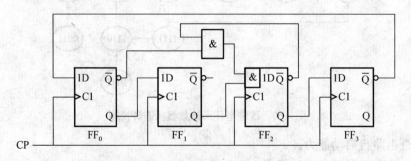

图 4.72　可自启动的扭环计数器

扭环计数器的优点是每次状态变化只有一个触发器翻转，译码器不存在竞争冒险现象，电路比较简单；缺点是电路状态利用率仍然不高。

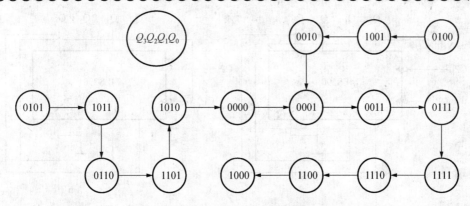

图 4.73　可自启动扭环计数器状态转换图

4.6　计数器应用

4.6.1　反馈归零法获得 N 进制计数器

利用已有 M 进制计数器的置 0 功能可以构成 N 进制计数器（$N<M$）。集成计数器的置 0 方式有异步和同步两种。异步置 0 与 CP 信号无关，只要存在有效异步置 0 输入信号，计数器立刻置 0。因此，利用异步置 0 端获得 N 进制计数器时，应在输入第 N 个 CP 计数信号后，通过控制电路产生一个置 0 信号加到异步置 0 端，使计数器置 0，以实现 N 进制计数。

而同步置 0 端获得置 0 信号后，计数器并不立刻置 0，只是为置 0 提供了必要条件，在下一个 CP 计数信号作用下，计数器被置 0。因此，利用同步置 0 端获得 N 进制计数器时，应在输入第 $N-1$ 个 CP 计数信号时，同步置 0 端获得置 0 信号，为输入第 N 个 CP 计数信号时计数器置 0 做准备。

用 S_1，S_2，…，S_N 表示输入 1，2，…，N 个 CP 计数信号时计数器的状态。利用反馈归零法获得 N 进制计数器的具体步骤如下。

① 写出拟构成计数器相应状态的二进制代码。以构成十进制计数器为例，利用异步置 0 端获得十进制计数器时，$S_N=S_{10}=1010$；利用同步置 0 端获得十进制计数器时，$S_{N-1}=S_9=1001$。

② 写出反馈归零函数。即根据 S_N 或 S_{N-1} 写出异步或同步置 0 端的输入逻辑表达式。

③ 画图。根据反馈归零函数表达式，画出电路连接图。

【例 4.16】利用 74LS290 构成六进制计数器。

解： 74LS290 是异步二–五–十进制计数器，构成六进制计数器的步骤为：

① 写出 S_6 的二进制代码为 $S_6=0110$；

② 写出反馈归零函数。74LS290 的异步置 0 信号为高电平，有 $R_0=Q_2Q_1=R_{0A}R_{0B}$；

③ 画图。由 74LS290 实现六进制计数功能，应将异步置 0 端 R_{0A} 和 R_{0B} 分别接 Q_2、Q_1，同时将 S_{9A} 和 S_{9B} 接 0。由于计数容量大于 5，还应将 Q_0 与 CP_1 相连。连线图如图 4.74（a）所示。

与此类似，由 74LS290 构成九进制计数器的连线图如图 4.74（b）所示。

【例 4.17】利用 74LS161 的同步置数功能构成十进制计数器。

解： 利用 4 位二进制同步加法计数器 74LS161 的同步置数控制端 $\overline{LD}$，可实现十进制计数。设计数器从 $Q_3Q_2Q_1Q_0=0000$ 开始计数，采用反馈置数法获得十进制计数器，因此取 $D_3D_2D_1D_0=0000$。利用同步置数控制端获得 N 进制计数器一般均从 0 状态开始计数。

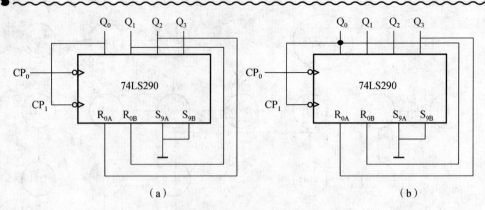

图 4.74 74LS290 构成六进制和九进制计数器

① 写出 S_{N-1} 的二进制代码为 $S_{N-1}=S_{10-1}=S_9=1001$。

② 写出反馈归零（置数）函数。反馈归零函数为 $\overline{LD}=\overline{Q_3Q_0}$。

③ 画图。根据上式和置数要求画出十进制计数器连线图，如图 4.75 所示。

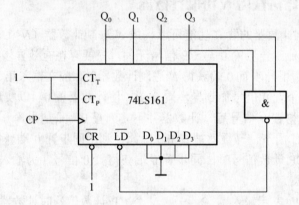

图 4.75 74LS161 构成十进制计数器

【例 4.18】试用 74LS161 构成十二进制计数器。

解：利用 74LS161 的同步置数控制端 $\overline{LD}$，构成十二进制计数器的方法与构成十进制计数器的方法类似，连线图如图 4.76 所示。

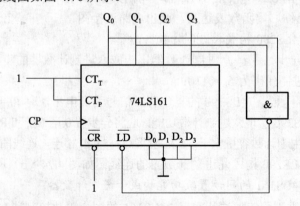

图 4.76 利用 74LS161 同步置数端构成十二进制计数器

用异步置 0 控制端 $\overline{CR}$ 实现十二进制计数器。

① 写出 S_{12} 的二进制代码为 $S_{12}=1100$。

② 写出反馈归零函数 $\overline{CR}=\overline{Q_3Q_2}$。

③ 画图，如图 4.77 所示。

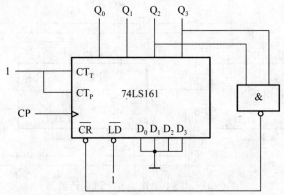

图 4.77　利用异步置 0 端构成十二进制计数器

4.6.2　计数器级联获得大容量 N 进制计数器

计数器级联是将多个集成计数器串接起来，以获得计数容量更大的计数器。一般集成计数器都设有级联输入（出）端，只要正确连接这些级联端，即可获得所需进制的计数器。

图 4.78 为两片 74LS290 级联组成的 100 进制异步加法计数器。

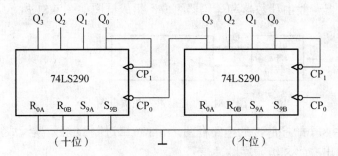

图 4.78　74LS290 构成 100 进制加法计数器

图 4.79 为 74LS160 级联组成的 100 进制同步加法计数器。低位 74LS160 在计到 9 以前，进位输出 $CO=Q_3Q_0=0$，高位 74LS160 的 $CT_T=0$，保持原状态不变。当低位片计到 9 时，输出 $CO=1$，即高位片的 $CT_T=1$。此时，高位片接收 CP 端输入的计数信号。输入第 10 个计数信号时，低位片回到 0 状态，同时使高位片加 1。

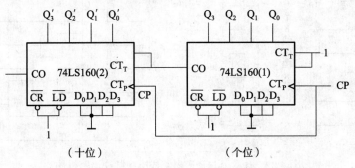

图 4.79　74LS160 构成 100 进制加法计数器

图 4.80 为由 74LS161 级联组成的五十进制计数器。十进制数 50 对应的二进制数为 00110010。当计数器计到 50 时，计数器的状态为 $Q_3'Q_2'Q_1'Q_0'Q_3Q_2Q_1Q_0$=00110010，反馈归零函数为 $\overline{CR}=\overline{Q_1'Q_0'Q_1}$。这时，与非门 G 输出低电平，使两片 74LS161 同时置 0，实现五十进制计数。

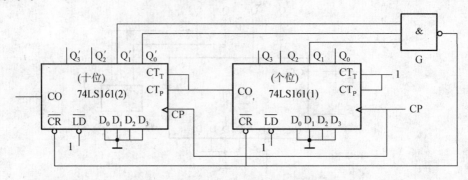

图 4.80　74LS161 构成五十进制计数器

4.6.3 顺序脉冲发生器

顺序脉冲发生器（也称节拍脉冲发生器，或脉冲分配器），作用是将输入的脉冲序列变换成一组在时间上依次顺序出现的脉冲。顺序脉冲发生器可以由移位寄存器构成，如前面介绍的改进型环形计数器，在 CP 信号作用下，$Q_0 \sim Q_3$ 端依次输出正脉冲。该电路无须译码电路，结构简单，但使用触发器的数量较多。

顺序脉冲发生器一般由计数器和译码器组成，组成框图如图 4.81 所示。

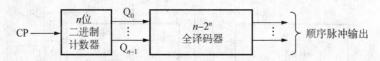

图 4.81　顺序脉冲发生器框图

图 4.82 是产生 8 个顺序脉冲的电路框图，由 3 位二进制 D 触发器组成八进制计数器，并经 3-8 线译码器输出产生 8 组顺序脉冲信号。

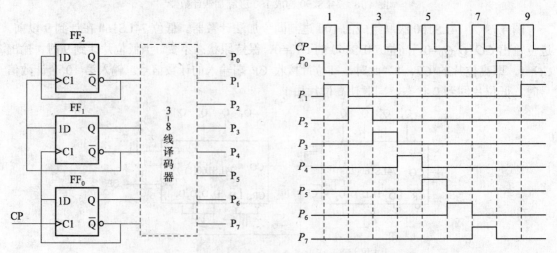

图 4.82　计数器与译码器组成顺序脉冲电路框图

其中计数器为异步时序逻辑电路，各触发器翻转不可能完全同步。对于同步计数器也存在类似问题，即当译码器电路有多个输入信号状态改变时，存在竞争冒险的可能性。为此，应采用消除竞争冒险的措施加以解决。

本 章 小 结

1. 触发器是具有记忆功能的基本逻辑单元，是构成时序逻辑电路的基础。应熟练掌握描述触发器逻辑功能的各种方法。

2. 应熟练掌握各种触发器的特点及触发方式了解造成空翻及一次翻转现象的原因。

3. 掌握边沿触发器的动作特点熟悉各种不同触发器之间的转换方法。

4. 时序逻辑电路是数字电路的重要组成部分，其特点是电路在任意时刻的输出不仅与同一时刻的输入有关系，而且与电路原来的状态有关。

5. 应重点掌握时序逻辑电路，特别是同步时序逻辑电路的分析方法。了解同步时序逻辑电路的设计方法。

6. 掌握常见时序逻辑单元电路寄存器、计数器等的基本工作原理、集成电路逻辑符号与主要应用。

习题 4

4.1　触发器电路主要由什么构成？它为什么具有记忆功能？

4.2　触发器的特点是什么？可以分为哪几类？

4.3　已知与非门构成的基本 RS 触发器的输入波形如图 4.83 所示，设触发器初态为 0，试画出触发器输出波形。

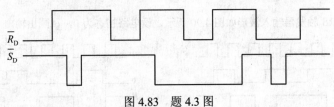

图 4.83　题 4.3 图

4.4　已知或非门构成的基本 RS 触发器的输入波形如图 4.84 所示，设触发器初态为 0，试画出触发器输出波形。

4.5　图 4.85 所示电路是基本 RS 触发器的基本应用之一——消抖电路。试分析该电路的工作原理。

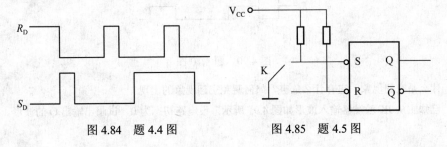

图 4.84　题 4.4 图　　　　　图 4.85　题 4.5 图

4.6　某触发器电路如图 4.86 所示，试分析其逻辑功能，并列出其真值表。

4.7　已知同步 RS 触发器输入波形如图 4.87 所示，设触发器初态为 0，试画出输出端 Q 的波形。

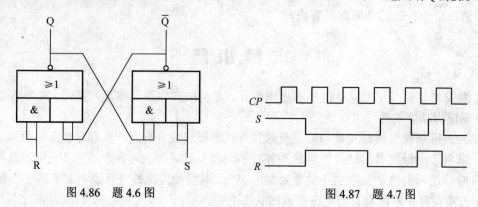

图 4.86　题 4.6 图　　　　　　　　　　图 4.87　题 4.7 图

4.8　触发器电路如图 4.88 所示，试分析其逻辑功能，并列出其真值表。

4.9　试分析图 4.14 所示的同步 D 触发器工作原理，并根据图 4.89 所示输入波形，画出输出 Q 的波形，设电路初态为 0。

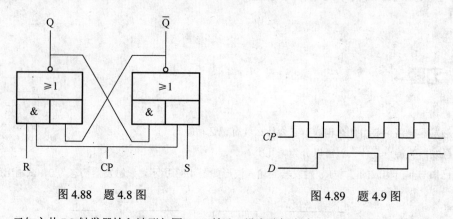

图 4.88　题 4.8 图　　　　　　　　　　图 4.89　题 4.9 图

4.10　已知主从 RS 触发器输入波形如图 4.90 所示，设电路初态为 0，试画出输出 Q 的波形。

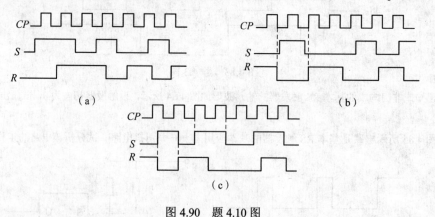

（a）　　　　　　　　　　　　　　　　（b）

（c）

图 4.90　题 4.10 图

4.11　什么是空翻现象？它有什么危害？如何避免空翻现象的出现？

4.12　已知主从 JK 触发器输入波形如图 4.91 所示，设电路初态为 0，试画出输出 Q 的波形。

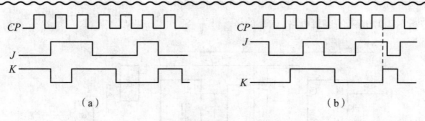

（a）　　　　　　　　　　　　　（b）

图 4.91　题 4.12 图

4.13　请根据图 4.92 所示的电路及输入波形，画出电路输出 Q 的波形。设电路初态为 0。

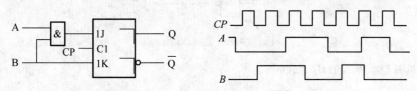

图 4.92　题 4.13 图

4.14　已知维持阻塞 D 触发器电路初态为 0，请分别根据输入信号波形 D_1、D_2（如图 4.93 所示）画出输出 Q 的波形。

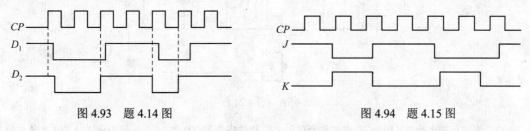

图 4.93　题 4.14 图　　　　　　　　　　图 4.94　题 4.15 图

4.15　已知下降沿触发 JK 触发器输入波形如图 4.94 所示，设电路初态为 0，试画出输出 Q 的波形。

4.16　已知触发器电路如图 4.95 所示，设电路初态为 0，请根据输入信号 D 的波形画出输出 Q 的波形。

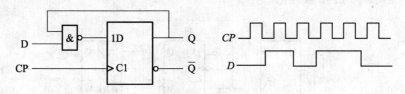

图 4.95　题 4.16 图

4.17　时序逻辑电路由哪几部分组成？其特点是什么？

4.18　同步时序逻辑电路的分析步骤有哪些？它与异步时序逻辑电路的分析有哪些不同？

4.19　电路如图 4.96 所示，试分析其逻辑功能。

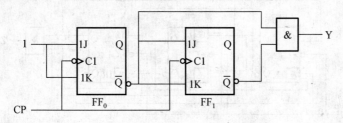

图 4.96　题 4.19 图

4.20 分析图 4.97 所示的逻辑电路。

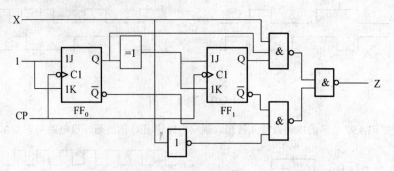

图 4.97 题 4.20 图

4.21 分析图 4.98 所示的时序逻辑电路。

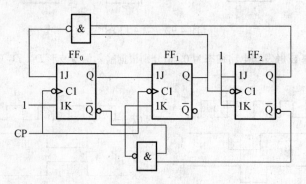

图 4.98 题 4.21 图

4.22 将串行输入数据 1101（高位在前）送入 4 位移位寄存器 74LS194 中，试画出在 4 个 CP 脉冲信号作用下，$Q_0 \sim Q_3$ 端的波形。

4.23 试对图 4.99 所示的计数器电路进行分析。

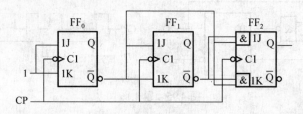

图 4.99 题 4.23 图

4.24 试对图 4.100 所示的计数器电路进行分析。

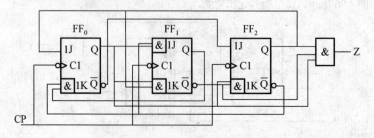

图 4.100 题 4.24 图

4.25　试对图 4.101 所示的计数器电路进行分析。

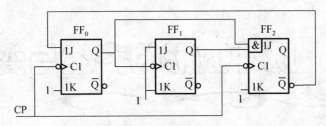

图 4.101　题 4.25 图

4.26　利用 74LS290 分别构成二进制计数器、五进制计数器、十进制计数器时应如何连接？

4.27　利用 74LS290 分别构成四进制计数器和八进制计数器。采用反馈归零法。

4.28　利用 74LS290 构成七进制计数器。设输入 $D_3D_2D_1 = 0011$。

4.29　说明图 4.102 中各电路的功能。

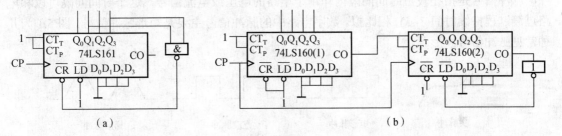

（a）　　　　　　　　　　　　　　　　　　　　　（b）

图 4.102　题 4.29 图

4.30*　二-八-十六进制计数器 74LS293 的逻辑符号（如图 4.103 所示）及功能表如表 4.24 所示，使用两片 74LS293 构成二十四进制计数器。

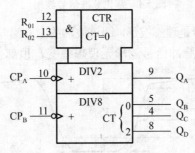

V_{CC}: 14; GND: 7; NC: 1,2,3,6

图 4.103　题 4.30 图

表 4.24　74LS293 功能表

复位输入		输出			
R_{01}	R_{02}	Q_D	Q_C	Q_B	Q_A
1	1	0	0	0	0
0	×	计数			
×	0	计数			

第 5 章 脉冲波形的产生与变换电路

【学习指导】本章学习 555 定时器电路及其构成的各种矩形脉冲信号产生与变换电路。

5.1 概述

脉冲信号是指在较短时间间隔内作用于电路的电压或电流信号,这个时间间隔可以和电路过渡过程持续时间$(3\sim5)\tau$相比拟。数字电路中的脉冲信号主要是矩形脉冲信号。图 5.1 为几种常见脉冲信号波形。

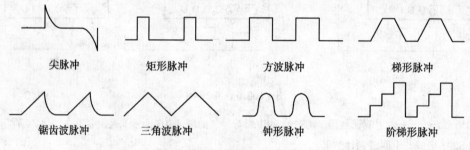

尖脉冲 矩形脉冲 方波脉冲 梯形脉冲

锯齿波脉冲 三角波脉冲 钟形脉冲 阶梯形脉冲

图 5.1 常见脉冲信号波形

图 5.1 所示的矩形脉冲信号是理想波形,即该波形的上升沿与下降沿均是跳变的,且波形幅度一直保持不变。实际的矩形脉冲信号波形无理想跳变,顶部也不平坦,如图 5.2 所示。

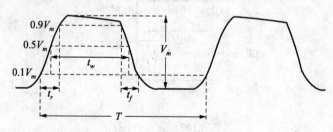

图 5.2 实际矩形脉冲信号

经常使用以下参数对实际矩形脉冲信号进行描述。

① 脉冲幅度V_m。矩形脉冲信号的最大变化量称为脉冲幅度,用V_m表示。

② 上升时间t_r。矩形脉冲信号上升沿由$0.1V_m$上升到$0.9V_m$所需要的时间,称为上升时间,用t_r表示。

③ 下降时间t_f。矩形脉冲信号下降沿由$0.9V_m$下降到$0.1V_m$所需要的时间,称为下降时间,用t_f表示。

④ 脉冲宽度 t_w。矩形脉冲信号上升沿与下降沿 $0.5V_m$ 之间的宽度，称为脉冲宽度或半值脉冲宽度，用 t_w 表示。有时，也可以用脉冲信号上升沿与下降沿 $0.1V_m$ 之间的宽度表示脉冲信号宽度。

⑤ 脉冲周期 T。对于重复性脉冲信号，两个相邻脉冲波形上相应点之间的时间间隔，称为脉冲周期，用 T 表示。$f=\dfrac{1}{T}$ 为信号的频率，即单位时间内脉冲信号的重复次数。

⑥ 脉宽比 $\dfrac{t_w}{T}$。矩形脉冲信号的宽度 t_w 与周期 T 之比，称为脉宽比，也称占空比。

在数字电路中，获得矩形脉冲信号的方法有两种：一种是利用多谐振荡电路，直接产生所需要的周期性矩形脉冲信号；另一种是利用脉冲信号变换电路，如施密特触发器电路和单稳态触发器电路，将已有的脉冲信号变换成所需要的矩形脉冲信号。此时，电路本身不产生矩形脉冲信号，而仅仅起脉冲波形的变换作用。

5.2　555 定时器

555 定时器电路是介于模拟电路与数字电路之间的一种混合电路，是将模拟电路和开关电路结合起来的器件。555 定时器最早由美国 Sginetics 公司研制成功。该电路连接使用方便、灵活，功能强大，有"万能块"之称。555 电路除了可以组成定时电路之外，还可以组成单稳态触发器、施密特触发器、多谐振荡电路等典型电路。同时，以 555 电路为核心的各种应用电路也非常多，在控制系统、报警等电路中均有广泛应用。

555 产品主要分为两类：双极型和 CMOS 型。双极型产品的最后 3 位为 555，CMOS 产品的最后 4 位为 7555。它们的逻辑功能和外引线功能图完全一致。556 和 7556 分别为双极型和 CMOS 电路组成的双定时器电路。

5.2.1　555 电路结构

图 5.3 所示为 555 电路的逻辑符号图、外引线功能图和内部等效电路图。

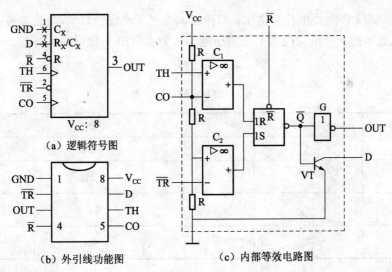

（a）逻辑符号图　　（b）外引线功能图　　（c）内部等效电路图

图 5.3　555 电路结构

555 电路由如下 4 部分构成。

（1）RS 触发器

该触发器高电平触发：$R=1$ 时，$Q=0$，$\overline{Q}=1$；$S=1$ 时，$Q=1$，$\overline{Q}=0$；若复位端 $\overline{R}=0$，则触发器直接被复位。

（2）电压比较电路

比较电路由两个电压比较器 C_1、C_2 及 3 个分压电阻 R 构成。C_1、C_2 是由两个高增益运算放大器构成的电压比较电路。当放大器的同相输入大于反相输入时，运算放大器输出高电平信号；反之，则输出低电平信号。3 个电阻 R 构成串联分压电路。在电压比较器 C_1 反相输入端未加控制电压的情况下，3 个电阻 R 对 V_{CC} 分压的结果是：C_1 反相输入端电压为 $\frac{2}{3}V_{CC}$，C_2 同相输入端电压为 $\frac{1}{3}V_{CC}$。

（3）放电开关与反相输出

VT 用做放电开关，状态受 RS 触发器输出的控制。当触发器输出 $Q=0$，$\overline{Q}=1$ 时，放电开关导通；当 $Q=1$，$\overline{Q}=0$ 时，放电开关截止。反相器 G 的作用是输出缓冲，提高带负载能力，起到隔离作用。

5.2.2　555 定时器功能描述

555 定时器的主要功能端口见表 5.1。

表 5.1　555 定时器电路端口介绍

引　脚	名　称	作　用
2	触发输入端 $\overline{TR}$	决定电压比较器 C_2 的反相输入电压
5	电压控制端 CO	决定电压比较器 C_1 的反相输入电压
6	阈值输入端 TH	决定电压比较器 C_1 的同相输入电压
7	放电端口 D	VT 的集电极开路输出，并提供放电通路

在电压控制端 CO 上外加控制电压，可改变两个电压比较器 C_1、C_2 的参考电压。一般情况下该端口通过串接一个消除高频干扰的小电容（如 0.01μF）接地。此时，555 定时器的功能表见表 5.2。

表 5.2　555 定时器功能表

阈值电压 TH	触发输入 $\overline{TR}$	复位 $\overline{R}$	放电管 VT	输出 OUT
×	×	0	导通	0
$>\frac{2}{3}V_{CC}$	$>\frac{1}{3}V_{CC}$	1	导通	0
$<\frac{2}{3}V_{CC}$	$>\frac{1}{3}V_{CC}$	1	原状态	原状态
×	$<\frac{1}{3}V_{CC}$	1	截止	1

根据 555 电路输入变量的不同状态组合，附加外围 RC 电路后，可以构成各种应用电路。

5.3　单稳态触发器

单稳态触发器具有两种状态：一个稳态和一个暂稳态。没有外加触发信号的情况下，电路始终处于稳态。在外加触发脉冲信号作用下，单稳态触发器能够产生具有一定宽度和幅度的矩形脉冲信号，进入暂稳态。经过一段时间后，电路将自动返回原来的稳态。电路暂稳态持续时间的长短，与外加触发脉冲信号的宽度无关，仅取决于电路本身定时元件的参数值。

单稳态触发器可以由分立元件构成，也可以通过门电路和 RC 元件构成，或通过集成单稳态电路外接 RC 元件实现，也可以使用 555 定时器电路构成单稳态触发器。其中，RC 元件组成的电路称为定时电路，由电容的充放电时间决定单稳态触发器暂稳态持续时间的长短。根据 RC 电路连接方式的不同，单稳态电路分为微分型单稳和积分型单稳。根据电路及工作状态的不同，单稳态电路又分为非可重触发电路和可重触发电路两种。

5.3.1　555 电路构成单稳态触发器

555 定时器构成的单稳态触发器电路，如图 5.4（a）所示。

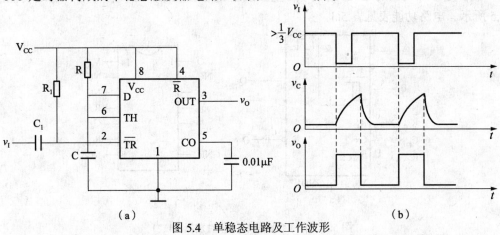

（a）　　　　　　　　　　　　　　　　　（b）

图 5.4　单稳态电路及工作波形

电路接通后，触发输入信号 v_I 为高电平（$> \frac{1}{3}V_{CC}$），此时没有有效触发输入信号，电路工作于稳态。此时 555 定时器电路中电压比较器 C_1 输出高电平、C_2 输出低电平，放电管 VT 导通。555 定时器电路输出低电平，电容 C 两端电压 v_C 为 0。

当触发输入信号 v_I 由高电平变为低电平时，555 定时器内部电压比较器 C_1 输出变为低电平、C_2 输出为高电平，放电管 VT 截止。555 定时器电路输出变为高电平，电源 V_{CC} 通过 R 对 C 充电，电路进入暂稳态。随充电的继续，电容 C 两端的电压 v_C 逐渐升高，当 $v_C = \frac{2}{3}V_{CC}$ 时，555 定时器内部电压比较器 C_1 输出再次变为高电平、C_2 输出再次变为低电平。555 定时器电路输出再次变为低电平。放电管 VT 导通，电容 C 迅速放电，电路恢复稳态。电路工作波形如图 5.4（b）所示。

为保证电路正常工作，触发输入信号 v_I 必须为窄负脉冲，即它的有效触发输入信号持续时间应小于暂稳态的持续时间 t_w。t_w 是电容电压由 0 上升至 $\frac{2}{3}V_{CC}$ 的时间，它的长短取决于电路中 R 与 C 的大小，$t_w \approx 1.1RC$。

5.3.2　集成单稳态触发器

单稳态触发器应用广泛，集成单稳态触发器具有温度特性好、抗干扰能力强、电源稳定、输出脉宽调节范围大、电路外围元件少等优点。集成单稳态触发器分为两大类：可重触发单稳电路与不可重触发单稳电路。可重触发单稳态电路指触发器电路进入暂稳态、尚未完全回到原来稳态之前，可以再次输入触发脉冲信号，以延长暂稳态持续的时间。这时，输出脉冲将继续维持一个 t_w 的宽度。不可重触发单稳态电路指触发器电路稳态完全恢复之前，电路将不再接受触发脉冲信号请求。在集成单稳态触发器产品中，设有清零端，通过该端口上的有效电平信号，可以立即结束暂稳态过程，恢复稳态。

在集成单稳态触发器电路中，74122、74LS122、74123、74LS123、74LS422、74LS423 均为可重触发单稳态触发器；74121、74221、74LS221 均为不可重触发单稳态触发器。下面以 74121 为例进行介绍。

1. 电路介绍

74121 是一种典型的 TTL 集成不可重触发单稳态触发器，逻辑符号与外引线功能图如图 5.5 所示。电路功能表见表 5.3。

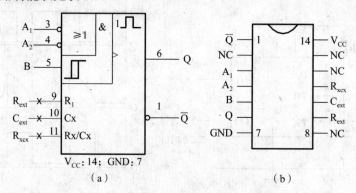

图 5.5　不可重触发单稳态触发器 74121

表 5.3　74121 功能表

电 路 输 入			电 路 输 出	
A_1	A_2	B	Q	$\overline{Q}$
0	×	1	0	1
×	0	1	0	1
×	×	0	0	1
1	1	×	0	1
1	↓	1	⊓	⊔
↓	1	1	⊓	⊔
↓	↓	1	⊓	⊔
0	×	↑	⊓	⊔
×	0	↑	⊓	⊔

由 74121 功能表知, 触发信号可以加在触发输入 A_1、A_2、B 三者中的任意一端。其中 A_1、A_2 端为下降沿触发, B 端为上升沿触发。所以, 该电路触发方式可以概括为以下 3 种:

① 在 A_1 或 A_2 端使用触发脉冲信号的下降沿触发, 此时, 另外两个触发输入端必须为高电平;

② 在 A_1、A_2 端同时使用触发脉冲信号的下降沿触发, 要求 B 端为高电平;

③ 在 B 端用触发脉冲信号的上升沿触发, 且 A_1、A_2 所加信号中至少有一个是低电平。

74121 的工作波形举例如图 5.6 所示。

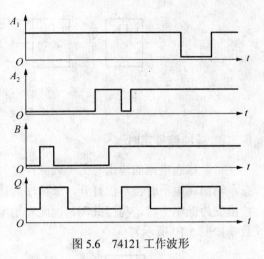

图 5.6　74121 工作波形

2. 电路连接方式

74121 输出脉冲宽度取决于电路中定时元件 RC 值。根据拟获得脉冲宽度的不同, 可以外接定时电阻, 以获得较宽输出脉冲信号; 也可以使用电路内部的定时电阻。定时电路连接举例如图 5.7 (a)、(b) 所示。

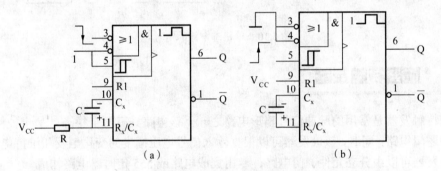

(a)　　　　　　　　　(b)

图 5.7　单稳态电路连接图

5.3.3　单稳态电路应用

1. 脉冲信号整形

将不规则的脉冲信号, 加至单稳态电路的触发输入端, 在电路输出端可以得到一组幅度和宽度一致、规则的矩形脉冲信号, 如图 5.8 所示。

将不规则脉冲信号 v_I 加至电路的触发输入 A_1 或 A_2 端, 从 $\overline{Q}$ 端可以获得经过整形的脉冲信号。

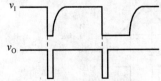

图 5.8　单稳态电路的整形

2. 脉冲信号延时

将两级单稳态触发器电路首尾相连, 被延时信号作为第一级电路的触发信号, 适当调整两级电路的外接 RC 元件, 就可以相应调整该信号的延时时间和输出宽度, 在第二级电路输出端获得需要的脉冲信号 (如图 5.9 所示)。

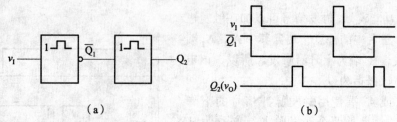

（a）　　　　　　　　　（b）

图 5.9　单稳态电路的延时

3. 脉冲信号定时

将单稳态电路的输出与另一列脉冲序列信号同时至与门的输入，当单稳态电路处于暂稳态、输出高电平时，与门打开，脉冲序列信号能够通过与门传递；当单稳态电路回到稳态、输出变为低电平时，与门关闭。因此利用单稳态电路可以控制脉冲序列信号传递的时间和个数（如图 5.10 所示）。

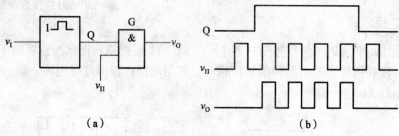

（a）　　　　　　　　　（b）

图 5.10　单稳态电路的定时

5.4　施密特触发器

施密特触发器是常用的脉冲信号整形电路之一。该电路具有两个稳态，是一种特殊的双稳态时序逻辑电路；同时，该触发器可以根据输入信号电压幅度的变化触发和维持电路状态。施密特触发器可以由分立元件、门电路、专用集成电路或 555 定时器电路构成。

5.4.1　555 电路构成施密特触发器

555 定时器构成的施密特触发器如图 5.11（a）所示。

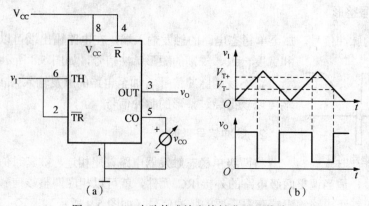

（a）　　　　　　　　　（b）

图 5.11　555 电路构成施密特触发器及其波形

接通电源后，$TH < \frac{2}{3}V_{CC}$，$\overline{TR} < \frac{1}{3}V_{CC}$，放电管 VT 截止，触发器置 1，电路输出高电平。随输入电压 v_I 上升，当输入电压在 $\frac{1}{3}V_{CC} < v_I < \frac{2}{3}V_{CC}$ 范围内变化时，电路维持原状态，输出保持高电平不变。输入电压 $v_I > \frac{2}{3}V_{CC}$ 时，VT 导通，触发器置 0，电路输出变为低电平，状态发生翻转。随输入电压的变化，在其由高电平向下变化的过程中，当 $\frac{1}{3}V_{CC} < v_I < \frac{2}{3}V_{CC}$ 时，电路维持原态，仍然输出低电平。随输入电压下降，当 $v_I < \frac{1}{3}V_{CC}$ 时，VT 截止，触发器再次置 1，电路输出再次变为高电平。

电路工作波形如图 5.11（b）所示。

将电路由一种逻辑状态变化至另一种逻辑状态时所对应的输入电压称为阈值电压。对于施密特触发器电路而言，引起电路逻辑状态发生变化的阈值电压不是一个，而是两个。

输入电压 v_I 由低电平向高电平变化的过程中，当 $v_I > \frac{2}{3}V_{CC}$ 时，将引起电路状态的变化，将此时的输入电压 v_I 称为上限触发电平，用 V_{T+} 表示（也称为正向阈值电压或高电平阈值电压）。所以，该电路的 $V_{T+} = \frac{2}{3}V_{CC}$。输入电压 v_I 由高电平向低电平变化时，当 $v_I < \frac{2}{3}V_{CC}$，电路状态不发生变化，只有当 $v_I < \frac{1}{3}V_{CC}$ 时，电路状态才会再次发生变化。将此时的输入电压称为下限触发电平，用 V_{T-} 表示（也称为负向阈值电压或低电平阈值电压）。所以，该电路的 $V_{T-} = \frac{1}{3}V_{CC}$。

对施密特触发器电路而言，上限触发电平 V_{T+} 不等于下限触发电平 V_{T-}，即导致电路状态发生变化的输入信号的值大小不相等。将电路的 $\Delta V = V_{T+} - V_{T-}$ 定义为施密特触发器电路的回差电压。施密特触发器所具有的 $V_{T+} \neq V_{T-}$ 的特性，称为回差特性或者回滞特性。

施密特触发器电路的电压传输特性曲线，如图 5.12 所示，也称为回差特性曲线。

在电压控制 CO 端加上可调电压 v_{CO}，可以改变比较器 C_1、C_2 参考电压，以方便调节回差电压大小。

带有施密特触发器的反相器和与非门电路如图 5.13 所示。

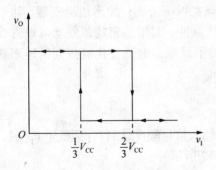

图 5.12　施密特触发器电压传输特性

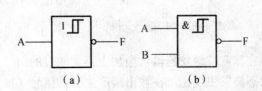

图 5.13　施密特触发非门、与非门逻辑符号

5.4.2　集成施密特触发器

数字集成电路中，多种产品带有施密特触发器。图 5.14 为带施密特触发器的四 2 输入与非门电路 74LS132。

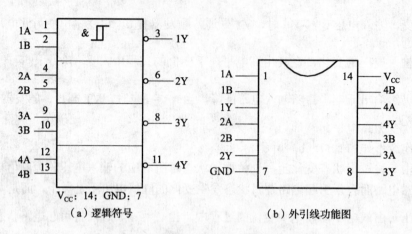

图 5.14　带施密特触发器的与非门电路 74LS132

该电路集成了 4 个 2 输入的施密特触发器，每个触发器在基本电路的基础上，在输入端增加了与的功能，输出端增加了反相器，也将其称为施密特触发与非门。该电路输出与输入满足与非的逻辑关系；两输入中有一个低于 V_{T-}，输出就为高电平；只有两个输入同时高于 V_{T+} 时，输出才为低电平。

集成施密特触发器电路 74LS132 的上限触发电平 V_{T+} 在 1.5~2V，下限触发电平 V_{T-} 在 0.6~1.1V。回差电压 ΔV 典型值为 0.8V。

5.4.3　施密特触发器的应用

1. 波形变换

利用施密特触发器可以将输入变化缓慢的脉冲波形，变换为理想矩形脉冲信号输出（如图 5.15 所示）。

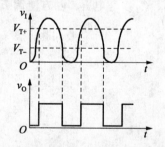

图 5.15　施密特触发器的波形变换作用

2. 波形整形

数字电路中，矩形脉冲信号经过传输后，往往会发生失真，主要表现在以下方面：波形边沿变缓、边沿产生振荡、叠加干扰脉冲。利用施密特触发器可以方便地实现波形整形，将不规则的波形变化成规则的矩形脉冲（如图 5.16 所示）。

3. 信号鉴幅

在施密特触发器输入端加上不同幅度的信号，当输入信号幅度达到 V_{T+} 或低于 V_{T-} 时，电路状态将发生变化，在输出端产生脉冲信号（如图 5.17 所示）。

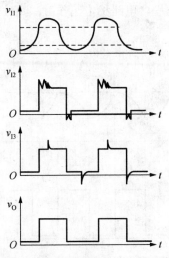

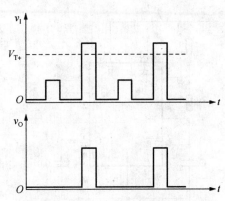

图 5.16　施密特触发器的波形整形作用　　　图 5.17　施密特触发器的鉴幅作用

4. 构成单稳态触发器

利用施密特触发器的回差特性，可以构成单稳态触发器电路（如图 5.18 所示）。

v_I 为低电平时，v_O 也为低电平，电路处于稳态。v_I 发生正跳变时，v_R 随之发生跳变，若跳变超过 V_{T+}，将导致电路状态发生翻转，输出变为高电平，电路进入暂稳态。电容 C 被充电，随充电进行，v_R 下降，当其降至 V_{T-}，电路状态再次发生翻转，v_O 为低电平，回到稳态。

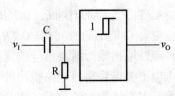

图 5.18　施密特触发器构成单稳态电路

5.5　多谐振荡器

多谐振荡器是一种自激振荡电路。电路无须外加触发脉冲信号作用，接通电源后，电路就在两种状态之间相互转换，产生具有一定幅度和一定宽度的矩形脉冲信号。该电路经常用做脉冲信号源。由于矩形脉冲信号中含有丰富的谐波分量，也将产生将矩形脉冲的振荡电路称为多谐振荡器。由于要产生自激振荡，所以多谐振荡器电路没有稳定状态，是一种无稳态电路。电路工作时在两种暂稳态之间相互转换。常见的有 555 定时器组成的多谐振荡器、石英晶体振荡器等。

5.5.1　555 定时器构成多谐振荡器

555 定时器电路构成的多谐振荡器电路如图 5.19 所示。

电路接通电源后，电容 C 两端电压较低，放电管 VT 截止，555 电路输出高电平，处于第一暂稳态。随电源电压 V_{CC} 对 C 充电的进行，当 $v_c > \dfrac{2}{3}V_{CC}$ 时，放电管 VT 导通，触发器置 0，输出变为低电平，电路进入第二暂稳态。此时，电容 C 开始通过电阻 R_2 和导通的放电管 VT 放电，v_c 下降，当 $v_c < \dfrac{1}{3}V_{CC}$ 时，触发器又被置 1，VT 重新截止，电路输出翻转为高电平，

回到第一暂稳态。V_{CC} 又开始对电容 C 充电，重复以上过程。电路稳定工作时，两种暂稳态持续的时间分别是电容 C 充电和放电持续的时间。

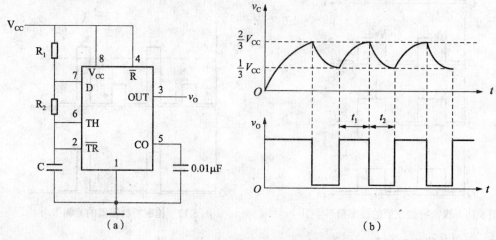

图 5.19　555 构成多谐振荡器及其波形

电容 C 充电的时间 $t_1 = 0.7(R_1 + R_2)C$；

电容 C 放电的时间 $t_2 = 0.7R_2C$；

电路输出矩形脉冲信号的周期 $T = t_1 + t_2$。

以上多谐振荡器电路输出的矩形脉冲信号波形不能成为方波脉冲信号，因为电阻 R_1 不能为零。若要输出方波信号，需要对上述电路进行改进，组成输出脉冲信号的占空比可以调整的多谐振荡器（如图 5.20 所示）。

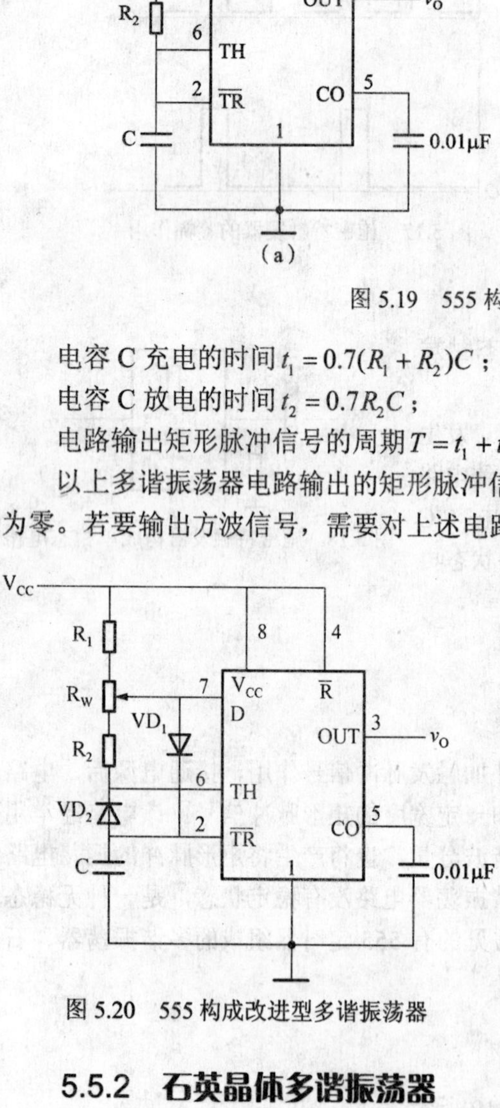

上述电路在忽略二极管导通电阻的情况下，电容 C 充电时间为 $t_1 = 0.7R_1C$，电容 C 放电的时间 $t_2 = 0.7R_2C$。若使电阻 $R_1 = R_2$，则 $t_1 = t_2$。电路输出方波脉冲信号。

555 定时器构成的多谐振荡器，电路简单，但存在振荡频率较低、振荡频率稳定性不高、容易受到温度等外界因素的干扰等缺点。而在许多场合对电路振荡频率的稳定性都有严格的要求（如在数字时钟电路中，脉冲基准信号来源的频率稳定性直接关系到计时的准确性），这时就需要使用石英晶体多谐振荡器。

图 5.20　555 构成改进型多谐振荡器

5.5.2　石英晶体多谐振荡器

在石英晶片的两侧镀上两个电极即可制成石英晶体谐振器。当其两端加上电压信号时，随电压信号频率的不同，石英晶体的阻抗也不同。当信号频率 f 等于石英晶体本身的固有谐振频率 f_0 时，信号容易通过石英晶体，石英晶体阻抗最小。当 $f > f_0$ 时，石英晶体呈现感性阻抗；$f < f_0$ 时，石英晶体呈现容性阻抗。

当信号频率 f 偏离石英晶体的固有谐振频率 f_0（f_0 只与晶体本身的几何尺寸——石英晶

体的厚度——有关）时，石英晶体的阻抗会迅速增大，石英晶体的阻抗频率特性曲线（如图 5.21 所示）。

由 CMOS 门电路和石英晶体共同组成的石英晶体多谐振荡器电路如图 5.22 所示。

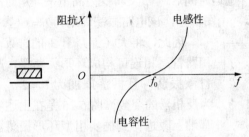

图 5.21　石英晶体及其阻抗频率特性

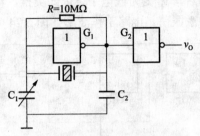

图 5.22　石英晶体多谐振荡器

其中，反相器 G_1 产生振荡，G_2 整形，以获得较理想的矩形脉冲信号。电阻 R 为 G_1 提供适当的静态工作点，电容 C_1 用于频率微调，C_2 是温度校正电容。

石英晶体振荡器的优点是频率稳定度非常高，主要用于高精度时基的数字系统中。

5.5.3　施密特触发器组成的多谐振荡器

利用施密特触发器的电压回滞特性同样可以组成多谐振荡器（如图 5.23 所示）。

接通电源后，电容尚未被充电，电路输出高电平。此后，输出的高电平通过 R 对 C 充电，v_C 上升，当 v_C 升至 V_{T+} 时，电路输出变为低电平，电容 C 放电，v_C 随之下降。当 v_C 降至 V_{T-} 时，电路状态再次发生翻转，输出高电平。重复以上过程。

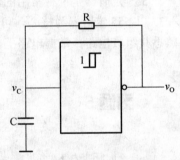

图 5.23　施密特触发器组成多谐振荡器

5.5.4　环形振荡器

环形振荡器利用电路中的延迟负反馈产生振荡。它利用门电路的传输延迟时间，将奇数个反相器首尾相连而构成的。最简单的环形振荡器由 3 个反相器首尾相连构成，如图 5.24（a）所示。

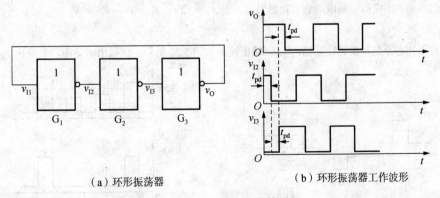

（a）环形振荡器　　　　　　（b）环形振荡器工作波形

图 5.24　环形振荡器举例

设一级反相器电路产生的传输延迟时间为 t_{pd}，该电路产生自激振荡的过程如下。

接通电源后，假设 v_{I1} 发生微小的正跳变，经过 G_1 后，在 t_{pd} 时间后会使 v_{I2} 产生一个幅度相对较大的负跳变。同样，经过 t_{pd} 时间后会使 v_{I3} 产生一个幅度更大的正跳变，经 t_{pd} 延迟后，在电路输出端得到更大的负跳变，并反馈到整个电路的输入端。所以，在总共经过 $3t_{pd}$ 延迟时间后，v_{I1} 变为低电平。依此类推，再经过 $3t_{pd}$ 延迟时间后，v_{I1} 又将变为高电平。从而产生了自激振荡。电路工作波形如图 5.24（b）所示。由图可知，该电路振荡周期为 $T = 6t_{pd}$。

因此，将大（等）于 3 的奇数个反相器首尾相连可构成环形振荡器，产生自激振荡，且振荡周期为 $T = 2nt_{pd}$（n 为反相器的个数）。图 5.25 是在上述电路基础上改进得到的实用型环形振荡器电路。其中，R_1C 组成电路的延迟环节，R_2 是保护电阻。

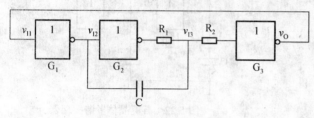

图 5.25　实用型环形振荡器

本 章 小 结

1. 矩形脉冲信号是数字电路中常用的脉冲信号之一，应熟悉常用矩形脉冲信号的描述参数。

2. 555 定时器是一种常用的混合电路，应了解其内部电路结构，掌握其功能描述方法。

3. 以 555 定时器为核心，可以构成单稳态触发器、施密特触发器、多谐振荡器等电路。应熟悉其组成电路，掌握电路工作原理及主要参数，掌握其主要应用。

习题5

5.1　什么叫脉冲信号？常见脉冲信号波形有哪些？

5.2　衡量实际矩形脉冲信号的参数有哪些？如何产生矩形脉冲信号？

5.3　集成单稳态触发器的特点是什么？单稳态触发器可以分为几类？根据如图 5.26（a）所示的输入/输出波形，试画出在图 5.26（b）所示输入波形的作用下，各种不同类型单稳态电路输出波形。

5.4　已知由 555 定时器构成的施密特触发器，若 $V_{CC}=12V$，$V_{CO}=0V$；$V_{CC}=9V$，$V_{CO}=5V$ 时，试分别求出 V_{T+} 和 V_{T-} 的值。

5.5　利用施密特触发器进行鉴幅，输入/输出波形如图 5.27 所示。试画出电路图，并求出 V_{CO} 的值。

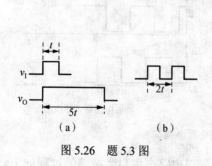

图 5.26　题 5.3 图

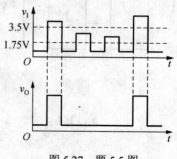

图 5.27　题 5.5 图

5.6　石英晶体多谐振荡器的振荡频率由哪些因素决定？

5.7　555 构成的多谐振荡器电路，$R_1=R_2=5.1\text{k}\Omega$，$C=0.01\mu\text{F}$，$V_{CC}=12\text{V}$，试确定电路工作频率。

5.8　电路如图 5.28 所示。

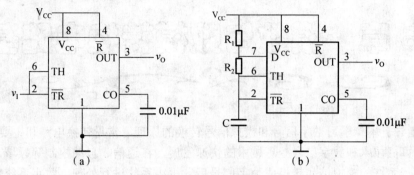

图 5.28　题 5.8 图

（1）指出电路名称，在（a）图中，如 $V_{CC}=5\text{V}$，则 V_{T+}、V_{T-}、ΔV 为多少？如 $V_{CO}=4\text{V}$，则 V_{T+}、V_{T-}、ΔV 为多少？

（2）已知（a）图电路输入波形如下，定性画出电路输出波形。

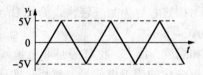

（3）在（b）图中，如 $V_{CC}=5\text{V}$，$R_1=15\text{k}\Omega$，$R_2=25\text{k}\Omega$，$C=0.033\mu\text{F}$，则输出波形的振荡频率为多少？若 $V_{CO}=4\text{V}$，则输出波形的振荡频率又为多少？

第6章 模数与数模转换电路基础

【学习指导】本章学习数字信号和模拟信号转换的原理、常见转换电路和主要性能指标。

随着计算机技术和数字信号处理技术的快速发展，在通信、自动控制等领域，常常需要将输入到电子系统的模拟信号转换成数字信号后，再由系统进行处理；数字系统输出的数字信号，也需再转换为模拟信号后，才能控制相关的执行机构。这样，需要在模拟信号与数字信号之间建立一个转换接口电路——模数转换器和数模转换器。

将模拟信号转换为数字信号的过程称为模数转换，简称 A/D 转换。能够完成这种转换的电路称为模数转换器，简称 ADC。

将数字信号转换为模拟信号的过程称为数模转换，简称 D/A 转换。能够完成这种转换的电路称为数模转换器，简称 DAC。

许多连续变化的物理量（如温度、压力、位移等是非电量），对这类信号进行处理时，需要先利用传感器将其转换为连续变化的模拟电信号，然后再实现与数字信号之间的转换。

6.1 数模转换器（DAC）

DAC 的作用是将输入的数字信号转换成与其成正比的模拟信号输出（电压或电流）。

6.1.1 D/A 转换原理

DAC 原理框图如图 6.1 所示。在 D/A 转换过程中，输入的是二进制编码，通过转换，将该编码按每位权的大小换算成相应的模拟量，再将代表各位数字的模拟量相加，最终得到的和就是与输入数字信号成正比的模拟量。

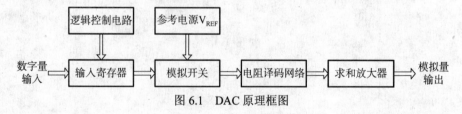

图 6.1 DAC 原理框图

DAC 的电路主要包括输入寄存器、模拟开关、电阻译码网络、求和放大器、参考电压源及逻辑控制电路等。输入的数字信号分为串行输入与并行输入两种方式；输入寄存器用于暂时存储输入的数字信号；输入寄存器输出的数字信号控制相应的模拟开关，使电阻译码网络输出一定的模拟量，并送至求和放大器；通过求和放大器的作用，在电路输出端得到与输入数字信号成比例的模拟量。

以电路输出电压量为例，DAC 的输出电压 V_O 与输入数字信号 D 之间的关系为

$$V_O = KDV_{REF} = KV_{REF}\sum_{i=0}^{n-1}d_i2^i$$

式中　K——比例系数，DAC 电路不同，K 值各不相同；

　　　　D——输入的 n 位无符号二进制代码，$D = \sum_{i=0}^{n-1}d_i2^i$；

　　　　V_{REF}——实现数模转换所需的参考电压。

由上式可知，DAC 电路输出的模拟量与输入的数字信号成正比。

【例 6.1】已知 8 位二进制 DAC，输入数字量 $D_1 = 10000000_B$ 时，电路输出模拟电压为 $V_{O1} = 3.2V$。当输入数字量 $D_2 = 10101010_B$ 时，电路输出模拟电压 V_{O2} 是多少？

解：由于 DAC 输出的模拟量与输入的数字信号成正比，且 $D_1 = 10000000_B = 128_D$，$D_2 = 10101010_B = 170_D$。所以

$$\frac{3.2}{128} = \frac{V_{O2}}{170}$$

得

$$V_{O2} = 4.25V$$

6.1.2　常见 DAC 电路

1. 权电阻网络 DAC

图 6.2 所示为 4 位权电阻网络 DAC。主要包括参考电压源 V_{REF}、模拟开关 $S_3 \sim S_0$、电阻译码网络、求和放大器等。

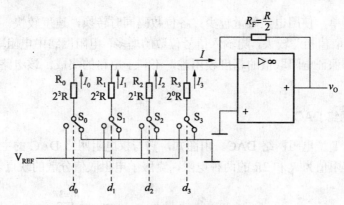

图 6.2　4 位权电阻网络 DAC

在该电路输入端输入一个 4 位二进制代码 $D = d_3d_2d_1d_0$，$S_3 \sim S_0$ 是受 d_3、d_2、d_1、d_0 控制的双向模拟开关。根据图 6.2，流入求和放大器输入端的电流为

$$I = I_3 + I_2 + I_1 + I_0$$

$$= \frac{V_{REF}}{R}d_3 + \frac{V_{REF}}{2R}d_2 + \frac{V_{REF}}{2^2R}d_1 + \frac{V_{REF}}{2^3R}d_0$$

$$= \frac{V_{REF}}{2^3R}(2^3d_3 + 2^2d_2 + 2^1d_1 + 2^0d_0)$$

取求和放大器反馈电阻 $R_\mathrm{F} = \dfrac{R}{2}$，则该电路输出电压为

$$V_\mathrm{O} = -IR_\mathrm{F} = -\frac{V_\mathrm{REF}}{2^4}(2^3 d_3 + 2^2 d_2 + 2^1 d_1 + 2^0 d_0)$$

所以，电路输出电压 V_O 与输入 4 位二进制代码 D 成正比，$K = -\dfrac{1}{2^4}$。

依此类推，n 位权电阻网络 DAC 的求和放大器输入端电流、输出电压表达式分别为：

$$I = \frac{V_\mathrm{REF}}{2^{n-1}R}(2^{n-1} d_{n-1} + \cdots + 2^1 d_1 + 2^0 d_0)$$

$$V_\mathrm{O} = -IR_\mathrm{F} = -\frac{V_\mathrm{REF}}{2^n}(2^{n-1} d_{n-1} + \cdots + 2^1 d_1 + 2^0 d_0)$$

其中，比例系数 $\qquad\qquad K = -\dfrac{1}{2^n}$

设输入 4 位二进制代码 $D = d_3 d_2 d_1 d_0 = 1110$，对应十进制数 14，根据上述权电阻网络 DAC 电路转换原则，电路输出电压为

$$V_\mathrm{O} = -IR_\mathrm{F} = -\frac{V_\mathrm{REF}}{2^4}(2^3 + 2^2 + 2^1) = -\frac{14}{16}V_\mathrm{REF}$$

由此可知，输入 n 位二进制代码的取值范围为：$\underbrace{00\cdots0}_{n} \sim \underbrace{11\cdots1}_{n}$。相应输出电压 v_O 的取值范围为：$0 \sim -\dfrac{2^n - 1}{2^n}V_\mathrm{REF}$。

该电路结构简单，使用电阻数量较少；各位数码同时转换，速度较快。但电阻译码网络中电阻种类较多、取值相差较大，随输入信号位数的增多，电阻网络中电阻取值的差距加大；在相当宽的范围内保证电阻取值的精度较困难，不利于电路的集成。该电路适用于输入信号位数较少的场合。

2. T 型电阻网络 DAC

图 6.3 所示为 T 型电阻网络 DAC。由图知，它与权电阻网络 DAC 的主要区别是电阻网络不同，其中仅有阻值为 R 和 $2R$ 的两种电阻，克服了电阻取值分散的缺点。

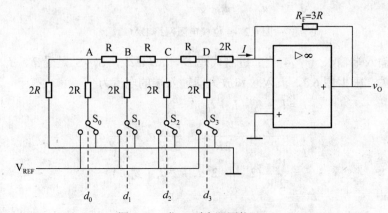

图 6.3　4 位 T 型电阻网络 DAC

该电路的结构特点是从任一节点向左或向右看，等效电阻均为 $2R$；从任一开关到地的等效电阻均为 $3R$。

模拟开关 $S_3 \sim S_0$ 受输入二进制代码 d_3、d_2、d_1、d_0 的控制。

输入数码 $d_i = 1$ 时，参考电压 V_{REF} 在该支路产生的电流为 $\dfrac{V_{REF}}{3R}$，且该电流在流向求和放大器输入端的过程中，每经过一个节点，电流就被分成相等的两部分。例如，输入 4 位二进制代码 $D = d_3 d_2 d_1 d_0 = 0001$ 时，模拟开关 S_0 接 V_{REF}，其余开关均接地，流经开关 S_0 的支路电流为 $\dfrac{V_{REF}}{3R}$，该电流在流向求和放大器输入端的过程中，需经过 A、B、C、D 四个节点，最终流向求和放大器的电流为 $I_0 = \dfrac{1}{2^4} \dfrac{V_{REF}}{3R}$。

相应的，当 $D = d_3 d_2 d_1 d_0 = 0010, 0100, 1000$ 时，根据以上分析，最终流向求和放大器的电流分别为：$I_1 = \dfrac{1}{2^3} \dfrac{V_{REF}}{3R}$、$I_2 = \dfrac{1}{2^2} \dfrac{V_{REF}}{3R}$、$I_3 = \dfrac{1}{2^1} \dfrac{V_{REF}}{3R}$。

因此 $D = d_3 d_2 d_1 d_0 = 1111$ 时，根据叠加原理，流入求和放大器输入端的电流为

$$I = I_3 + I_2 + I_1 + I_0$$
$$= \frac{1}{2^1} \frac{V_{REF}}{3R} + \frac{1}{2^2} \frac{V_{REF}}{3R} + \frac{1}{2^3} \frac{V_{REF}}{3R} + \frac{1}{2^4} \frac{V_{REF}}{3R}$$
$$= \frac{V_{REF}}{3R} \left(\frac{1}{2^1} + \frac{1}{2^2} + \frac{1}{2^3} + \frac{1}{2^4} \right)$$

由于 $S_3 \sim S_0$ 受 d_3、d_2、d_1、d_0 控制，根据输入二进制代码的不同，上式可表示为

$$I = \frac{V_{REF}}{3R} \left(\frac{d_3}{2^1} + \frac{d_2}{2^2} + \frac{d_1}{2^3} + \frac{d_0}{2^4} \right)$$
$$= \frac{1}{2^4} \frac{V_{REF}}{3R} (2^3 d_3 + 2^2 d_2 + 2^1 d_1 + 2^0 d_0)$$

设求和放大器反馈电阻 $R_F = 3R$，输出电压 V_O 为

$$V_O = -I R_F$$
$$= -\frac{V_{REF}}{2^4} (2^3 d_3 + 2^2 d_2 + 2^1 d_1 + 2^0 d_0)$$

依此类推，n 位 T 型电阻网络 DAC 的求和放大器输入端电流、输出电压表达式分别为：

$$I = \frac{1}{2^n} \frac{V_{REF}}{3R} (2^{n-1} d_{n-1} + \cdots + 2^1 d_1 + 2^0 d_0)$$
$$V_O = -I R_F$$
$$= -\frac{V_{REF}}{2^n} (2^{n-1} d_{n-1} + \cdots + 2^1 d_1 + 2^0 d_0)$$

T 型电阻网络 DAC 中只用到阻值为 R 和 $2R$ 的两种电阻，同时各开关支路上电流均相同，转换速度较快。但该电路在电阻译码网络各支路上存在传输时间差异。该电路适用于位数较多且要求转换速度较快的场合。

3. 倒 T 型电阻网络 DAC

4 位倒 T 型电阻网络 DAC 如图 6.4 所示。

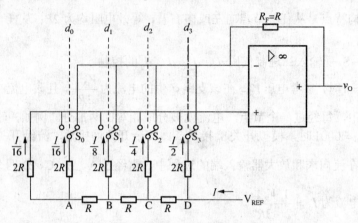

图 6.4 4 位倒 T 型电阻网络 DAC

该电路与 T 型电阻网络 DAC 的区别是接入模拟开关的位置不同：不管输入代码 d_i 的数值如何，对应的模拟开关接地（或虚地），各节点对地的等效电阻均为 R，所以从参考电压源 V_{REF} 流入倒 T 型电阻网络的电流为 $\dfrac{V_{REF}}{R}$，每个支路的电流分别为 $\dfrac{I}{2}$、$\dfrac{I}{4}$、$\dfrac{I}{8}$、$\dfrac{I}{16}$。

可以求出倒 T 型电阻网络 DAC 中流入求和放大器输入端的电流 I_Σ 为

$$I_\Sigma = \frac{V_{REF}}{2^4 R}(2^3 d_3 + 2^2 d_2 + 2^1 d_1 + 2^0 d_0)$$

设求和放大器反馈电阻 $R_F = R$，则输出电压 V_O 为

$$V_O = -I_\Sigma R_F$$
$$= -\frac{V_{REF}}{2^4}(2^3 d_3 + 2^2 d_2 + 2^1 d_1 + 2^0 d_0)$$

依此类推，n 位倒 T 型电阻网络 DAC 输出电压表达式为

$$V_O = -I R_F$$
$$= -\frac{V_{REF}}{2^n}(2^{n-1} d_{n-1} + \cdots + 2^1 d_1 + 2^0 d_0)$$

该电路的优点是不管输入信号如何变化，流过参考电压源、模拟开关及各电阻支路的电流均不变，电路中各节点电压也保持不变，有效的提高了电路的转换速度；电阻译码网络中只用到阻值为 R 和 $2R$ 的两种电阻；电路中不存在各支路传输时间差异。该电路比较适用于位数较多且转换速度较快的场合。

除此之外，常见的 DAC 电路还包括权电容网络 DAC、权电流（电流输出）型 DAC、开关树型 DAC 等。

6.1.3 DAC 主要性能指标

1. 转换精度

集成 DAC 的转换精度包括分辨率和转换误差两个指标。

（1）分辨率。

分辨率指 DAC 电路能够分辨最小电压（电流）的能力，用来描述 DAC 在理论上达到的精度，一般将其定义为 DAC 最小输出电压（电流）与电压（电流）输出量程之比。n 位电压

输出的 DAC，分辨率为 $\dfrac{1}{2^n-1}$。

DAC 的分辨率与其位数 n 有关。随输入数字信号位数的增多，DAC 的分辨率相应提高。也可以直接用输入二进制代码的位数作为 DAC 的分辨率。例如，输入二进制代码为 10 位的 DAC，输出电压能够区分输入代码 2^{10} 种状态，确定 2^{10} 种不同等级的输出模拟电压，该 DAC 的分辨率就是 10 位。

（2）转换误差。

转换误差是衡量 DAC 输出的模拟信号理论值与实际值之间差别的一项指标。主要描述 DAC 的实际误差。主要误差描述如下。

输入数字信号一定时，由于参考电压源的偏差 ΔV_{REF} 导致输出电压的变化 ΔV_O，两者成正比，称为比例系数误差。

由于求和放大器的零点漂移造成输出电压的误差，称为漂移误差或平移误差。该误差的产生与输入数字量的大小无关，其结果是使输出电压特性曲线向上或向下平移。

由于模拟开关存在导通内阻和导通压降，且不同开关的导通压降不同、模拟开关接地和接参考电压源的压降也不同，它们的存在导致输出电压产生误差；同时，电阻译码网络中电阻值存在偏差，且不同位置电阻值的偏差对输出电压的影响程度不一样。以上这两种性质的偏差，均属于非线性误差。

为描述转换误差，应了解 DAC 最小输出值和输出量程的概念。

① 最小输出值（LSB），包括最小输出电压 V_{LSB} 和最小输出电流 I_{LSB}。它指输入数字量只有最低有效位为 1 时，DAC 输出的模拟信号（电压或电流）的值。以输出电压量为例，n 位 DAC 电路，最小输出电压 $V_{LSB}=\dfrac{|V_{REF}|}{2^n}$。

② 输出量程 FSR，包括电压输出量程 V_{FSR} 和电流输出量程 I_{FSR}。它指 DAC 输出模拟信号的最大变化范围。对 n 位电压输出的 DAC，$V_{FSR}=\dfrac{2^n-1}{2^n}|V_{REF}|$。

转换误差的表示方法有两种：绝对误差与相对误差。

① 绝对误差指电路实际值与理论值之间的最大差别，通常使用最小输出值 LSB 的倍数表示。例如，转换误差为 $\dfrac{1}{2}$LSB，说明输出信号的实际值与理论值之间的最大差别是最小输出值 LSB 的 $\dfrac{1}{2}$。

② 相对误差指电路的绝对误差与 DAC 输出量程 FSR 的比。例如，转换误差为 0.02%FSR，说明输出信号的实际值与理论值之间的最大差别是输出量程 FSR 的 0.02%。

2. 转换速度

转换速度表示从数字信号加入到相应输出信号达到稳定值所需要的时间，也称为输出建立时间或转换时间。电路输入的数字量变化越大，DAC 的输出建立时间就越长。一般将输入的数字量由全 0 突变为全 1（或相反）开始，到输出模拟信号转换到规定误差范围内所用的时间，称为输出建立时间。误差范围一般取 $\dfrac{1}{2}$LSB。输出建立时间的倒数称为转换速率，即每秒钟 DAC 电路完成的转换次数。

根据输出建立时间 t 的大小，DAC 可以分为超高速型（$t<0.01\mu s$）、高速型（$0.01<t<10\mu s$）、中速型（$10<t<300\mu s$）、低速型（$t>300\mu s$）等类型。

6.2 模数转换器（ADC）

ADC 的作用是将输入的模拟信号转换成与其成正比的数字信号输出。

6.2.1 A/D 转换原理

ADC 原理框图如图 6.5 所示。由于输入的模拟信号在时间上连续变化，而输出的数字信号在时间上离散变化，所以在信号的转换过程中只能在选定的瞬间对模拟信号取样，并通过 ADC 电路将取样值转换成相应的数字量输出。

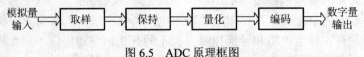

模拟量输入 → 取样 → 保持 → 量化 → 编码 → 数字量输出

图 6.5　ADC 原理框图

模拟信号的 A/D 转换，需要经过 4 个过程：取样、保持、量化、编码。

ADC 电路输入模拟电压信号 v_I 与输出数字信号 D 之间的关系为

$$D = K \frac{v_I}{V_{REF}}$$

式中　K——比例系数，不同的 ADC 电路，K 各不相同；

　　　V_{REF}——参考电压源。

由上式知，ADC 电路输出数字信号与输入模拟信号在幅度上成正比。

1. 取样与保持

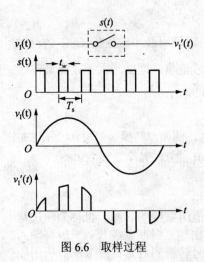

图 6.6　取样过程

取样是将时间上连续变化的模拟信号定时加以检测，取出某一时刻的值，以获得时间上断续的信号。取样的作用是将时间与幅度上连续变化的模拟信号在时间上离散化。取样过程可以用一个受控开关形象表示。取样过程如图 6.6 所示。

图 6.6 中，v_I 为输入模拟电压信号，虚框内的开关受脉冲宽度为 t_w、周期为 T 的取样矩形脉冲 $s(t)$ 的控制。t_w 时间段内，受控开关输出电压 $v_I' = v_I$；其余时间内，$v_I' = 0$。

取样后的信号与输入模拟信号相比，发生了很大变化。为保证取样后的信号 v_I' 能够正确反映输入信号 v_I 而不丢失信息，要求取样脉冲信号必须满足取样定理

$$f_s \geqslant 2f_{max}$$

式中，f_s 为取样脉冲信号 $s(t)$ 的频率；f_{max} 为输入模拟信号 v_I 中的最高频率分量的频率。通常 $f_s = (3\sim5)f_{max}$。

为获得一个稳定的取样值，以便进行 A/D 转化过程中的量化与编码工作，需将取样后得到的模拟信号保留一段时间，直到下一个取样脉冲到来，这就是保持。

经过保持后的信号波形不再是脉冲串，而是阶梯型脉冲信号。

取样和保持两个过程，通常使用取样保持电路一次完成。图 6.7 为取样保持原理电路。其中，VT 是受取样脉冲信号 $s(t)$ 控制的模拟开关，由 N 沟道增强型 MOSFET构成；电容 C 的作用是保持取样值；运算放大器构成电压跟随器，起缓冲作用。

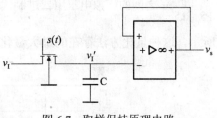

图 6.7　取样保持原理电路

取样脉冲信号 $s(t)$ 的 t_w 时间段内，VT 导通，开关闭合。v_I 经过模拟开关对电容 C 充电，若电容充电时间常数远小于脉冲宽度 t_w，则可认为在 t_w 时间段内，v_I'的变化与 v_I 的变化同步，即 $v_I' = v_I$。在取样脉冲信号 $T_s - t_w$ 期间内，VT 截止，开关断开，忽略电容漏电流，电容 C 上的电压 v_I' 将保持取样脉冲结束前瞬间 v_I 的值、并保持到下一个取样脉冲到来。将 T_s 称为取样周期，t_w 称为取样时间。

2. 量化与编码

数字信号的取值在时间上、幅度上均离散变化，所以数字信号的值必须是某个规定的最小数字单位的整数倍。为将取样保持后的模拟信号转换成数字信号，还需对其进行量化与编码。

量化是将取样保持后在时间上离散、幅度上连续变化的模拟信号取整变为离散量的过程，即将取样保持后的信号转换为某个最小单位电压 Δ 整数倍的过程。

用二进制代码表示量化后的信号数值，即为编码。对于单极性的模拟信号，一般采用自然二进制码表示；对于双极性的模拟信号，通常使用二进制补码表示。编码后的结果即 ADC 的输出值。

由于 ADC 输入的模拟电压信号是连续变化的，而 n 位二进制代码只能表示 2^n 种状态，所以取样保持后的信号不可能与最小单位电压 Δ 的整数倍完全相等，只能近似接近某一量化电平，这就是量化误差。

量化方法有两种：只舍不入法和有舍有入法。

（1）只舍不入法。

$0 \leqslant v_s < \Delta$ 时，v_s 的量化值取 0；$\Delta \leqslant v_s < 2\Delta$ 时，v_s 的量化值取 Δ；$2\Delta \leqslant v_s < 3\Delta$ 时，v_s 的量化值取 2Δ；…；以此类推。采用只舍不入的量化方法，最大量化误差近似为一个最小量化单位 Δ。

（2）有舍有入法。

$0 \leqslant v_s < \dfrac{1}{2}\Delta$ 时，v_s 的量化值取 0；$\dfrac{1}{2}\Delta \leqslant v_s < \dfrac{3}{2}\Delta$ 时，v_s 的量化值取 Δ；$\dfrac{3}{2}\Delta \leqslant v_s < \dfrac{5}{2}\Delta$ 时，v_s 的量化值取 2Δ；…；以此类推。采用有舍有入的量化方法，最大量化误差不会超过 $\dfrac{1}{2}\Delta$。

例如，将 0~1V 之间的模拟电压信号转换为 3 位二进制代码。

利用只舍不入法，取 $\Delta = \dfrac{1}{8}$V，$0 \sim \dfrac{1}{8}$V 之间的模拟电压用二进制代码 000 表示；$\dfrac{1}{8} \sim \dfrac{2}{8}$V 之间的模拟电压用二进制代码 001 表示，以此类推，它们之间的对应关系见图 6.8（a）所示。这种量化方法存在的最大量化误差为 $\Delta = \dfrac{1}{8}$V。

利用有舍有入法，取 $\Delta = \dfrac{2}{15}$V，$0 \sim \dfrac{1}{15}$V 之间的模拟电压用二进制代码 000 表示；

$\frac{1}{15} \sim \frac{3}{15}$ V 之间的模拟电压用二进制代码 001 表示，以此类推，它们之间的对应关系如图 6.8（b）所示。这种量化方法存在的最大量化误差为 $\frac{1}{2}\Delta = \frac{1}{15}$ V。

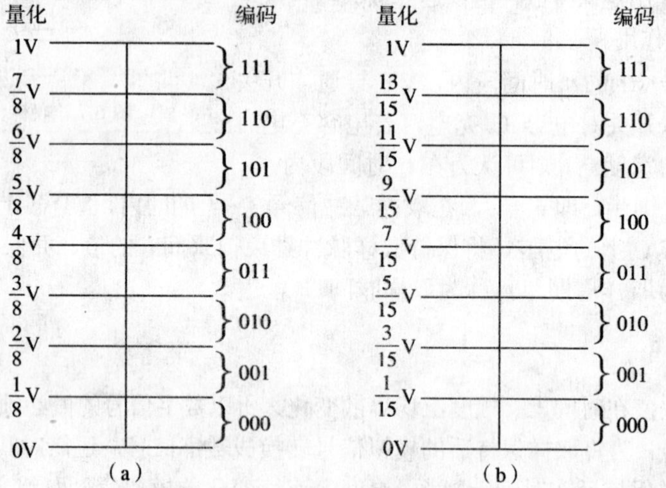

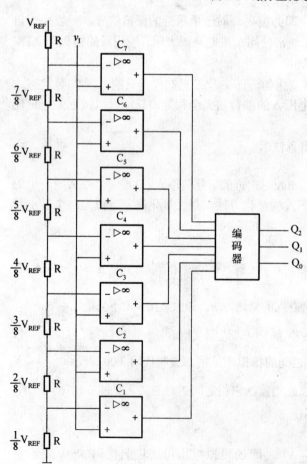

图 6.8　划分量化电压的方法

量化误差不能完全消除，只能减少。有舍有入法的量化误差比只舍不入法小。量化单位 Δ 不同，分成的量化级别就不一样。量化单位越小，则量化级别就越多，编码位数越多，电路就越复杂。

6.2.2　常见 ADC 电路

ADC 电路分为两大类，直接 ADC 和间接 ADC。直接 ADC 将模拟信号直接转换为数字信号，主要包括并行比较型 ADC 和逐次逼近型 ADC。间接 ADC 先将模拟信号转换成某一中间量（如时间、频率等），然后再将中间量转换成数字信号。主要包括双积分型 ADC 和 $V\text{--}F$ 型 ADC。单片集成 ADC 中应用广泛的是逐次逼近型 ADC 和双积分型 ADC。

1. 并行比较型 ADC

并行比较型 ADC 由电阻分压器、电压比较器、编码器 3 部分组成，如图 6.9 所示。其中，分压器用来确定量化电压；比较器确定取样电压的量化值；编码器对比较器的输出进行编码，输出二进制代码。

图 6.9　并行比较型 ADC

V_{REF} 经电阻分压器分压，形成 7 个比较电平，即 $\frac{1}{8}V_{REF}$、$\frac{2}{8}V_{REF}$、…、$\frac{7}{8}V_{REF}$，并接至电压比较器 C_1、C_2、…、C_7 的反相输入端。当输入电压 v_I 大于比较器比较电压时，该比较器输出 1，反之输出 0。比较器的输出结果送入编码器，经编码后输出二进制代码。

允许输入的模拟电压最大变化范围是 $0 \sim V_{REF}$。具体编码关系表见表 6.1。

表 6.1　并行比较型 ADC 编码关系表

输入模拟电压 v_I	比较器输出							编 码 输 出		
	C_7	C_6	C_5	C_4	C_3	C_2	C_1	Q_2	Q_1	Q_0
$0 < v_I < \frac{1}{8}V_{REF}$	0	0	0	0	0	0	0	0	0	0
$\frac{1}{8}V_{REF} \leqslant v_I < \frac{2}{8}V_{REF}$	0	0	0	0	0	0	1	0	0	1
$\frac{2}{8}V_{REF} \leqslant v_I < \frac{3}{8}V_{REF}$	0	0	0	0	0	1	1	0	1	0
$\frac{3}{8}V_{REF} \leqslant v_I < \frac{4}{8}V_{REF}$	0	0	0	0	1	1	1	0	1	1
$\frac{4}{8}V_{REF} \leqslant v_I < \frac{5}{8}V_{REF}$	0	0	0	1	1	1	1	1	0	0
$\frac{5}{8}V_{REF} \leqslant v_I < \frac{6}{8}V_{REF}$	0	0	1	1	1	1	1	1	0	1
$\frac{6}{8}V_{REF} \leqslant v_I < \frac{7}{8}V_{REF}$	0	1	1	1	1	1	1	1	1	0
$\frac{7}{8}V_{REF} \leqslant v_I < V_{REF}$	1	1	1	1	1	1	1	1	1	1

并行比较型 ADC 的转换结果精度主要受量化电压划分结果的影响，Δ 越小，转换精度越高，但相应转换电路就越复杂。这种电路的优点是并行转换，速度较快；缺点是使用电压比较器数量较多，若输出 n 位二进制代码，则需 2^n 个分压电阻、$2^n - 1$ 个电压比较器，因此该电路很难达到很高的转换精度。

2. 逐次逼近型 ADC

逐次逼近型 ADC 也叫逐位比较型 ADC。电路原理图如图 6.10 所示。该电路由取样保持电路、电压比较器、控制电路、逐次逼近寄存器 SAR、D/A 转换电路、输出电路 6 部分组成。

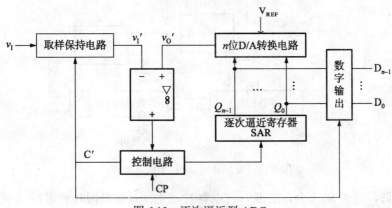

图 6.10　逐次逼近型 ADC

该电路进行 A/D 转换的指导思想是从转换结果的最高位开始，从高到低逐位确定每位数码的值。电路工作过程如下。

首先，将逐位逼近寄存器 SAR 清零。

在第一个 CP 脉冲作用下，将 SAR 最高位置 1，使其输出 $\underbrace{10\cdots0}_{n}$，并利用 D/A 转换电路将其转换成对应的模拟电压信号 v'_O，然后将该值与 ADC 输入模拟电压信号的取样值 v'_I 同时送入电压比较器进行比较。若 $v'_O > v'_I$，则比较器输出 1，说明这个数字量过大，控制电路将 SAR 最高位复位；若 $v'_O < v'_I$，则比较器输出 0，说明这个数字量较小，SAR 最高位保持 1 不变。从而确定了输出数字量的值。

在第二个 CP 脉冲作用下，控制电路在上面比较结果的基础上先将 SAR 次高位置 1，并将 D/A 转换结果送入电压比较器，以确定 SAR 次高位的输出是 1 还是 0。

依此类推，在 CP 脉冲作用下，从高到低逐位进行比较，直至确定最低位的值。此时 SAR 中寄存的值就是本次 A/D 转换的结果。

控制电路在控制 SAR 的同时，还产生一路转换控制信号 C'，以控制取样保持电路的工作：$C'=1$ 时，取样保持电路进行取样工作，$v'_I = v_I$。此时，A/D 转换电路停止转换，仅将上次转换结果输出。$C'=0$ 时，取样保持电路停止工作，输出电路禁止输出，A/D 转换电路工作，完成输入模拟电压信号取样值的转换工作。

与并行比较型 ADC 相比，逐次逼近型 ADC 的转换精度较高，但转换速度较慢。由于逐次逼近型 ADC 中只使用了一个比较器，芯片占用的面积很小，在速度要求不高的场合，具有很高的性价比。

间接 ADC 可以分为电压–时间（V–T）变换型和电压–频率（V–F）变换型两类。

3. 双积分型 ADC

双积分型 ADC 属于 V–T 变换型 ADC。它首先将输入模拟信号变换成与其成正比的时间间隔，在此时间间隔内对固定频率的时钟脉冲信号进行计数，所获得的计数值即为正比于输入模拟信号的数字量。

图 6.11 所示为双积分型 ADC 的电路原理图。该电路由积分器、比较器、计数器、控制电路、模拟开关等部分组成。

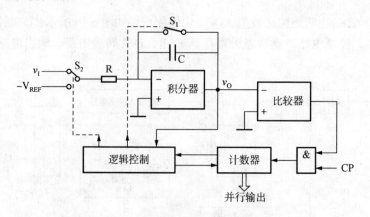

图 6.11 双积分型 ADC 电路原理图

电路工作时，开关 S_1 闭合，S_2 断开。电容 C 放电，计数器同时清零。

（1）取样阶段。

开关 S_2 接输入模拟信号 v_I，v_I 通过 R 对 C 充电，积分器输出 v_O 开始由 0 下降，当 $t=T$ 时，

$$v_O = \frac{1}{C}\int_0^T -\frac{v_I}{R}\mathrm{d}t = -\frac{1}{RC}\int_0^T v_I\mathrm{d}t$$

$$\bar{v}_I = \frac{1}{T}\int_0^T v_I\mathrm{d}t$$

$$v_O = -\frac{T}{RC}\bar{v}_I$$

其中，$\bar{v}_I$ 为 0~T 时间间隔内 v_I 的平均值。

通过上式可见，v_O 与 $\bar{v}_I$ 成正比，$v_O<0$ 时，比较器输出 1，控制电路允许在 CP 信号作用下计数。

（2）量化编码阶段。

$t\geqslant T$ 时，取样结束，开关 S_2 接参考电源 $-V_{REF}$，通过 R 对 C 反向充电，v_O 逐渐上升，当 $t=T_1$ 时，$v_O=0$。所以，

$$v_O = \frac{1}{C}\int_T^{T_1}\frac{V_{REF}}{R}\mathrm{d}t - \frac{T}{RC}\bar{v}_I = 0$$

$$\frac{T_1-T}{RC}V_{REF} = \frac{T}{RC}\bar{v}_I$$

因此　　　　　　　　　　　　　$$T_1 - T = \frac{T}{V_{REF}}\bar{v}_I$$

由上式知，反向积分时间与输入模拟电压信号的平均值成正比。设计数器在 T_1-T 这段时间内对频率固定为 f_C（$f_C=\dfrac{1}{T_C}$）的 CP 时钟信号计数，则计数结果也一定与 $\bar{v}_I$ 成正比。即

$$D = \frac{T_1-T}{T_C} = \frac{T}{T_C V_{REF}}\bar{v}_I$$

D 为表示计数结果的数字量。若取 T 为 T_C 的整数倍，即 $T=NT_C$，则 D 为

$$D = \frac{N}{V_{REF}}\bar{v}_I$$

双积分型 ADC 的特点是工作性能稳定，由于输出的数字量与积分器时间常数无关，对积分元件精度要求不高，而且电路抗干扰能力较强。该电路的缺点是电路转换速度较慢。

4. V–F 型 ADC

V–F 型 ADC 的组成框图如图 6.12 所示。它由压控振荡器、寄存器、计数器、时钟控制等部分组成。

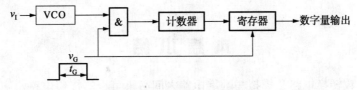

图 6.12　V–F 型 ADC 组成框图

压控振荡器是一种频率可控的振荡器，其输出信号频率 f 随输入模拟电压 v_I 的变化而变化。当控制信号 v_G 为高电平时，VCO 输出频率为 f 的脉冲信号并由计数器计数。由于 v_G 脉宽固定为 t_G，所以在 t_G 时间里通过与门控制电路的脉冲个数与 f 成正比，也与输入的模拟电压 v_I 成正比。在一个转换过程结束后，对应于 v_G 脉冲信号的下降沿，将计数器中存储的转换结果存入寄存器中。

$V-F$ 型 ADC 的特点是抗干扰能力较强，但转换精度较低、转换速度较慢。

6.2.3　ADC 主要指标

衡量 ADC 电路性能的指标主要包括以下 3 个。

1. 输入模拟电压范围

输入模拟电压范围指 ADC 允许的最大输入模拟电压范围，超出这个范围 ADC 将不能正常工作。输入模拟电压范围与参考电压值有关，输入模拟电压的最大幅度不超过 $(2^n-1)\dfrac{|V_{REF}|}{2^n}$，有时也可以用 $|V_{REF}|$ 近似表示。

2. 转换精度

ADC 的转换精度一般使用分辨率和转换误差进行描述。

分辨率也称为分解度，用输出数字量的位数 n 表示 ADC 对输入模拟信号的分辨能力，用来描述 ADC 在理论上能够达到的最大精度。从理论上讲，n 位二进制输出的 ADC 能够区分输入模拟电压的 2^n 个等级，能够区分输入电压的最小差异为满量程输入的 $\dfrac{1}{2^n}$，即 $\dfrac{FSR}{2^n}$。输出数字量的位数越多，说明误差越小，转换精度越高。

转换误差主要指量化误差，即由于使用有限数字对连续的输入模拟信号进行离散取值而产生的误差。量化误差主要取决于量化方法。对于只舍不入、有舍有入的量化方法，转换误差为 LSB、$\dfrac{LSB}{2}$，提高分辨率可以降低量化误差。

由于转换精度是包含分辨率和转换误差两个方面的综合指标，所以 ADC 的转换精度用实际输出数字量与理论输出数字量之间的最大差值进行综合描述。

3. 转换速度

完成一次 A/D 转换操作需要的时间，称为转换速度。指从输入转换控制信号到输出端得到稳定的数字信号所需要的时间。

不同类型的 ADC，转换速度相差很大：并行比较型 ADC 转换速度最快，可以达到 50ns；逐次逼近型 ADC 次之，转换速度在 10~100μs；间接 ADC 转换速度较慢，在数十到数百毫秒之间。

本 章 小 结

1. 数模与模数转换电路是模拟与数字电路之间必不可少的接口电路，应熟练掌握 DAC 与 ADC 的转换工作原理。

2. 常见 DAC 电路包括权电阻网络 DAC、T 型电阻网络 DAC、倒 T 型电阻网络 DAC，应熟悉其工作原理。了解评价 DAC 的主要性能指标参数。

3. 常见 ADC 电路包括并行比较型 ADC、逐次逼近型 ADC、双积分型 ADC、V–F 型 ADC，应熟悉其工作原理。了解评价 ADC 的主要性能指标参数。

习题6

6.1　什么是 DAC、ADC？

6.2　倒 T 型电阻网络 DAC 与 T 型电阻网络 DAC 比较，模拟开关的工作状态有什么区别？

6.3　图 6.2 所示 4 位权电阻网络 DAC，若 $V_{REF} = 5V$，输入 $D = d_3 d_2 d_1 d_0 = 0101$ 时，对应的输出电压为多少？

6.4　已知 4 位权电阻网络 DAC，若最高位权电阻为 $R_3 = 10k\Omega$，试求其他各位权电阻的大小。

6.5　已知 4 位权电阻网络 DAC，若 $V_{REF} = -20V$，反馈电阻 $R_F = 1k\Omega$，最低位权电阻 $R_0 = 20k\Omega$，该电路完成将 5421BCD 码转换为与其十进制数对应的模拟电压，求其他各位权电阻的值。

6.6　已知 4 位 T 型电阻网络 DAC，若 $V_{REF} = 8V$，反馈电阻 $R_F = 3R$，输入 $D = d_3 d_2 d_1 d_0 = 0111$ 时，对应的输出电压为多少？

6.7　已知 8 位 T 型电阻网络 DAC，若 $V_{REF} = 5V$，反馈电阻 $R_F = 3R$，输入 $D = d_7 d_6 d_5 d_4 d_3 d_2 d_1 d_0$ $= 11111111$、10000000、00000000 时，对应的输出电压为多少？

6.8　4 位倒 T 型电阻网络 DAC，若 $V_{REF} = -8V$，输入 $D = d_3 d_2 d_1 d_0 = 1000$、$0010$ 时，对应的输出电压各为多少？

6.9　简述 A/D 转换过程，什么是取样定理？

6.10　ADC 可以分为几大类？举例说明。

6.11　已知并行比较型 ADC 如图 6.9 所示，若 $V_{REF} = 6V$，输入电压信号 $V_I = 2.82V$，求输出数字量为多少？

第7章 存储器与可编程逻辑器件

【学习指导】 存储器和可编程逻辑器件是目前广泛使用的大规模集成电路（LSI）。本章首先介绍半导体存储器的工作原理和使用方法，然后介绍各种常见的可编程逻辑器件的结构和使用方法。

7.1 存储器

存储器是数字系统中用于存储信息、程序和数据的部件，在计算机、彩色电视机以及一些具有记忆功能的数字系统中广泛采用。

7.1.1 存储器的种类

存储器有多种，按制造存储器的材料不同，可分为半导体存储器、磁存储器和光存储器。半导体存储器是一种通用型 LSI，主要用来存放大量的二进制信息，它以其容量大、存取速度快、耗电低、体积小、使用寿命长等特点被广泛应用于数字系统中。

半导体存储器的种类很多，按制造工艺和材料划分，有双极型和 MOS 型两大类。

双极型存储器以双极型触发器为基本单元，它具有工作速度快、功耗大等特点，主要用于速度要求较高的场合。MOS 型存储器以 MOS 触发器或电荷存储结构为存储单元，它具有集成度高、功耗小、工艺简单等特点，主要用于大容量存储系统中，现在计算机中的内存大多为 MOS 型存储器。

从存取信息方式上分，可分为只读存储器和随机存取存储器。

只读存储器（简称 ROM）的存储内容是固定不变的（在出厂前事先烧录好）。工作时，它的存储内容只能读出，不能写入，并且所存储的内容在断电后仍能保持，即不怕掉电，因此常用于存放固定程序和数据（如计算机启动时的自检程序、初始化程序便是固化在 ROM 中）。

只读存储器按使用器件的类型又可以分为双极型 ROM 和 MOS 型 ROM 两种。按存储内容的变化方式分为掩膜 ROM、可编程 ROM（简称为 PROM）和可擦可编程 ROM（简称为 EPROM、EEPROM）3 种。

随机存取存储器（简称 RAM）与 ROM 不同的是，在工作过程中信息可随时写入，也可以随时读出，并且读信息是非破坏性的，即读出信息后，存储器的内容不改变，可反复读出。因此，在计算机中，主要用来存放各种现场的输入、输出数据和中间结果等，但是断电后存储的信息会全部丢失。如计算机中的内存就是这一类存储器。

RAM 按制造工艺可分为双极型 RAM 和 MOS（场效应管）RAM。双极型 RAM 的存取速度高，可达 10ns，但功耗较 MOS 型 RAM 大，集成度低；MOS 型 RAM 功耗小，集成度高，但片存储容量可达几百兆，甚至更高。

按工作原理的不同，RAM 的存储单元又可以分为静态存储单元 RAM（SRAM）和动态存储单元 RAM（DRAM）。静态存储单元是在静态触发器的基础上附加以控制线或控制管而构成的，它们是靠电路状态的自保功能存储数据的。动态存储单元是利用 MOS 管栅极电容能够存储电荷的原理制成，其电路结构可以做得非常简单，但由于栅极电容的容量很小，而漏电流又不可能为零，所以电荷的存储时间非常有限。为了及时补充漏掉的电荷以避免存储数据丢失，必须定时地给栅极电容补充电荷，称这种操作为刷新。因此，虽然动态存储单元的电路结构比较简单，但必须加上复杂的刷新电路，同时也使得操作复杂化了。

7.1.2　存储器的基本结构及工作原理

1．只读存储器（ROM）

（1）ROM 的结构。

ROM 的电路结构主要由地址译码器、存储矩阵和输出缓冲器 3 部分组成，其结构框图如图 7.1 所示。

① 地址译码器。地址译码器负责把输入的 n 位二进制地址代码翻译成 2^n 个相应的控制信号，从而选中存储矩阵中相应的存储单元，以便将该单元的 m 位数据传送给输出缓冲器。

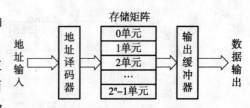

图 7.1　ROM 的结构框图

② 存储矩阵。存储矩阵由 2^n 个存储单元组成。每一个存储单元都有一个确定地址。每个存储单元由若干基本存储电路组成（一般为 2 的整数倍）。基本存储电路可以由二极管、三极管或 MOS 管构成。每个存储电路只能存储一位二进制代码"0"或"1"。

③ 输出缓冲器。输出缓冲器由三态门组成，其作用一是可以提高存储器的带负载能力，二是可以实现对输出状态的三态控制，以便与系统的数据总线连接。

图 7.2（a）是一个存储容量为 4×4 位（4 个存储单元，每个存储单元 4 位）的只读存储器结构图。地址译码器由 2-4 线译码器构成，存储矩阵都采用了二极管结构。A_1A_0 为输入的地址码，可产生 $W_0 \sim W_3$ 共 4 组不同的地址，从而选中所对应的存储单元，$W_0 \sim W_3$ 称为字线。存储矩阵由二极管或门组成，其输出数据为 $D_3 \sim D_0$。当字线 $W_0 \sim W_3$ 其中之一被选中时，在位线 $b_3 \sim b_0$ 上便输出一组 4 位二进制代码 $D_3 \sim D_0$。

输出缓冲器为三态输出电路。当 $\overline{EN}=0$ 时，允许数据从 b_3、b_2、b_1、b_0 各条位线上输出；当 $\overline{EN}=1$ 时，输出端为高阻状态。

当地址码 $A_1A_0=00$ 时，地址译码器中与 W_0 相连的二极管同时截止，字线 W_0 被选中，W_0 变为高电位，其余字线均为低电位（称 W_0 被选中）。W_0 与位线 b_2、b_1 相连的二极管导通，位线 b_2、b_1 也变为高电位，此时，位线上输出数据 $D_3D_2D_1D_0=0110$，同理，当 $A_1A_0=01$、10、11 时，输出数据分别为 1101、0001、1110。

所以，存储 1 就是在字线与位线交叉处接二极管，而存储 0 则字线与位线交叉处不接二极管。因此，字线与位线交叉处称为基本存储电路。读取数据时，某字线被选中变为高电平，与字线相连的二极管导通，对应的位线变为高电平，输出数据为 1，无二极管的输出数据为 0。

经常将图 7.2（a）的存储矩阵逻辑图简化为图 7.2（b）的阵列图。图中用黑点"·"代表二极管，表示存 1，无黑点的表示存 0。

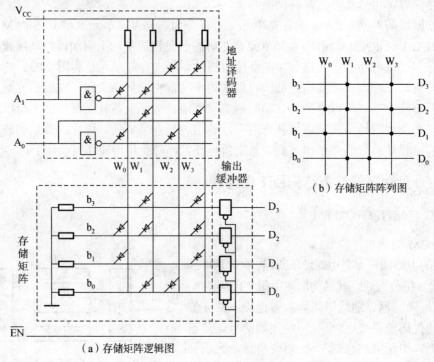

图 7.2　二极管存储矩阵 ROM

存储器的存储容量就是该存储器的基本存储电路数，由字线与位线的数目共同决定。存储容量=字数×位数。

图 7.3 是用 MOS 管组成的存储矩阵。

字线 W 与位线 b 的交叉处接 MOS 管时相当于存入 0，无 MOS 管相当于存入 1。当 $W_0 \sim W_3$ 中任何一条字线被选中时，这条字线变成高电平，使接在其上的 MOS 管导通，这些 MOS 管漏极所接的位线变为低电平，输出 0。而不接 MOS 管的位线为高电平，输出 1。例如，当 W_0 字线被选中时，W_0 与位线 b_2、b_0 交叉处所接的 MOS 管导通，位线 b_2、b_0 变为低电平，存储矩阵输出数据 $D_3D_2D_1D_0$=1010。同理，当 $W_1 \sim W_3$ 分别被选中时，存储矩阵输出数据 $D_3D_2D_1D_0$ 分别为 1101、0101、0110。

若在图 7.3 中每条位线的输出端接一个三态非门作为输出缓冲器，则接 MOS 管的存储电路相当于存 1，无 MOS 管相当于存 0。

（2）ROM 的应用。

ROM 广泛应用于计算机、电子仪器、电子测量设备和数控电路。

通过分析 ROM 的工作原理可知，ROM 中的地址译码器可产生地址变量的全部最小项，能够实现地址变量的与运算，即字线 W 与地址变量 A_0A_1 存在与逻辑关系，而 ROM 中的存储矩阵可实现有关最小项的或运算，即输出数据 D 与地址变量的有关最小项存在或逻辑关系。由于任何组合逻辑函数都可变换为标准与-或表达式。因此，从理论上说，利用 ROM 可以实现任何组合逻辑函数。

【例 7.1】用 ROM 实现下列函数。

$$Y_1 = AB + BC, \quad Y_2 = A\overline{B} + \overline{B}C$$

解：① 将函数转化为标准与-或式。

$$Y_1 = \sum m(3,6,7), \quad Y_2 = \sum m(1,4,5)$$

② 画出用 ROM 实现的逻辑阵列（如图 7.4 所示）。

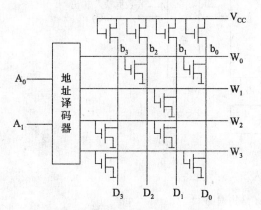 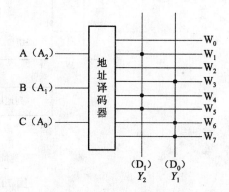

图 7.3　MOS 管组成的存储矩阵　　　　　图 7.4　ROM 实现逻辑阵列

【例 7.2】用 ROM 实现一位全加器，并画出 ROM 的阵列图。

解：根据一位全加器的真值表，用 A_i、B_i 分别表示被加数和加数，C_{i-1} 表示低位来的进位。这 3 个输入变量可分别用 ROM 的地址码 A_2、A_1、A_0 表示。S_i 为本位和，C_i 为本位向高位的进位，它们分别可用 ROM 的数据输出 D_1、D_0 表示。输入变量为 3 个，输出变量为 2 个，因此，可采用 8×2 位 ROM 来完成。

根据真值表可得：

$$S_i = \overline{A_i}\,\overline{B_i}C_{i-1} + \overline{A_i}B_i\overline{C_{i-1}} + A_i\overline{B_i}\,\overline{C_{i-1}} + A_iB_iC_i = W_1 + W_2 + W_4 + W_7$$

$$C_i = \overline{A_i}B_iC_{i-1} + A_i\overline{B_i}C_{i-1} + A_iB_i\overline{C_{i-1}} + A_iB_iC_{i-1} = W_3 + W_5 + W_6 + W_7$$

一位全加器的 ROM 的阵列图如图 7.5 所示。

2. 随机存储器（RAM）

（1）RAM 基本结构。

RAM 电路通常是由存储矩阵、地址译码器和读/写控制电路（又称输入/输出电路）3 部分组成，如图 7.6 所示。

存储矩阵由许多基本存储电路组合成 n 行、m 列矩阵，共有 $n×m$ 个基本存储电路，每个基本存储电路可以存储一位二进制代码（0 或 1）。

地址译码器分为行地址译码器和列地址译码器。行地址译码器将行地址译码，使行地址线 W（字线）其中一条被选中，变为有效电平，从而将该字线对应的存储单元选

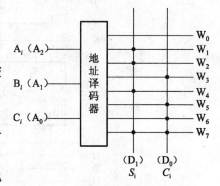

图 7.5　一位全加器 ROM 阵列图

中；列地址译码器将列地址译码，使列地址线 b（位线）其中一列（或几列）被选中，变为有效电平，这样，字线与位线交叉处的基本存储电路便被选中（可以是一位或几位）。

在读/写控制电路的控制下，被选中的基本存储电路中的数据通过数据线输出或输入。在片选端 $\overline{CS} = 0$ 的情况下，当读/写控制端 $R/\overline{W} = 1$ 时，实现读操作；当 $R/\overline{W} = 0$ 时，实现写操作。

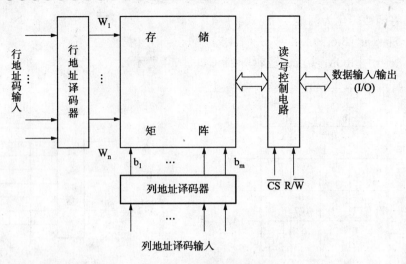

图 7.6 RAM 结构框图

（2）RAM 容量扩展。

单片 RAM 的存储容量有限，而实际应用中，往往需要较大容量的存储器。解决的方法是将多片 RAM 通过一定方式连在一起，实现容量的扩展。例如，计算机的内存条通常采用 4 片、8 片甚至更多片 RAM 芯片进行组合，以实现大容量的内存。根据需要，常用的扩展方法有字数的扩展和位数的扩展两种。

① 字数扩展。当一片 RAM 芯片的位数够用而字数不够用时，可以采取字扩展的方式。图 7.7 是采用 2 片 Intel6116（2K×8 位）扩展成一个 4K×8 位 RAM 的接线图。

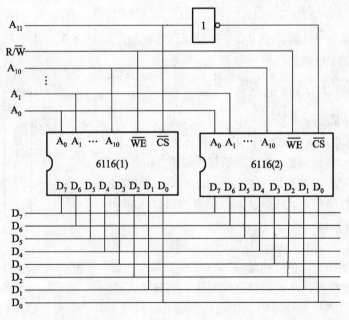

图 7.7 RAM 字扩展方式

从图 7.7 可以看出，用两片 6116 扩展成一片 2K×8 位的 RAM，只需将两片 6116 的数据输入、输出端 $D_0 \sim D_7$ 并联（即位数不变），地址码输入端 A_0、A_1、…、A_{10} 并联，读/写控制端 $\overline{WE}$ 并联，而将两片 6116 的片选信号 $\overline{CS}$ 端通过非门连接起来，接增加的地址线 A_{11}。当 $A_{11}=0$ 时，第 1 片 6116 工作，第 2 片 6116 禁止；当 $A_{11}=1$ 时，第 1 片 6116 禁止，第 2 片 6116 工作。

因此得到字扩展的连接方法：将芯片的数据端、读/写控制端、地址输入端分别并联。而增加的地址线条数，则根据字扩展的倍数决定。例如，字数扩展 2 倍，则增加一条地址线；字数扩展 4 倍，则增加 2 条地址线，依此类推。

② 位数扩展。当一片 RAM 的字数够用而位数不够用时，应采取位数扩展的方法。图 7.8 是采用 2 片 2114（1K×4 位）扩展成一个 1K×8 位的 RAM 的接线图。从图中可以看出，位数扩展的方法非常简单，只需将各片 RAM 的地址输入端、读/写控制端、片选信号端分别并联即可。

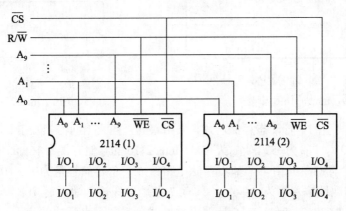

图 7.8　RAM 位数扩展

7.1.3　存储器常用芯片简介

1. Intel 6116

常用的典型 SRAM 芯片有 Intel 公司的 6116（2K×8）、6264（8K×8）、62256（32K×8）等。Intel 6116 的引脚及原理框图如图 7.9 所示。6116 的存储容量为 2K×8 位（2K 个字，每个字 8 位），即有 2048 个存储单元，每个存储单元由 8 个基本存储电路组成，总存储容量为 2048×8 位（或 2KB）。该芯片共需 11 根地址线 $A_0 \sim A_{10}$，7 根用于行地址译码输入，4 根用于列地址译码输入，每条列线控制 8 位。Intel 6116 的存取时间在 85~150ns 之间。

Intel 6116 存储器芯片的引脚功能如下。

片选信号端 $\overline{CS}$：$\overline{CS}=0$ 时，芯片工作；$\overline{CS}=1$ 时，芯片与系统总线脱离，不工作。

读/写控制端 $\overline{WE}$：$\overline{WE}=0$ 时，写操作；$\overline{WE}=1$ 时，读操作。

输出允许端 $\overline{OE}$：$\overline{OE}=0$ 时，输出数据；$\overline{OE}=1$ 时，输入数据。

行地址输入端：$A_4 \sim A_{10}$。

列地址输入端：$A_0 \sim A_3$。

数据输入/输出端：$D_0 \sim D_7$。

电源端 V_{CC}：工作电压 +5V。

读操作时，$\overline{CS}=\overline{OE}=0$，$\overline{WE}=1$，地址输入端 $A_{10} \sim A_0$ 输入的地址信号选中芯片的一个存储单元（其中有 8 个存储电路），在内部控制电路的控制下，被选中单元的 8 位数据由 $D_7 \sim D_0$ 端输出。

写操作时，$\overline{CS}=\overline{WE}=0$，$\overline{OE}=1$，选中某一存储单元的方法和读出相同。数据由 $D_7 \sim D_0$ 端输入，经内部控制电路写入被选中存储单元的 8 个存储电路中。

没有读/写操作时，$\overline{CS}$ =1，即片选信号处于无效状态，存储器芯片与系统总线脱离。

2. Intel 2116

常用的动态 RAM 有 Intel 2116、2117、2118、2164、2166、2186、2187 等多种，除存储容量不同外，其基本性能都差不多。下面以 Intel 2116 为例简单介绍其芯片性能。芯片引脚如图 7.10 所示。

图 7.9　　Intel 6116 引脚排列

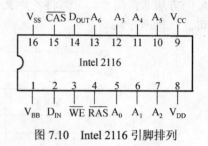

图 7.10　　Intel 2116 引脚排列

Intel 2116 是典型的单管动态存储芯片，采用双列直插式 16 脚封装。Intel 2116 采用 3 组电源供电，V_{DD} 为+12V，V_{BB} 为−5V，V_{CC} 为+5V。Intel 2116 的存储容量为 16K×1 位，即有 16×1024 个存储单元，每个存储单元由 1 个基本存储电路组成，总存储容量为 16×1024×1 位。

Intel 2116 的地址输入端为 A_0~A_6，只有 7 条地址线输入端，而 16K×1 位存储矩阵需要 14 位地址码（2^{14}=16384），Intel 2116 是采用地址线分时复用来解决的。即 14 位地址码的高 7 位为列地址码，低 7 位为行地址码，用 A_0~A_6 共 7 根地址线分两次把 14 位地址按行、列两部分送入芯片地址锁存器。

$\overline{RAS}$ 为行地址选通信号控制端，低电平有效。当 $\overline{RAS}$ =0 时，引脚 A_0~A_6 共同传送行地址码。$\overline{CAS}$ 为列地址选通信号控制端，低电平有效。当 $\overline{CAS}$ =0 时，引脚 A_0~A_6 传送列地址码。从而实现了 A_0~A_{13} 共 14 位地址码的传送。

$\overline{WE}$ 为读/写控制端。$\overline{WE}$ 为低电平时，实现写操作；$\overline{WE}$ 为高电平时，实现读操作。D_{IN} 为数据输入端。D_{OUT} 为数据输出端。

2116 具有片选控制功能，其行地址选通信号 $\overline{RAS}$ 兼有片选功能，且在整个读/写周期中均处于有效状态。

7.2　可编程逻辑器件结构

一般的中、小规模集成电路都属于通用数字电路，其逻辑功能都比较简单，而且是固定的，具有很强的通用性。从理论上讲，用这些通用数字电路可以实现任何复杂的数字系统。但是，使用的集成电路越多，系统的功耗就越大、可靠性就越差，且不利于系统的小型化。

为专门用途而设计的集成电路叫专用集成电路（简称 ASIC）。它是将一个数字系统做在一片大规模集成电路上，这样不仅可以减少体积、功耗，而且会使系统的可靠性大大提高。但是，用量较少时，其设计、研制周期长、开发费用高，这是一个很大的矛盾。

可编程逻辑器件（简称 PLD）的研制成功为解决这个矛盾提供了一条比较理想的途径。PLD 的逻辑功能可以由用户通过编程来确定。而且，它的集成度很高，足以满足一般数字系统的需要。

7.2.1 PLD 的基本结构

1. PLD 结构中的逻辑约定

由于 PLD 内部电路的连接十分庞大，所以对其进行描述时采用了一种与传统方法不同的简化方法。

PLD 的输入/输出缓冲器都采用了互补输出结构，其表示方法如图 7.11 所示。

PLD 的与门表示法如图 7.12 所示。图中，与门的输入线通常画成行（横）线，与门的所有输入变量都称为输入项，并画成与行线垂直的列线以表示与门的输入。列线与行线相交的交叉点处若有"•"，表示有一个耦合元件的固定连接；"×"表示编程连接；交叉点无标记则表示不连接（被擦除）。与门的输出称为乘积项 P，图中与门的输出 $P=A \cdot B \cdot D$，或门也可以用类似的方法表示（如图 7.13 所示）。

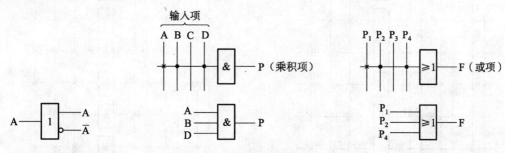

图 7.11 PLD 缓冲器表示方法 　　图 7.12 PLD 与门的表示方法 　　图 7.13 PLD 或门的表示方法

2. PLD 的基本结构

PLD 的基本结构框图如图 7.14 所示。电路的主体是由门构成的"与门阵列"和"或门阵列"，可以实现组合逻辑函数。输入电路由缓冲器组成，可以使输入信号具有足够的驱动能力，并产生互补输入信号。输出电路可以提供不同的输出结构，如直接输出（组合方式），或通过寄存器输出（时序方式）。此外，输出端口通常有三态门，可通过三态门控制数据直接输出或反馈到输入端。通常的 PLD 电路不是全部编程，而只有部分可编程。

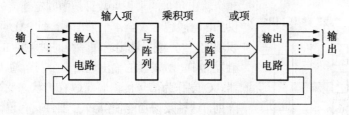

图 7.14 PLD 基本结构框图

PLD 早期产品有 PROM、PLA、PAL 和 GAL 四种结构，近期产品有 pLSI 和 ispLSI。

（1）PROM 结构。

PROM 由固定的"与"阵列和可编程的"或"阵列组成，如图 7.15 所示。

与门阵列为全译码制，当输入为 $A_1 \sim A_n$ 时，与门阵列的输出共 2^n 个与项。或门阵列为可编程阵列，如果 PROM 有 m 个输出，则包含有 m 个可编程的"或门"，每一个或门有 2^n 个输入与项可供选择，由用户编程来定。所以，在 PROM 的输出端，输出表达式是最小项之和的标准与–或表达式。

（2）PLA 结构。

PLA 是处理逻辑函数的一种更有效的方式，它的基本结构类似于 ROM，但它的"与"阵列是可编程的，产生函数所需的乘积项。"或"阵列也是可编程的，它选择所需的乘积项来实现"或"功能，在 PLA 的输出产生的逻辑函数是简化的"与-或"表达式。图 7.16 所示为 PLA 的基本结构。

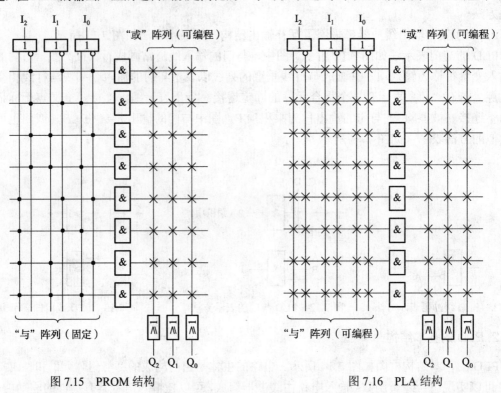

图 7.15　PROM 结构　　　　　　　　图 7.16　PLA 结构

（3）PAL 结构。

PAL 是在 ROM 和 PLA 的基础上发展起来的。其基本结构是可编程的"与"阵列和固定的"或"阵列组成，如图 7.17 所示。这种结构形式为实现大多数逻辑函数提供了最有效的办法。PAL 的每一个输出包含的乘积项数目是由固定连接的"或"阵列来提供的，一般包含 3 至 4 个乘积项，而 PAL 可提供 7 至 8 个乘积项的"与-或"输出。在系统时钟 CK 的作用下，存入 D 触发器中，触发器的输出送给带公共选通（OE）的输出缓冲器。Q 端作为信号传输端，$\overline{Q}$ 作为状态反馈端送回到"与"阵列，这种反馈功能使得 PAL 器件具有记忆功能，可以记忆先前的状态，也可以改变功能状态，因而器件可以构成状态时序机，实现加、减计数、移位、分支等操作。

（4）GAL 结构。

GAL 结构与 PAL 一样，由可编程的"与"阵列去驱动一个固定的"或"阵列，其差别在于输出结构不同，PAL 的输出端点是一个有记忆功能的 D 触发器，而 GAL 器件的每一个输出端都有一个可组态的输出逻辑宏单元 OLMC。GAL 采用了高速可擦除的 E^2CMOS 工艺，具有速度快、功

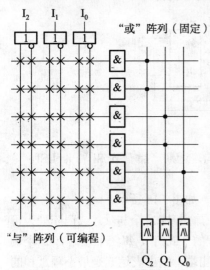

图 7.17　PAL 或 GAL 结构

耗低、集成度高等优点，由于输出端具有可编程的逻辑宏单元，可以由用户自己定义所需的输出状态，因此，GAL 成为各种 PLD 的理想产品。

7.2.2　FPGA 的结构

现场可编程门阵列（FPGA）是 20 世纪 80 年代中期出现的一种新型可编程逻辑器件。它由若干独立的可编程逻辑模块组成，用户可以通过编程将这些模块连接成所需要的数字系统。因为这些模块的排列形式和门阵列中单元的排列形式相似，所以沿用门阵列这个名称。FPGA 属于高密度 PLD，其集成度高达几万门/片以上。图 7.18 所示为一个典型的 FPGA 基本结构图。

FPGA 通常包括 3 类可编程资源。

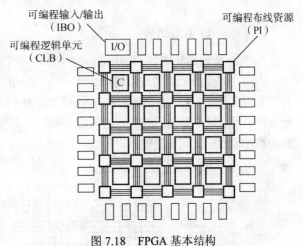

图 7.18　FPGA 基本结构

1. 可编程逻辑模块（CLB）

可编程逻辑模块（CLB）是排列规则的、实现基本逻辑功能的单元，又叫宏单元。它遍布整个芯片。由于实现的逻辑功能难易不同，所以 CLB 的规模也不同。规模小的，只有两个晶体；规模大的，完成的逻辑功能极其复杂。

2. 可编程输入/输出模块（IOB）

可编程输入/输出模块（IOB）完成的功能是连接芯片的外部封装。IOB 通常分布于可编程逻辑模块的四周，其结构因具体芯片而异。

3. 可编程内部互连（PI）

可编程内部互连（PI）是一些各种长度的连线和可编程开关，通过 PI 的配置，将内部各个 CLB、IOB 连接起来，实现系统的逻辑功能，构成用户电路。

7.3　PAL 器件结构及其应用

PAL 器件由可编程的与阵列、固定的或阵列和输出电路 3 部分组成。由于它的与阵列可编程，而输出结构的种类很多，因而给逻辑设计带来很大的灵活性。

7.3.1　PAL 器件结构

PAL 有许多产品型号，不同型号的器件其内部与阵列的结构基本相同，只是输出电路结构和反馈方式却不同，常见的有以下几种。

1. 专用输出结构

图 7.19 所示为专用输出结构的逻辑图。它是基本门阵列的输出加入反相器得到的。基本门阵列的输出结构也属于专用输出结构。另外，有的器件还采用了互补输出结构。

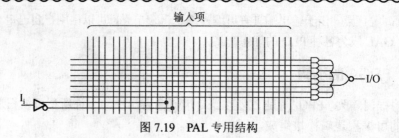

图 7.19　PAL 专用结构

2. 异步 I/O 输出结构

图 7.20 所示为异步 I/O 输出结构的逻辑图。该图的或门实现了 7 个乘积项的逻辑加，其输出为三态门，它受最上面的与门输出（第一项）控制。如果编程时，此项常为"0"，即该与门的所有输入项都接通，则三态门处于高阻态，此时，I/O 端可作为输入端，右面的缓冲器为输入缓冲器。相反，编程后最上面与门的所有输入项都断开，三态门被接通，I/O 端只能作为输出端，这时，右面的缓冲器将输出反馈至输入。但是，反馈来的信号能否成为与门输入，还得视编程而定。

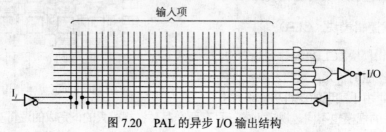

图 7.20　PAL 的异步 I/O 输出结构

3. 寄存器输出结构

图 7.21 所示为寄存器输出结构逻辑图。它是在基本门阵列的基础上加入 D 触发器得到的。在时钟 CK 上升沿到达时，或门输出（乘积项之和）存入 D 触发器，同时通过三态门送到输出端。另外，$\overline{Q}$ 通过右面的缓冲器反馈至与门阵列。这种电路能够满足时序电路设计的需要。

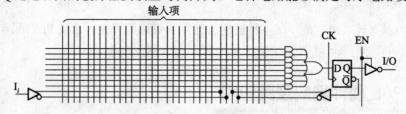

图 7.21　PAL 的寄存器输出结构

4. 异或型输出结构

图 7.22 所示为异或型输出结构逻辑图。它是把乘积项分成两个和项，在 D 触发器输入端异或，并在 CK 上升沿到达时，存入 D 触发器。

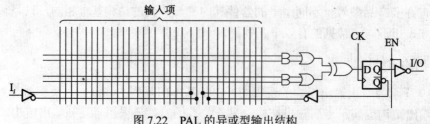

图 7.22　PAL 的异或型输出结构

PAL 器件除了以上几种结构外,还有算术选通反馈结构。另外还有许多种不同型号的 PAL 产品供用户选用。

7.3.2　PAL 器件举例及应用

PAL 器件速度快,功耗低,并且有多种结构类型,可用来设计组合逻辑电路和时序逻辑电路。设计时,主要考虑以下 5 个方面。

① 一个 PAL 器件的输入/输出引出端总数是有限的。

② 每个 PAL 器件输出乘积项数目是有限的。

③ 在具有寄存器和宏单元结构的 PAL 器件中,当逻辑单元中的寄存器作为内部反馈寄存器使用时,需要占用一个逻辑单元,则对应的输出引出端不能再作为其他用途;当逻辑单元作为组合输出时,也占用一个逻辑单元,其内部寄存器也不能使用。

④ 若具体设计要求无法用一个 PAL 器件来完成,可以选用多个 PAL 器件。在进行逻辑划分时,既要有效地利用每个 PAL 器件的资源,又要使各个 PAL 器件间的连续数量尽量要少。

⑤ 若设计组合逻辑电路,可选用纯组合型 PAL 器件,也可以选用内部含有触发器的复合型或宏单元型 PAL 器件,通过编程,使之成为纯组合型器件。

【例 7.3】 用 PAL 器件实现一个带使能输出的 2-4 线译码器(见表 7.1)。

解: ① 列写输入/输出表达式。设输入端为 A_1A_0,输出端为 $\overline{Y}_3\,\overline{Y}_2\,\overline{Y}_1\,\overline{Y}_0$,使能端为 $\overline{ST}$。

表 7.1　2-4 线译码器真值表

$\overline{ST}$	A_0	A_1		$\overline{Y}_3$	$\overline{Y}_2$	$\overline{Y}_1$	$\overline{Y}_0$
1	×	×		1	1	1	1
0	0	0		1	1	1	0
0	0	1		1	1	0	1
0	1	0		1	0	1	1
0	1	1		0	1	1	1

使能端有效时的输出表达式为:

$$\overline{Y}_0 = \overline{\overline{A_1}\,\overline{A_0}}\;, \quad \overline{Y}_1 = \overline{\overline{A_1}\,\overline{A_0}}$$

$$\overline{Y}_2 = \overline{\overline{A_1}\,\overline{A_0}}\;, \quad \overline{Y}_3 = \overline{\overline{A_1}\,\overline{A_0}}$$

② 器件选择。由于输出表达式为组合型负逻辑函数,应选用输出低电平有效的基本"与-或"阵列型结构或可编程输入/输出型 PAL 器件。又要求使能输出,故应选用带三态控制的 PAL 器件。本例可选用 PAL16L8 器件。

③ 编程(画阵列图)。逻辑阵列图如图 7.23 所示。该图只是简化的示意图,其中使用了 4 个逻辑单元,每个单元只使用了 2 个乘积项,其他的乘积项没有画出。

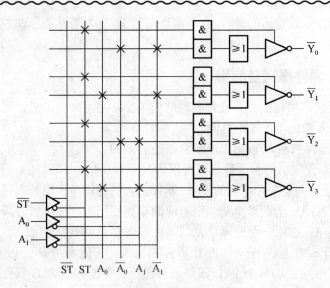

图 7.23 【例 7.3】简化示意图

7.4 GAL 器件结构及其应用

7.4.1 GAL 器件基本类型

GAL 是 Lattice 公司于 1985 年首先推出的可编程逻辑器件。它采用电擦除、电可编程的 E^2CMOS 工艺制作，可以反复编程几百次，甚至更多。GAL 器件的输出端设置了可编程的输出逻辑宏单元（OLMC），通过编程可以将 OLMC 设置成不同的输出方式。同一型号的 GAL 器件可以实现 PAL 器件所有的各种输出电路工作模式，即取代了大部分 PAL 器件，因此称之为通用可编程逻辑器件。

GAL 器件分为两大类：一类为普通型 GAL，其与或阵列结构与 PAL 相似，如 GAL16V8、ispGAL16Z8、GAL20V8 等；另一类更为先进，其与或阵列均可以编程，如 GAL39V8。

7.4.2 GAL 器件基本结构

以常见芯片 GAL16V8 为例，介绍 GAL 的基本结构。GAL16V8 是 20 个引脚的集成电路芯片，图 7.24 所示是该芯片的逻辑框图。GAL16V8 的内部电路结构主要有 5 部分。

① GAL16V8 的 2~9 脚是输入端，每个输入端有一个输入缓冲器，因它的 8 个输出端有时可以用做反馈输入，因此，最多可以有 16 个输入端。

② 有 8 个输出逻辑宏单元（OLMC），输出引脚为 12~19 脚。OLMC 包括"与"门、"或"门、"异或"门、D 触发器、2 个 2 选 1、2 个 4 选 1 多路选择器、输出缓冲器等。

③ GAL16V8 包括有 32 列×64 行的"与"阵列，32 列表示 8 个输入的原变量和反变量、8 个输出反馈信号的原变量和反变量，相当于 32 个输入变量。64 行表示 8 个输出的 8 个乘积项，相当于 64 个乘积项，因而，有 2048 个可编程单元（码点）。

④ 1 脚为系统时钟 CK。

⑤ 11 脚为输出三态公共控制端 OE。

另外，10 脚为公共接地端 GND，20 脚为直流电源 V_{CC}（接直流+5V）。

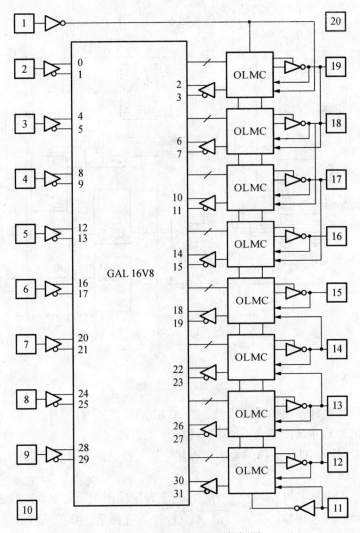

图 7.24 GAL16V8 的逻辑框图

GAL16V8 可以模拟 20 个引脚的 PAL 器件，可以替代 21 种 PAL 产品。其他常用 GAL 器件的用途和结构也基本与之相同，如 GAL20V8，若要详细了解，可以参阅相关书籍。

7.4.3 GAL 器件的输出逻辑宏单元 OLMC

GAL 器件的输出端都是输出逻辑宏单元（OLMC）结构。以 GAL16V8 为例，GAL16V8 内部有 8 个 OLMC，8 个 OLMC 在相应的控制字的控制下，具有不同的电路结构，即各种组态不同，这给 GAL 器件的设计带来了很大的灵活性和方便性。深刻了解 OLMC 的结构和原理是使用 GAL 器件设计数字系统的关键。

OLMC 由或门、异或门、D 触发器和 4 个 MUX 组成，其结构图如图 7.25 中虚线框部分所示。

每个 OLMC 包含或门阵列中的一个或门。一个或门有 8 个输入端，与来自与阵列的 8 个乘积项（PT）相对应。其中 7 个直接连接，第一个乘积项（图中最上边的一项）经 PTMUX

相连接，或门输出为有关乘积项之和。

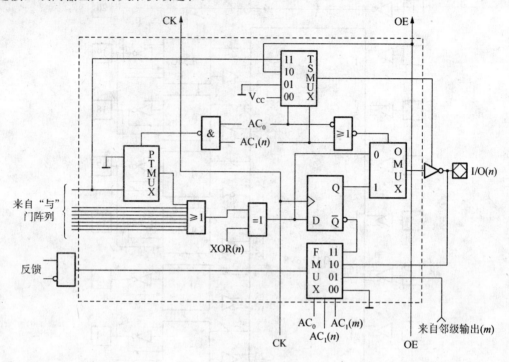

图 7.25　OLMC 逻辑框图

　　异或门的作用是选择输出信号的极性。当 XOR(n)为"1"时，异或门起反相器的作用，否则起同相器作用。XOR(n)是控制字中的一位，n 为引脚号。

　　D 触发器（寄存器）对异或门的输出状态起记忆（存储）作用，使 GAL 适用于时序逻辑电路。

　　4 个多路开关（MUX）在结构控制字段作用下设定输出逻辑宏单元的状态。

　　PTMUX 是乘积项选择器，在 $\overline{AC_1(n) \cdot AC_0}$ 控制下选择第一乘积项或地（0）送至或门输入端。

　　OMUX 是输出类型选择器，在 $\overline{AC_1(n)} + \overline{AC_0}$ 控制下选择组合型（异或门输出）或寄存型（经 D 触发器存储后输出）逻辑运算结果送到输出缓冲器。

　　TSMUX 是三态缓冲器的使能信号选择器，在 $AC_1(n)$ 和 AC_0 的控制下从 V_{CC}、地、OE 或第一乘积项中选择 1 个作为输出缓冲器的使能信号。

　　FMUX 是反馈源选择器。在 $AC_1(n)$ 和 AC_0 控制下选择 D 触发器的 $\overline{Q}$、本级 OLMC 输出、邻级 OLMC 的输出或地电平作为反馈源送回与阵列作为输入信号。

7.4.4　GAL 器件工作模式及应用

1. 结构控制字

　　GAL 器件各种各样组态形式的实现是由结构控制字来控制的。控制字共 82 位，每一位的功能如图 7.26 所示。图中 XOR(n)和 $AC_1(n)$ 下面的数字分别表示它们控制 GAL16V8 对应各个 OLMC 的引脚号。控制字的功能如下。

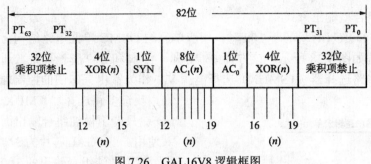

图 7.26　GAL16V8 逻辑框图

① 同步位 SYN。$SYN=0$ 时，GAL 器件具有寄存器型（时序型）输出能力；$SYN=1$ 时，GAL 器件为纯粹组合型输出能力。在最外层的两个输出宏单元中 $\overline{SYN}$ 代替 AC_0，用 SYN 代替 $AC_1(n)$ 作为 FMUX 的输入，以维持与 PAL 器件结构相兼容。

② 结构控制位 AC_0。这一位对于 8 个 OLMC 是公共的，它与各个 OLMC(n)中各自的 $AC_1(n)$ 相配合，控制 OLMC 中的各多路选择器。

③ 结构控制位 $AC_1(n)$。共有 8 个，每个 OLMC 都有自己单独的 $AC_1(n)$。对于 GAL16V8，n=12~19。

④ 极性控制位 $XOR(n)$。它控制 OLMC 中异或门的输出极性。$XOR(n)=0$ 时，输出信号 O(n)低电平有效；$XOR(n)=1$ 时，输出信号 O(n)高电平有效。

⑤ 乘积项 PT 禁止位。共 64 位，分别控制与阵列的 64 行，以便于屏蔽某些不用的乘积项。

2. OLMC 的 5 种工作方式及应用

在控制字 SYN、AC_0、$AC_1(n)$ 的控制下，GAL 的输出逻辑宏单元（OLMC）可以有 5 种组态，即 5 种工作方式。SYN 为 "0" 或 "1" 用以决定被组态的 OLMC 是组合还是时序电路；AC_0、$AC_1(n)$ 用以控制 OLMC 的电路结构，AC_0 是 8 个 OLMC 共用的，而 $AC_1(n)$ 则是每个 OLMC 单独具有的。下面以 GAL16V8 为例来介绍 OLMC 在控制下出现的 5 种工作方式。

（1）专用组合输入方式。

SYN、AC_0、$AC_1(n)$ 均等于 101 时，相应单元的 OLMC 的电路结构为专用组合输入方式。该方式中，OLMC 是组合电路，1 脚、11 脚和 2~9 脚一样可以作为普通数据输入端使用。输出允许控制多路选择器（TSMUX）选择 "地" 作为输出三态门的控制端，于是三态门禁止工作而使其 I/O 端不能作输出而只能借用邻级的反馈开关作组合电路的反馈输入使用，而本单元的反馈开关被邻级占用做反馈输入。例如，18 脚的反馈开关被邻级 19 脚占用做为反馈输入；同理，17 脚、16 脚的反馈开关分别被邻级的 18 脚、17 脚占用做为反馈输入；15 脚、14 脚、13 脚、12 脚的反馈开关被邻级的 14 脚、13 脚、12 脚、11 脚占用做为反馈输入；15 脚、16 脚因无反馈开关使用而不能作为输入，故只能作为组合输出的 100 方式而不是 101 方式。OLMC 在 101 方式时的电路结构如图 7.27 所示。

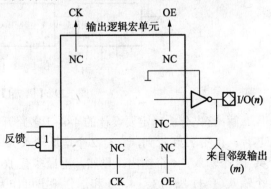

图 7.27　OLMC 专用组合输入结构

（2）专用组合型输出方式。

SYN、AC_0、$AC_1(n)$ 均等于 100 时，相应单元的 OLMC 单元电路结构为专门组合输出方式，电路结构如图 7.28 所示。该方式中，1 脚、11 脚和 2~9 脚一样是普通数据输入端。输出允许控制多路选择器（TSMUX）选择电源 V_{CC} 作为输出三态门的控制端，输出始终允许，反馈多路选择器 FMUX 接地，相应的 I/O 端只能用做纯组合输出而不能作反馈输入使用。一个 GAL 芯片的 8 个 OLMC（12~19 脚）都用做纯组合输出的 100 方式，输出函数的或项最多可有 8 项。在要求输入多而输出少的组合电路设计中，可以把除 15 脚、16 脚之外的其他输出引脚（12~14、17~19 脚）中的一个或几个用做输入，这些用做输入的输出引脚的 OLMC 就是 101 方式，用做输出就是 100 方式。

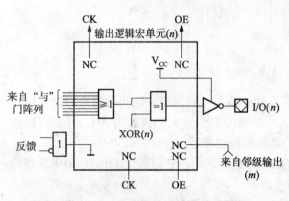

图 7.28　OLMC 专用组合型输出结构

从以上的 101 和 100 两种方式中可以看出，一个 GAL 芯片的 8 个 OLMC（12~19 脚）可以都用做纯组合输出（都是 100 方式），但 8 个 OLMC 不可能都被用做组合输入（101 方式），起码有 15 脚、16 脚必须是组合输出 100 方式，即 101 方式必须与 100 方式并存于一个 GAL 芯片时才有意义。101 和 100 方式用于无反馈的纯组合逻辑电路设计中。编程时使用的语句为：输出引脚名=逻辑表达式。例如

$$F_1 = A * /B * C + /B * /C$$
$$F_2 = /A * /C + B * C + /A * B$$

式中，F_1、F_2 是输出引脚名，等号右边的逻辑表达式中的变量 A、B、C 是输入。输出 F_1、F_2 没有出现在等号右侧的输入变量组成的表达式中，故 F_1、F_2 表示的电路就是无反馈的组合电路。

下面举例说明。

【例 7.4】用 GAL 芯片设计如图 7.29 所示的 4×4~1 多路开关。

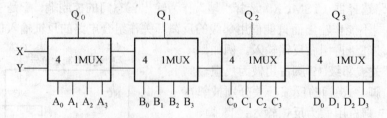

图 7.29　【例 7.4】的 4×4~1 多路开关

解： 首先分析确定要设计的 4×4~1 多路开关的输入、输出个数，以此来确定选用哪种 GAL 芯片。由图 7.29 看到，它有 2 个地址输入 X、Y，每个 4~1MUX 都有 4 个输入、一个输出，共 18 个输入、4 个输出。显然，用最多有 16 个输入的 GAL16V8 是不够的，故应该选用 20 个输入（1~11 脚、13、14、23 和部分输出可作为反馈输入），8 个输出（15~22 脚）的 GAL20V8。4×4~1MUX 是无反馈的纯组合电路，故应该用无反馈组合电路的编程语句"输出引脚名=逻

辑表达式"来编程。源程序如下：

```
PLD20V8
X1.PLD
X    Y    A0   A1   A2   A3   B0   B1   B2   B3   C0   GND
C1   C2   C3   D0   D1   O0   O1   O2   O3   D2   D3   Vcc
O0=A0*/X*/Y+A1*/X*Y+A2*X/Y+A3*X*Y
O1=B0*/X*/Y+B1*/X*Y+B2*X/Y+B3*X*Y
O2=C0*/X*/Y+C1*/X*Y+C2*X/Y+C3*X*Y
O3=D0*/X*/Y+D1*/X*Y+D2*X/Y+D3*X*Y
DESCRIPTION
```

　　用户无须过问 GAL 芯片 8 个 OLMC 的工作方式，只需按要求编出正确的源程序。以上程序输入计算机，经过 FM 软件编译后，FM 软件会根据程序自动地使作为输出的 O_0、O_1、O_2、O_3 占用的 18、19、20、21 引脚所在的 OLMC 控制字为 100 方式；使占用其他 4 个输出端作为输入 C_3、D_0、D_1、D_2 的 15、16、17、22 脚的 OLMC 的控制字为 101 方式。该程序写入 GAL20V8 后，该 GAL 芯片就能实现 4×4~1MUX 的设计。

　　（3）带反馈的组合型输出方式。

　　SYN、AC_0、$AC_1(n)$ 均等于 111 时，被组态的 OLMC 单元为反馈组合型输出方式，电路结构如图 7.30 所示。该方式中，1 脚、11 脚和 2~9 脚一样是普通数据输入端。输出允许控制多路选择器（TSMUX）选择 8 个与项的第一个与项作为输出三态门的控制端，

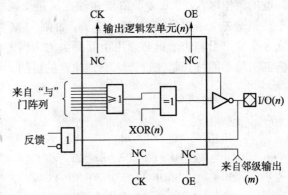

图 7.30　OLMC 反馈组合输出结构

故输出函数最多有 7 个或项。13~18 脚的 I/O 端既可以作为输出，又可使用本单元的反馈开关反馈输入。111 方式时的编程语句为一对方程：

　　输出引脚名=逻辑表达式

　　输出引脚名·OE=V_{CC}（或者逻辑表达式）

　　111 方式要注意以下两点。

　　① 上、下两个宏单元（即 GAL16V8 的最上和最下两个 OLMC），要用 $\overline{SYN}$ 代替 AC_0，用 SYN 代替 $AC_1(n)$ 作为反馈多路选择器（FMUX）的控制输入，以维持与 PAL 器件结构 JEDEC 熔丝图的完全兼容性。于是 19 脚的反馈开关被 1 脚占用，12 脚的反馈开关被 11 脚占用，使得上、下 2 个宏单元，即 19 脚和 12 脚因无反馈开关使用而只能作为输出而不能用做反馈输入。换句话说，用 GAL 芯片设计组合电路时，19 脚和 12 脚只能用做无反馈的输出而不能用做有反馈的组合输出函数的输出端。

　　② 111 方式中，只要有一个 OLMC 是 111 方式，则 8 个 OLMC 必然都是 111 方式，即使最上和最下 2 个 OLMC 也不例外，甚至无输出引脚也是一样。

　　【例 7.5】用 GAL 芯片设计 2 个 4 位二进制数：$N_1 = X_0X_1X_2X_3$，$N_2 = Y_0Y_1Y_2Y_3$ 相减的 4 位全减器。

　　解：4 位全减器的示意图如图 7.31 所示。

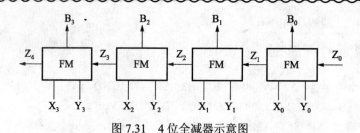

图 7.31　4 位全减器示意图

此处，设 B_i 为差，Z_{i+1} 为向高位的借位。根据组合逻辑的相关知识，可以得出 B_i、Z_{i+1} 的表达式：

$$B_i = X_i \oplus Y_i \oplus Z_i = /X_i * /Y_i * Z_i + /X_i * Y_i * /Z_i + X_i * /Y_i * /Z_i + /X_i * /Y_i * Z_i$$

$$Z_{i-1} = /X_i * Y_i + /X_i * Z_i + Y_i * Z_i$$

4 位全减器有最低位 Z_0，被减数 $X_3X_2X_1X_0$，减数 $Y_3Y_2Y_1Y_0$ 共 9 个输入。有 4 个本位差 $B_3B_2B_1B_0$ 和向高位的借位 $Z_4Z_3Z_2Z_1$ 共 8 个输出端，其中 Z_3、Z_2、Z_1 既是低位的借位输出又是高位的借位输入，Z_3、Z_2、Z_1 既是输出又是反馈输入。$B_3 \sim B_0$、Z_4 是无反馈的输出函数，注意不要把这 3 个函数放在 19 脚、12 脚，否则，FM 将不予以编辑并指出错误所在。$B_3 \sim B_0$、$Z_4 \sim Z_1$ 这 8 个输出引脚的函数必须用上面提到的一对方程来编程，否则，尽管 FM 软件不指出错误，但三态门不能打开而使设计达不到预定的目的。4 位全减器编程如下：

```
PLD16V8
M. PLD
Z0    X0   Y0   X1   Y1   X2   Y2   X3   Y3   GND
NC    B0   B1   B2   B3   Z1   Z2   Z3   Z4   Vcc
B0=/X0*/Y0*Z0+/X0*Y0*/Z0+X0*/Y0*/Z0+X0*Y0*Z0
B1=/X1*/Y1*Z1+/X1*Y1*/Z1+X1*/Y1*/Z1+X1*Y1*Z1
B2=/X2*/Y2*Z2+/X2*Y2*/Z2+X2*/Y2*/Z2+X2*Y2*Z2
B3=/X3*/Y3*Z3+/X3*Y3*/Z3+X3*/Y3*/Z3+X3*Y3*Z3
Z1=/X0*Y0 +/X0*Z0+Y0*Z0
Z2=/X1*Y1 +/X1*Z1+Y1*Z1
Z3=/X2*Y2 +/X2*Z2+Y2*Z2
Z4=/X3*Y3 +/X3*Z3+Y3*Z3
B0.OE=Vcc
B1.OE=Vcc
B2.OE=Vcc
B3.OE=Vcc
Z1.OE=Vcc
Z2.OE=Vcc
Z3.OE=Vcc
Z4.OE=Vcc
DESCRIPTION
```

可见，111 方式用于设计带反馈的组合电路。反之，若设计带反馈的组合电路，只要按 111 方式下指定的一对方程形式编程，FM 软件就会使控制字是 111 方式。

（4）时序逻辑中的组合输出方式。

SYN、AC_0、$AC_1(n)$ 均等于 011 时，被组态的 OLMC 单元为时序逻辑中的组合输出方式，电路结构如图 7.32 所示。该方式中，1 脚为 CK 时钟，11 脚为三态公共控制端 $\overline{OE}$，它们不再作为普通数据输入端去占用最上、最下的两个宏单元（19 脚、12 脚）的反馈开关，故 19 脚和 12 脚也和 13~18 脚一样既是输出又可以使用本单元的反馈开关作反馈输入。011 方式与 111 方式相比，有完全相同的 OLMC 电路结构，即有相同的电路功能。但 011 方式中 $SYN=0$，故不允许 8 个 OLMC 全是组合电路，必须有一个以上是时序型输出（010 方式）。010 方式下，OLMC 的时序输出函数最多可有 8 个或项，每个 I/O 端既可作输出又可使用本单元的反馈开关作反馈输入，编程语句为"输出引脚名：=逻辑表达式"。具体情况见下面的 010 方式介绍。

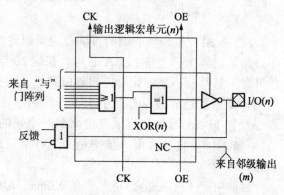

图 7.32　OLMC 时序逻辑中的组合输出结构

若 8 个 OLMC 都是反馈组合电路，则 8 个 OLMC 都是 111 方式。若 8 个 OLMC 都是时序单元，则 8 个 OLMC 都是 010 方式。011 方式只有和 010 方式共存于一个 GAL 芯片才有意义，故 011 方式叫做时序中的组合输出结构。因而 011 方式用于既有时序电路又有组合电路的数字系统中。用户无须直接过问 OLMC 的工作方式，只要用户按 FM 软件的语法和格式编写源程序，就会使相应的 OLMC 有一定的控制字。

（5）时序型输出方式。

SYN、AC_0、$AC_1(n)$ 均等于 010 时，被组态的 OLMC 单元为时序逻辑中的组合输出方式，电路结构如图 7.33 所示。该方式中，1 脚为 CK 时钟，11 脚为三态公共控制端 $\overline{OE}$。8 个 OLMC 可以都是时序型输出的 010 方式，每个 I/O 端既可作输出又可使用本单元的反馈开关作反馈输入，输出逻辑函数的或项最多可有 8 项。010 方式用于纯时序电路的设计，编程语句为"输出管引名：=逻辑表达式"。反之，只要用户用该语句编程，软件就可以使控制字为 010 方式，就可以控制相应的 OLMC 为时序单元。

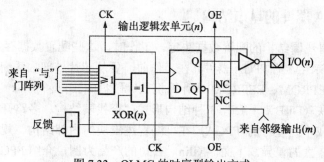

图 7.33　OLMC 的时序型输出方式

在控制字 SYN、AC_0、$AC_1(n)$ 的控制下，应该有 8 组 3 位二进制作为 OLMC 的工作方式控制字。上述 5 种工作组态，是在 SYN、AC_0、$AC_1(n)$=101、100、111、011、010 时形成的，那么，000、001、110 三种工作方式为何不存在呢？这是因为在 000、001 工作方式中，$SYN=0$，就意味着 8 个 OLMC 中起码有一个是时序型的输出，而时序型输出的特点是 AC_0、

$AC_1(n)$ =11 或 10，即 AC_0 肯定为 1，但这与 000、001 相矛盾，故 000、001 两种工作方式不存在。同理，110 方式中，SYN =1 就意味着 8 个 OLMC 都是组合型输出，而 110 方式中，AC_0、$AC_1(n)$ =10，这时，OLMC 中的 OMUX 必然选择时序型（寄存器型）输出，这一矛盾也决定了 110 方式不可能存在。所以，OLMC 只有上述 5 种工作方式。

7.5 现场可编程逻辑器件 FPGA

7.5.1 概述

FPGA 是一类高集成度的可编程逻辑器件，起源于美国的 Xilinx 公司，该公司于 1985 年推出了世界上第一块 FPGA 芯片。在这 20 年的发展过程中，FPGA 的硬件体系结构和软件开发工具都在不断地完善，日趋成熟。从最初的 1200 个可用门，90 年代时几十万个可用门，发展到目前数百万门至上千万门的单片 FPGA 芯片，Xilinx、Altera 等世界顶级厂商已经将 FPGA 器件的集成度提高到一个新的水平。FPGA 结合了微电子技术、电路技术、EDA 技术，使设计者可以集中精力进行所需逻辑功能的设计，缩短设计周期，提高设计质量。

目前生产 FPGA 的公司主要有 Xilinx、Altera、Actel、Lattice、QuickLogic 等，生产的 FPGA 品种和型号繁多。尽管这些 FPGA 的具体结构和性能指标各有特色，但它们都有一个共同之处，即由逻辑功能块排成阵列，并由可编程的互连资源连接这些逻辑功能块，从而实现不同的设计。

典型的 FPGA 通常包含 3 类基本资源：可编程逻辑模块（CLB）、可编程输入/输出模块（IOB）和可编程布线资源（PI）。可编程逻辑功能块是实现用户功能的基本单元，多个逻辑功能块通常规则地排成一个阵列结构，分布于整个芯片；可编程输入/输出块完成芯片内部逻辑与外部引脚之间的接口，围绕在逻辑单元阵列四周；可编程内部互连资源包括各种长度的连线线段和一些可编程连接开关，它们将各个可编程逻辑块或输入/输出块连接起来，构成特定功能的电路。用户可以通过编程决定每个单元的功能以及它们的互连关系，从而实现所需的逻辑功能。

7.5.2 FPGA 器件的基本结构

FPGA 的功能有逻辑结构的配置数据决定。工作时，这些配置数据存放在片内的 SRAM 或熔丝图上。基于 SRAM 的 FPGA 器件，在工作前需要从芯片外部加载配子数据。配置数据可以存储在片外的 EPROM、EEPROM 或计算机软、硬盘中。

可配置逻辑模块（CLB）一般有 3 种结构形式：查找表结构、多路开关结构、多级与非门结构。不同厂家或不同型号的 FPGA，在可编程逻辑块的内部结构、规模、内部互连的结构等方面经常存在较大的差异。下面，Xilinx 公司的产品为例，介绍 FPGA 的 3 大模块的基本特点。

1. 可编程逻辑模块（CLB）

CLB 是 FPGA 的主要组成部分。图 7.34 所示为 XC4000 系列 CLB 的基本结构框图，它主要由逻辑函数发生器、除法器、数据选择器和信号变换 4 部分电路组成。

　　CLB 中 3 个逻辑函数发生器分别是 G、F 和 H，相应的输出是 G_0、F_0 和 H_0，它们均为查找表结构，其工作原理类似于 ROM 实现组合逻辑函数。G 有 4 个输入变量 G_4、G_3、G_2 和 G_1；F 有 4 个输入变量 F_4、F_3、F_2 和 F_1。这 2 个逻辑函数发生器是完全独立的，均可以实现 4 输入变量任意组合逻辑函数。逻辑函数发生器 H 有 3 个输入信号：其中 2 个输入信号来自于前 2 个函数发生器的输出 G_0 和 H_0；另一个输入信号是来自于信号变换器电路的输出 H_1，这个函数发生器能实现 3 输入变量的各种组合函数。这 3 个函数发生器结合起来，可实现 4 输入、5 输入，最多可达 9 输入。这位单片 CLB 实现复杂电路提供了条件。

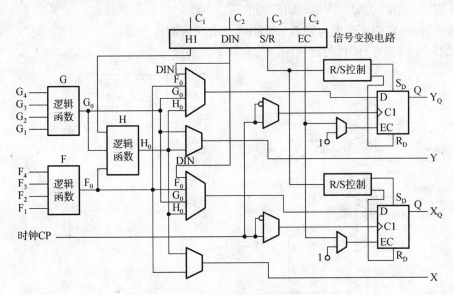

图 7.34　XC4000 CLB 的结构图

　　通过对 CLB 内部的数据选择器编码，逻辑函数发生器 G、F 和 H 的输出可以连接到 CLB 内部触发器，或者直接连到 CLB 的输出端 X 或 Y。

　　CLB 中有两个边沿触发的 D 触发器，它们和逻辑函数发生器一起，可以实现各种时序逻辑电路。

　　两个 D 触发器具有如下特点：每个触发器均通过编程确定为时钟上升沿触发或下降沿触发；每个触发器均有时钟使能信号 EC，它可以通过信号变换电路受外部信号控制或固定逻辑电平“1”；通过对 R/S 控制逻辑的编程，每个 D 触发器均可经信号变换电路，分别进行异步置位或异步清 0 操作，也可以对一个触发器异步置位而对另一个异步清 0。CLB 的这种特殊结构，使触发器的时钟、时钟使能、置位和复位均可被独立设置，且可独立工作，彼此之间没有约束关系，从而为实现不同功能的时序逻辑电路提供了可能。

　　D 触发器激励端的数据来源是由编程确定的，可以从 G_0、F_0、H_0 或者信号变换电路送来的 DIN 这 4 个信号中选择一个。触发器的状态经 CLB 的输出端 Y_Q 和 X_Q 输出。

　　CLB 中有许多不同规格的数据选择器（4 选 1、2 选 1 等），分别用来选择触发器激励输入信号、时钟有效边沿、时钟使能信号以及输出信号。这些数据选择器的地址控制信号均由编程信息提供，从而实现所需的电路结构。

　　F 和 G 组合逻辑函数发生器还可以作为器件内高速 RAM 或小的可读/写存储器使用。它由信号变换电路编程控制，当信号变换电路编程设置存储功能无效时，F 和 G 作为组合逻辑函数发生器使用，4个控制信号 $C_1 \sim C_4$ 分别将 H1、DIN、S/R（异步置位/复位）和 EC（使能）信号接入 CLB 中，作为函数发生器的输入可控制信号。当信号变换电路编程设置存储器功能有效时，F 和 G 作为器件内部存储器使用，4个控制信号 $C_1 \sim C_4$ 分别将 WE、D_1、A_4、D_0 和 EC（不用）信号接入到 CLB 中，作为存储器的写使能、数据信号或地址信号。此时，$F_1 \sim F_4$ 和 $G_1 \sim G_4$ 输入相当于地址输入信号 $A_0 \sim A_3$，以选择存储器中的特定存储单元。

2. 可编程输入/输出模块（IOB）

IOB 提供了器件引脚和内部逻辑阵列的接口电路。每个 IOB 控制一个引脚（除电源线和地线引脚外），将它们可配置为输入、输出或者双向传输信号端。

图 7.35 为 XC4000 IOB 的结构图，包含以下 3 部分。

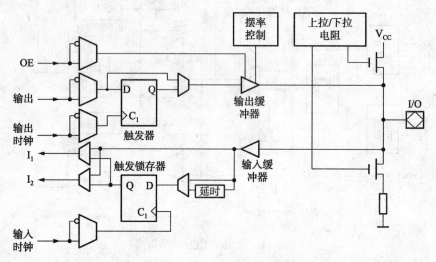

图 7.35　XC4000 IOB 的结构图

（1）输入通路。

当 IOB 控制的引脚被定义为输入时，通过该引脚的输入信号先送到输入缓冲器。缓冲器的输出分为两路：一路可以直接送到 MUX；另一路经延迟几纳秒（或不延迟），送到输入通路 D 触发器，再送到数据选择器。通过编程给数据选择器不同的控制信号，确定送至 CLB 阵列的 I_1、I_2 是来自输入缓冲器，还是来自触发器。D 触发器可通过编程来确定是边沿触发还是电平触发，且配有独立的时钟。与前述 CLB 的触发器一样，也可以选择上升沿或下降沿作为有效作用沿。

（2）输出通路。

当 IOB 控制的引脚被定义为输出时，CLB 阵列的输出信号 OUT（或 $\overline{\text{OUT}}$）同样可以有两条传输途径：一是直接经 MUX 送至输出缓冲器；二是先存入输出通路 D 触发器，在送至输出缓冲器。输出通路 D 触发器也有独立的时钟，且可以任选触发边沿。输出缓冲器既受 CLB 送来的 OE（或 $\overline{\text{OE}}$）信号控制，使输出引脚有高阻状态，还受转换速率控制电路的控制，使它可高速或低速运行，后者又有抑制噪声的作用。

（3）输出专用推拉电路。

IOB 的输出配有 2 个 MOS 管，它们的栅极均可以编程，使 MOS 管道通或截止，分别经上拉电阻或下拉电阻接通 V_{CC}、地线或者不接通，用以改善波形和负载能力。

3. 可编程内部互连（PI）

FPGA 芯片内部单个 CLB 输入/输出之间、各个 CLB 之间、CLB 和 IOB 之间的连线由许多金属线段构成，这些金属线段带有可编程开关，通过自动布线实现所需功能的电路连接。连接通路的数量与器件内部阵列的规模有关，阵列规模越大，连线数量越多。

互连线按相对长度分为单线、双线和长线 3 种。单线和长线主要用于 CLB 之间的连接。在这种结构中，任意两点之间的连接都要通过开关矩阵。它提供了相邻 CLB 之间的快速互连和复杂互连的灵活性，但传输信号每通过一个可编程开关矩阵，就增加一次延时。因此，FPGA 的内部时延与器件结构和逻辑布线等有关，它的信号传输时延不可确定。

7.5.3　应用举例

FPGA 的应用有很多，这里仅简要介绍下面几个方面的内容：可编程片上系统与嵌入式系统、高性能数字信号处理系统、可重配置计算系统、基于网络的可重配置技术、IP 核的开发与复用技术。随着技术的进步和需求的发展，这方面的内容必将逐步普及，并不断得到扩充。

1. 可编程片上系统与嵌入式系统

把整个数字系统或整个系统的数字部分实现在一块可编程逻辑器件芯片上，就构成了可编程片上系统（SOPC）。SOPC 是一种比较特殊的嵌入式系统：它不仅是一个由单个芯片完成系统的主要逻辑功能的片上系统（SOC），更重要的，它是一个可编程的系统，结合了 SOC 和 FPGA 的优势，设计、实现、扩展、升级都非常灵活方便，并且具有软硬件在系统可编程的能力。

在 FPGA 上实现可编程片上系统，一般包含嵌入式处理器核、其他功能模块以及相应的接口电路，要求 FPGA 具有丰富的可编程逻辑资源，一定容量的片内存储器，较灵活的调试接口，以及丰富的 IP 核资源。具体设计中将涉及嵌入式系统设计的各方面技术内容，包括处理器、嵌入式操作系统、高速电路设计等。另外，由于主要的逻辑设计是在 FPGA 上进行，因此还涉及软硬件协同设计和仿真技术。

集成了硬核或软核 CPU、DSP、存储器、外围 I/O 及可编程逻辑模块的 SOPC，在设计和应用的灵活性以及成本方面有较大的优势。为了实现 SOPC，国际上著名的现场可编程逻辑器件厂商（如 Altera、Xilinx 等）都在不断努力，开发适于系统集成的新器件和开发工具，这又进一步促进了 SOPC 的发展。

2. 高性能数字信号处理系统

数字信号处理（DSP）已经广泛应用于消费电子、汽车、国防等领域。多媒体信息处理、雷达信号处理、软件无线电等应用都要求系统具有极高的数字信号处理能力。这种需求不仅促使数字信号处理器的不断改进，也推动了 FPGA、AISC 等硬件解决方案的发展。

FPGA 能够高效地实现多种 DSP 应用。目前，在数字通信、网络、视频和图像等应用领域，FPGA 已经成为数字信号处理系统的核心器件。除了查找表和寄存器，很多 FPGA 芯片中还具有多个专为高性能 DSP 而设计的硬件乘法器、加法器单元、高速输入/输出接口，甚至包含 DSP 专用的逻辑单元。这些硬件资源与片内的分布式存储器、块状存储器、处理器核、可编程逻辑可以高速互连，为用户提供高性能的 DSP 处理能力。

FPGA 所具有的大规模并行处理能力和可编程的灵活性使得 DSP 系统设计能获得极高的处理性能，并且能够适应日益变化的标准、协议和性能需求。相对于高端 DSP 处理器，使用 FPGA 可以提高集成度，降低系统成本。Xilinx、Altera 等公司提供的高性能 FPGA 器件、IP 核、嵌入处理器，已经成为 DSP 应用的高效替代方案，采用基于 Matlab 的系统级设计方式，使用方便。因此，对 FPGA 和硬件描述语言不熟悉的设计者可以使用 Matlab、Simulink 以及 FPGA 厂商提供的软件工具进行基于 FPGA 的 DSP 设计。

另外，主要的 FPGA 厂商和第三方 IP 设计公司都在提供越来越多的 DSP-IP 核，利用这些资源，设计者可以将精力集中在高层次设计上，无须关心底层模块的实现细节，缩短开发周期，减小开发成本。

3. 可重配置计算系统

可重配置计算又称为自适应计算，是一种新型的、介于 ASIC 和通用处理器之间的计算模式。这种计算模式同时具有硬件的灵活性和软件的可编程性，可以配置各种系统实现的模式和参数，包括处理器个数、互连机制、存储器容量与使用模式、外部设备与接口、高级语言编程、操作系统支持等。

这种计算结构的硬件一般由多个可重配置的功能单元、处理器和互连结构组成。FPGA 是目前可重配置计算硬件中的关键部件，它可以很容易的通过重新下载配置信息来改变功能，这样就可以将多项工作利用同一个 FPGA 芯片以时分复用的方式分别完成，用较小规模的 FPGA 芯片实现更大规模的数字系统。

更重要的是，可重配置逻辑可以配置成不同的功能，从而为不同的应用和计算提供硬件支持。因此可重配置计算要求硬件具有动态可重配置的能力，即能够实时更新 FPGA 器件的全部或部分逻辑。在对部分逻辑功能进行更新时，不影响期间中其他逻辑单元的正常工作。因此，FPGA 器件的动态可重配置能力是可重配置计算的实现基础，目前少量高端的 FPGA 芯片能够在一定程度上支持动态可重配置。

4. 基于网络的可重配置逻辑

基于网络的可重配置逻辑，其中网络主要指的是 Internet，也可以是无线网络、电话网络、或其他的网络连接机制。基于 Internet 的可重配置逻辑（IRL）是 Xilinx 倡导的一种新的 FPGA 设计理念，这种技术的核心是通过 Internet 对远程设备的硬件设计和软件程序进行升级、重构、调试和监控。

一般来说，IRL 功能应该具有如下功能：网络接入功能（包括硬件接口和协议栈）、网络数据交换功能、FPGA 配置功能（可能需支持 JTAG 模式）、故障恢复功能等。在嵌入式 Internet 技术和处理器的支持下，这些功能目前已经可以实现，甚至可以使用 FPGA 内嵌的处理器核来实现。

设备厂商可以通过 Internet 访问远程目标机，通过 HTTP、FTP 等网络协议实现数据、文件传输和交互控制的功能。从而实现设备或产品的远程监控、调试、维护、修复、升级等操作。

采用 IRL 技术将给设备厂商带来几个好处：缩短产品上市时间、减少产品维护费用、延长产品生命周期。随着嵌入式系统和 Internet 技术的蓬勃发展，这种设计理念必将对嵌入式设备的设计模式产生深远的影响。

5. IP 核的开发与复用

数字系统一般由多个功能模块构成，其中很多模块是通用的，FPGA 和 EDA 厂商预先设计调试好这些通用单元，构成具有自主知识产权的功能模块，称之为 IP 核。IP 核的开发和复用技术是 FPGA 高级应用的技术基础和强有力的支持。

IP 复用技术是指在设计过程中，通过继承、共享或购买所需的 IP 核，然后再利用 EDA 工具进行设计、综合和验证，从而加速系统的设计过程，降低开发风险。由于系统设计复杂性的提高以及上市时间方面的压力，设计者不断寻求有效的设计方法，以缩短设计周期，提高设计效率。使用大容量 FPGA 进行复杂数字系统设计时，采用 IP 核复用技术是十分必要的，并且正在逐渐成为系统设计的重要手段，从而缩短设计周期和上市时间，降低风险，减小投入，提高系统的性能和可靠性。

IP 核是 IP 复用的载体和核心内容，对于不同的应用需求、协议规范和行业标准，IP 核也涵盖了处理器、外设控制器、DSP 算法等多个方面。为了使 IP 核易于使用，其设计必须遵循一定的规范和准则。许多研究和开发组织不仅开发了许多 IP 核，还编写了详细的 IP 核编码风格和项目模板，并倡导使用标准的互连机制，规范各种 IP 核的接口标准。

本 章 小 结

1. 大规模集成电路是数字系统中的重要器件。本章重点介绍只读存储器 ROM、随机读/写存储器 RAM、可编程逻辑器件 GAL 和 FPGA。

2. 只读存储器 ROM 的存储内容是固定不变。工作时存储内容只能读出、不能写入，且存储的内容在断电后仍能保持，常用于存放固定程序和数据。

随机存取存储器 RAM 在工作过程中信息可随时写入，也可以随时读出，并且读信息是非破坏性的，可反复读出。但是断电后存储的信息会全部丢失。

3. 可编程逻辑器件 PLD 电路的主体是由门构成的"与门阵列"和"或门阵列"，可以实现组合逻辑函数。通常的 PLD 电路只有部分可编程。PLD 早期产品有 PROM、PLA、PAL 和 GAL 四种结构，近期产品有 pLSI 和 ispLSI。

4. 现场可编程门阵列（FPGA）是 20 世纪 80 年代中期出现的一种新型可编程逻辑器件。它由若干独立的可编程逻辑模块组成，用户可以通过编程将这些模块连接成所需要的数字系统。因为这些模块的排列形式和门阵列中单元的排列形式相似，所以沿用门阵列这个名称。FPGA 属于高密度 PLD，其集成度高达几万门/片以上。

FPGA 通常包括 3 类可编程资源：可编程逻辑模块（CLB）、可编程输入/输出模块（IOB）、可编程内部互连（PI）。

习题 7

7.1　什么叫只读存储器？只读存储器分为哪几种？各有什么特点？

7.2　ROM 和 RAM 的主要区别是什么？它们各使用于哪些场合？

7.3　什么叫静态存储器？什么叫动态存储器？他们在电路结构和读/写操作上各有何特点？

7.4　有 3 个存储器，它们的存储容量分别为 2048×8 位、1024×8 位、4096×1 位，哪一个存储容量最大？它们的地址线和数据线各为多少条？

7.5　用 ROM 实现下列组合逻辑函数：

$$Y_0 = ABC + AB\overline{C} + \overline{A}BC + \overline{ABC}$$

$$Y_1 = \overline{A} + B\overline{C}\ \overline{D}$$

$$Y_2 = A\overline{C} + \overline{B}CD$$

$$Y_3 = \overline{ABCD} + \overline{A}BC\overline{D} + ABCD$$

7.6　用 ROM 设计一个 7 段码译码电路，将输入的 BCD 码翻译成驱动 7 段数码管所要求的 7 位代码 a、b、c、d、e、f、g，列出 ROM 的数据表，并画出点阵图。

7.7　用 ROM 设计两个 2 位二进制数相乘的运算器，列出 ROM 的数据表，并画出点阵图。

7.8　容量为 16K×8 的 RAM 芯片，有多少条地址线？

7.9　用 Intel 2116（16K×1 位）扩展为 16K×4 位的 RAM，需要几片 2116，画出连线图。

7.10　用 Intel 6264（8K×8 位）扩展为 16K×8 位的 RAM，画出连线图。

7.11　用 4 片 Intel 2114（1K×4 位）扩展为 2K×8 位的 RAM，画出连线图。

7.12　用 4 片 Intel 6116（2K×8 位）扩展为 8K×8 位的 RAM。

7.13　用 1 片 GAL16V8 实现如图 7.36 所示的门电路。

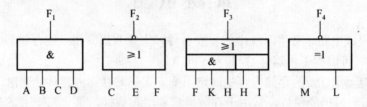

图 7.36　题 7.13 图

7.14　用 GAL 芯片设计把 4 位二进制数码转换成为 8421BCD 码。

7.15　用 GAL 芯片实现 3~8 线译码器。

7.16　可编程逻辑器件有哪些种类？它们的共同特点是什么？

7.17　比较 GAL 和 PAL 器件在电路结构形式上有何异同？

第8章 实验与实训

【学习指导】提高动手能力，强化技能训练，是高职生提高就业竞争力、在短时间内独立胜任相关工作岗位的关键因素之一。

实验 1 门电路逻辑功能测试

一、实验目的

1. 验证常用集成电路的逻辑功能。
2. 了解门电路的逻辑符号，熟悉外引线功能图。
3. 熟悉数字实验系统的使用方法。

二、实验原理

集成逻辑门电路是最基本的数字集成器件。任何复杂的数字逻辑电路都可以由各种逻辑门电路适当连接而成。熟悉门电路的工作原理，掌握门电路的外特性，熟练、灵活的使用门电路是学习这门课程的主要任务之一。

TTL 门电路由于工作速度快、种类多、不宜损坏等优点，而得到广泛的使用。在此，对门电路逻辑功能进行测试时，选用 TTL 门电路中应用较为广泛的 LS 系列为例进行。在进行实验时，除非特殊说明，一般集成电路均选用双列直插式封装形式。该类集成电路，若将正面凹口朝左放置，左下脚为 1 引脚，逆时针排列。具体集成电路引脚功能可查阅相关手册。

通过该实验，使读者对常用集成电路的逻辑功能进行验证。

三、实验仪器及器材

1. 数字电路实验系统
2. 部分 74LS 系列集成电路（00、04、08、32、86）
3. 直流稳压电源
4. 万用电表

四、实验内容

1. 验证 74LS04 的逻辑功能。

74LS04 为六反相器（非门）。通过集成电路手册查找该器件的逻辑符号与外引线功能图。

（1）将 74LS04 插入集成电路座中，加上电压（+5V），电路接地。

（2）按实验表 1.1 的要求，给某一逻辑单元输入端加上信号 V_{IN}，将输出接 LED 显示。

观察记录实验结果。

实验表 1.1　74LS04 功能测试

输　入　V_{IN}	输　　出	输出状态说明
0		
1		
悬空		

2. 验证 74LS00 的逻辑功能。

74LS00 是四 2 输入与非门。通过集成电路手册查找该器件的逻辑符号与外引线功能图。

（1）将 74LS00 插入集成电路座中，加上电压（+5V），电路接地。

（2）按实验表 1.2 的要求，给某一逻辑单元输入端加上信号 V_A，V_B，将输出接 LED 显示。观察记录实验结果。

实验表 1.2

输　　入		输　　出	
V_A	V_B	输出	输出状态说明
0	0		
0	1		
1	0		
1	1		
0	悬空		
1	悬空		
悬空	0		
悬空	1		
悬空	悬空		

3. 通过集成电路手册查找以下器件的逻辑符号与外引线功能图：74LS08（四 2 输入与门）、74LS32（四 2 输入或门）、74LS86（四 2 输入异或门），参考实验步骤 1 和 2，进行功能验证。自己设计表格，将实验结果填入表中。

五、实验报告要求

1. 根据实验结果对集成电路逻辑功能进行说明。

2. 根据实验结果对 TTL 电路输入端悬空这一处理方式进行总结。

3. 总结在使用数字电路实验系统过程中出现的问题及解决方法、步骤。

实验 2　门电路主要参数测试

一、实验目的

1. 加深对 TTL 电路参数的理解。

2. 掌握 TTL 电路参数的测试方法。

二、实验原理

本实验以四 2 输入与非门电路 74LS00 为例进行参数测试。关于 74LS00 的说明，参见实验 1。描述 74LS00 与非门电路的主要参数如下。

1. 输出高、低电平 V_{OH}、V_{OL}。

2. 输入信号噪声容限 V_{NH}、V_{NL}。

3. 电压传输特性曲线。

4. 关门电平 V_{OFF}、开门电平 V_{ON}。

5. 输入短路电流 I_{IS}、输入漏电流 I_{IH}。

6. 平均传输延迟时间 t_{pd}。

7. 扇入、扇出系数。

8. 空载导通功耗 P_{ON}：电路未接负载，且输出为低电平时的功耗。

9. 空载截止功耗 P_{OFF}：电路未接负载，且输出为高电平时的功耗。

三、实验仪器及器材

1. 数字电路实验系统

2. 74LS00、部分电阻、电位器

3. 直流稳压电源

4. 万用电表

四、实验内容

1. V_{OH}、V_{OL} 的测试。测试电路如实验图 2.1 所示。

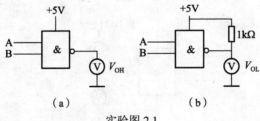

实验图 2.1

设置输入 A、B 的状态，使输出分别为高电平 V_{OH}、低电平 V_{OL}，如图所示，观察记录 V_{OH}、V_{OL} 的值。

2. 空载导通功耗 P_{ON}、空载截止功耗 P_{OFF} 的测试。测试电路如实验图 2.2 所示。

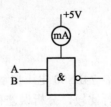

实验图 2.2

输出为低电平时，根据万用电表的读数，求出此时电源电流 I_{ON} 的值，$P_{ON} = V_{CC}I_{ON}$。输出为高电平时，根据万用电表的读数，求出此时电源电流 I_{OFF} 的值，$P_{OFF} = V_{CC}I_{OFF}$。

3. 输入短路电流 I_{IS}、输入漏电流 I_{IH} 的测试。测试电路如实验图2.3所示。

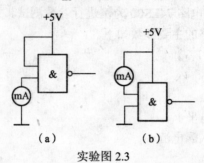

实验图 2.3

测量输入漏电流时，由于该值较小，应认真观察测量结果，准确记录。

4. 电压传输特性曲线的测试。测试电路如实验图2.4所示。

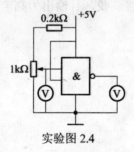

实验图 2.4

5. 扇出系数的测试。测试电路如实验图2.5所示。

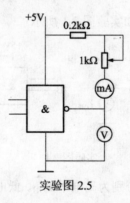

实验图 2.5

接通电源，调节电位器，使电压表读数为 0.4V，读出此时电流表的读数 I_O，根据 $N_O = \dfrac{I_O}{I_{IS}}$，确定扇出系数。

五、实验报告要求

1. 根据实验结果，利用描点法绘制 74LS00 电压传输特性曲线。

2. 将获得的实验结果与理论值进行比较，分析误差存在的原因。

3. 如果将实验电路换成 74HC00，在操作时应注意哪些问题？

实验 3　组合逻辑电路

一、实验目的

1. 熟悉组合逻辑电路的特点。
2. 掌握组合逻辑电路分析与设计的方法。
3. 掌握半加器、全加器的逻辑功能，熟悉其典型应用。

二、实验原理

组合逻辑电路是重要的数字逻辑电路之一。电路特点是任意时刻的输出仅取决于同一时刻电路的输入，而与电路原来所处的状态无关，这是组合逻辑电路与时序逻辑电路（后述）的显著区别之一。

半加器是一种完成两个二进制数相加的逻辑运算电路，可由异或门和与门电路组成。

全加器是考虑了低位进位之后，进行求和运算的电路，是数字系统中最基本的运算单元电路。利用全加器可以组成全减器和码制变换电路等。

三、实验仪器及器材

1. 数字电路实验系统
2. 部分 74LS 系列集成电路（00、54、86、183）
3. 直流稳压电源
4. 万用电表

四、实验内容

1. 根据对 3 人表决电路的理解，利用所给集成电路，搭建一个 3 人表决实验电路。
2. 设计一个半加器，分别用与非门和异或门实现。
3. 设计一个 1 位全加器，分别用或非门和异或门实现。
4. 设计一个 4 位全加器电路，完成 8421BCD 码到余 3 码的转换。

通过集成电路手册查找以下器件的逻辑符号与外引线功能图：74LS54（与或非门）、74LS183（全加器）、74LS00、74LS86。

五、实验报告要求

1. 对组合逻辑电路设计步骤进行总结。
2. 试设计利用全加器，完成余 3 码到 8421BCD 码的转换电路。

实验 4　译码显示电路

一、实验目的

1. 熟悉译码器的逻辑功能及典型应用。
2. 了解译码显示电路的构成原理。

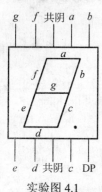

实验图 4.1

3. 掌握 BCD-七段译码/驱动器的使用方法。

二、实验原理

译码是将给定的代码翻译成相应输出信号或另一种形式代码的过程。能够完成译码工作的器件称做译码器。常见译码电路包括：二进制译码器、二-十进制译码器、显示译码器等。

74HC4511 是一种驱动共阴极的译码驱动器件，逻辑符号与外引线功能图见集成电路手册。

LC5011 是一种共阴极的 LED 显示器件，引脚排列如实验图 4.1 所示。图中 DP 端表示小数点显示端。

三、实验仪器及器材

1. 数字电路实验系统
2. 74LS138、74HC4511、LC5011、电阻
3. 直流稳压电源
4. 万用电表

四、实验内容

1. 74LS138 逻辑功能测试。根据本章介绍的相关知识，按照实验表 4.1 的要求，进行测试。

实验表 4.1

输　　入						输　　出							
G_1	$\overline{G}_{2A}$	$\overline{G}_{2B}$	A_2	A_1	A_0	$\overline{Y}_7$	$\overline{Y}_6$	$\overline{Y}_5$	$\overline{Y}_4$	$\overline{Y}_3$	$\overline{Y}_2$	$\overline{Y}_1$	$\overline{Y}_0$
0	×	×	×	×	×								
×	1	×	×	×	×								
×	×	1	×	×	×								
1	0	0	0	0	0								
1	0	0	0	0	1								
1	0	0	0	1	0								
1	0	0	0	1	1								
1	0	0	1	0	0								
1	0	0	1	0	1								
1	0	0	1	1	0								
1	0	0	1	1	1								

2. 利用课本上介绍的译码器功能扩展方法，利用 74LS138 完成 4-16 线译码功能。

3. 参考课本中图 3.33 连接方法，将 74HC4511 与 LC5011 仔细对应相连，加上电源。

将 74HC4511 测试灯输入端 $\overline{LT}$ 接低电平，改变其他输入信号状态，观察记录数码管的显示情况，填入实验表 4.2。

实验表 4.2

$\overline{LT}$	$\overline{BI}$	$\overline{LE}$	A_3	A_2	A_1	A_0	a	b	c	d	e	f	g	显示
0	×	×	×	×	×	×								

将 74HC4511 测试灯输入端 $\overline{LT}$ 接高电平，灭灯输入端 $\overline{BI}$ 接低电平，改变其他输入信号状态，观察记录数码管的显示情况，填入实验表 4.3。

实验表 4.3

$\overline{LT}$	$\overline{BI}$	$\overline{LE}$	A_3	A_2	A_1	A_0	a	b	c	d	e	f	g	显示
1	0	×	×	×	×	×								

将 74HC4511 测试灯输入端 $\overline{LT}$ 接高电平，灭灯输入端 $\overline{BI}$ 接高电平，锁存允许控制端 $\overline{LE}$ 接低电平，改变输入信号 A_3，A_2，A_1，A_0 的状态，记录数码管的显示，填入实验表 4.4。

实验表 4.4

$\overline{LT}$	$\overline{BI}$	$\overline{LE}$	A_3	A_2	A_1	A_0	a	b	c	d	e	f	g	显示
1	1	0	0	0	0	0								
1	1	0	0	0	0	1								
1	1	0	0	0	1	0								
1	1	0	0	0	1	1								
1	1	0	0	1	0	0								
1	1	0	0	1	0	1								
1	1	0	0	1	1	0								
1	1	0	0	1	1	1								
1	1	0	1	0	0	0								
1	1	0	1	0	0	1								
1	1	0	1	0	1	0								
1	1	0	1	0	1	1								
1	1	0	1	1	0	0								
1	1	0	1	1	0	1								
1	1	0	1	1	1	0								
1	1	0	1	1	1	1								

五、实验报告要求

1. 总结实验结果。

2. 试用 3-8 线译码器完成 5-32 线译码功能。

实验 5　数据选择器

一、实验目的

1. 熟悉数据选择器工作原理，掌握逻辑功能。
2. 熟悉数据选择器的典型应用。

二、实验原理

数据选择器是一种多输入、单输出的组合逻辑电路，根据地址输入端信号的不同，选择需要的信号输出。74LS153 是双 4 选 1 数据选择器，该电路逻辑表达式为

$$Y = (\overline{A_1}\,\overline{A_0}D_0 + \overline{A_1}A_0D_1 + A_1\overline{A_0}D_2 + A_1A_0D_3)\overline{ST}$$

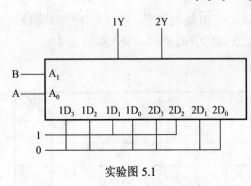

实验图 5.1

数据选择器的主要应用包括：

1. 多路信号共用一路通道传输。
2. 并行码输入变成串行码输出。
3. 实现逻辑函数。
4. 组成数码比较电路。利用数据选择器可以对一位二进制数进行比较。设进行比较的两个数分别为 A 和 B，将它们分别接至数据选择器的地址输入端，按照实验图 5.1 方式连接，当 $A>B$ 时，$1Y$ 输出为 1；当 $A<B$ 时，$2Y$ 输出为 1；当 $A=B$ 时，输出均为 0。

三、实验仪器及器材

1. 数字电路实验系统
2. 74LS153、74LS00
3. 直流稳压电源
4. 万用电表

四、实验内容

1. 验证 74LS153 的逻辑功能，填入实验表 5.1。

实验表 5.1

输　入							输　出
$\overline{ST}$	A_1	A_0	D_3	D_2	D_1	D_0	Y
1	×	×	×	×	×	×	
0	0	0	×	×	×	0	
0	0	0	×	×	×	1	
0	0	1	×	×	0	×	
0	0	1	×	×	1	×	
0	1	0	×	0	×	×	
0	1	0	×	1	×	×	
0	1	1	0	×	×	×	
0	1	1	1	×	×	×	

2. 利用 74LS153 完成 8 选 1 的逻辑功能。

3. 利用 74LS153 完成全加器的逻辑功能。

4. 利用 74LS153 及外围电路，实验逻辑函数

$$F = ABC + \overline{AB} + \overline{AC}$$

5. 验证数据选择器的数值比较功能。

五、实验报告要求

1. 画出实验步骤 2、3、4 的实验电路。

2. 试用 74LS153 构成 16 选 1 电路。

实验 6 触发器逻辑功能测试

一、实验目的

1. 熟悉常用触发器的逻辑功能及测试方法。

2. 了解触发器逻辑功能的转换。

3. 掌握触发器的基本应用。

二、实验原理

触发器是构成数字逻辑单元的基本电路之一，是构成时序逻辑电路（后述）的重要组成部分。掌握触发器的工作过程和功能描述方法，是学习时序逻辑电路的基础。

触发器是具有存储功能的二进制器件，本书主要介绍了基本 RS 触发器、各种钟控触发器，了解了边沿触发器。在掌握各种触发器功能的基础上，应熟悉触发器的功能描述方法。

三、实验仪器与器材

1. 数字电路实验系统

2. 部分 74LS 系列集成电路（00、74、112）

3. 双踪示波器

4. 直流稳压电源

5. 万用电表

四、实验内容

1. 基本 RS 触发器逻辑功能测试

与非门构成的基本 RS 触发器（如课本所述）。当 $\overline{R}_D$、$\overline{S}_D$ 加不同逻辑电平时，记录输出 Q、$\overline{Q}$ 端相应的状态，并把结果记入实验表 6.1 中。观察 $\overline{R}_D$ $\overline{S}_D$ =11→00→11 的不定状态时，应将 $\overline{R}_D$、$\overline{S}_D$ 接在同一逻辑开关上，以保证 $\overline{R}_D$、$\overline{S}_D$ 同时变化。

对于不同的与非门组成的基本 RS 触发器，由于门电路的电气特性各异，$\overline{R}_D$ $\overline{S}_D$ =11→00→11 的实验结果各不相同，而同一具体触发器来说，反复做几次所得结果应是相同的。

实验表 6.1　基本 RS 触发器功能表

输　　入		输　　出		说　　明
$\bar{R}_{\mathrm{D}}$	$\bar{S}_{\mathrm{D}}$	Q^n	Q^{n+1}	
0	0	0		
0	0	1		
0	1	0		
0	1	1		
1	0	0		
1	0	1		
1	1	0		
1	1	1		

2. JK 触发器逻辑功能测试

通过集成电路手册，查找 JK 触发器 74LS112 的逻辑符号与外引线功能图。任选其中一个触发器，进行逻辑功能测试。

（1）异步置位端 $\bar{S}_{\mathrm{D}}$ 和异步复位端 $\bar{R}_{\mathrm{D}}$ 的功能测试。

J、K、CP 为任意状态，当 $\bar{R}_{\mathrm{D}}$、$\bar{S}_{\mathrm{D}}$ 加不同的逻辑电平时，记录输出 Q、$\bar{Q}$ 端相应的状态，并把结果记入实验表 6.2 中。在 $\bar{R}_{\mathrm{D}}$ 或 $\bar{S}_{\mathrm{D}}$ 作用期间，任意改变 J、K、CP 端的状态，观察输出端 Q、$\bar{Q}$ 的状态是否变化。

实验表 6.2　JK 触发器置位复位功能表

输　　入		输　　出	
$\bar{R}_{\mathrm{D}}$	$\bar{S}_{\mathrm{D}}$	Q	$\bar{Q}$
1	0		
1	1		
0	1		
1	1		
0	0		
1	1		

（2）JK 触发器逻辑功能测试。

① 用 $\bar{S}_{\mathrm{D}}$，$\bar{R}_{\mathrm{D}}$ 的置位、复位功能使现态 Q^n 为 0 或 1。

② 使 $\bar{S}_{\mathrm{D}}$ $\bar{R}_{\mathrm{D}}$ =11，根据给定的 J、K 值，在 CP 脉冲信号作用下，观察输出端 Q^{n+1} 状态的变化，并把结果记入实验表 6.3 中。

实验表 6.3　JK 触发器功能表

输　　入		时 钟 脉 冲	输　　出	
			Q^{n+1}	
J	K	CP	$Q^n = 0$	$Q^n = 1$
0	0	↓		
0	1	↓		
1	0	↓		
1	1	↓		

（3）JK 触发器的应用

按实验图 6.1 所示电路连接线路，在 CP 端输入 $f=1\text{kHz}$ 连续方波脉冲信号，在示波器上再观察输出端 Q_2 和 Q_1 的变化，说明此电路能够完成的逻辑功能。

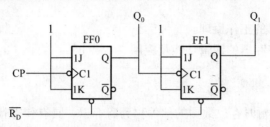

实验图 6.1　JK 触发器应用电路

（4）用 JK 触发器构成 T 触发器和 T′触发器。

3. D 触发器逻辑功能测试

通过集成电路手册，查找 D 触发器 74LS74 的逻辑符号与外引线功能图。任选其中一个 D 触发器，进行逻辑功能测试。

（1）异步置位端 $\overline{S}_D$ 和异步复位端 $\overline{R}_D$ 的功能测试

D、CP 为任意状态，测试 D 触发器置位端 $\overline{S}_D$ 和复位端 $\overline{R}_D$ 的功能，测试方法及步骤同 JK 触发器。

（2）D 触发器功能测试

测试方法及步骤同 JK 触发器，将测试结果填入实验表 6.4。

实验表 6.4　D 触发器功能测试

输　入	时 钟 脉 冲	输　　出	
		Q^{n+1}	
D	CP	$Q^n = 0$	$Q^n = 1$
0	↑		
1	↑		

（3）D 触发器应用

按实验图 6.2 所示电路连接线路，在 CP 端输入 $f=1\text{kHz}$ 连续方波脉冲信号，在示波器上再观察输出端 Q 的变化，说明此电路能够完成的逻辑功能。

（4）用 D 触发器构成 T 触发器和 T′触发器。

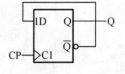

实验图 6.2　D 触发器应用电路

五、实验报告要求

1. 比较基本 RS 触发器、JK 触发器、D 触发器的逻辑功能和触发方式有何不同？

2. 如何用 JK 触发器和 D 触发器构成 T 触发器和 T′触发器？画出电路图。

3. 试分析实验图 6.1 和实验图 6.2 电路的工作原理。

实验 7　寄存器

一、实验目的

1. 熟悉移位寄存器的工作原理。
2. 掌握集成移位寄存器的逻辑功能及应用。

二、实验原理

数字系统中，能够暂时存放数据的部件称为寄存器。具有使寄存的数码逐位左移或右移功能的寄存器称为移位寄存器，一般此类电路具有串入串出、串入并出、并入并出、并入串出等功能。

通过集成电路手册，查找 74LS74、74LS194（四位双向移位寄存器）的逻辑符号与外引线功能图。

三、实验仪器与器材

1. 数字电路实验系统
2. 部分 74LS 系列集成电路（74、194）
3. 双踪示波器
4. 直流稳压电源
5. 万用电表

四、实验内容

1. 利用 D 触发器构成移位寄存器。

按实验图 7.1 所示电路连接线路。CP 端输入单脉冲，在串行输入端 D 顺序加上 1011，观察输出 $Q_0Q_1Q_2Q_3$ 的状态，填入实验表 7.1，画出 $Q_0Q_1Q_2Q_3$ 的波形。

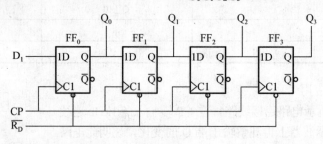

实验图 7.1

实验表 7.1　移位寄存器状态表

移位脉冲	输入数据	Q_0	Q_1	Q_2	Q_3
0					
1	1				
2	0				
3	1				
4	1				

2. 验证双向移位寄存器 74LS194 逻辑功能

按实验表 7.2 验证 74LS194 逻辑功能，将结果填入表中。

实验表 7.2　74LS194 功能测试

输　　入										输　　出				说　明
$\overline{CR}$	M_1	M_0	CP	D_{SL}	D_{SR}	D_0	D_1	D_2	D_3	Q_0	Q_1	Q_2	Q_3	
0	×	×	×	×	×	×	×	×	×					
1	×	×	0	×	×	×	×	×	×					
1	1	1	↑	×	×	d_0	d_1	d_2	d_3					
1	0	1	↑	×	1	×	×	×	×					
1	0	1	↑	×	0	×	×	×	×					
1	1	0	↑	1	×	×	×	×	×					
1	1	0	↑	0	×	×	×	×	×					
1	0	0	×	×	×	×	×	×	×					

3. 74LS194 构成顺序脉冲发生器。

在一些数字系统中,有时需要系统按事先规定的顺序进行操作。要求系统的控制电路能够给出一组在时间上有先后顺序的脉冲信号,并利用它形成所需要的控制信号。顺序脉冲发生器就是用来产生顺序脉冲的电路。

按实验图 7.2 连接线路。

（1）令 $M_1M_0 = 11$、$\overline{CR} = 1$、$D_0D_1D_2D_3 = 0001$，输入一个单脉冲，则 $Q_0Q_1Q_2Q_3 = D_0D_1D_2D_3 = 0001$。

（2）令 $M_1M_0 = 10$，输入连续脉冲，电路开始左移操作。记录 $Q_0Q_1Q_2Q_3$ 的状态，并画出波形。

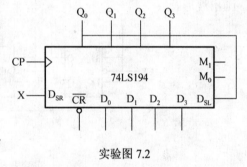

实验图 7.2

五、实验报告要求

1. 分析实验图 7.2 所示电路工作原理。
2. 移位寄存器的输入、输出方式分别有几种?

实验 8　计数器

一、实验目的

1. 熟悉计数器的工作原理。
2. 掌握同步十进制计数器 74LS160 的功能。
3. 掌握 74LS160 构成 N 进制计数器的方法。

二、实验原理

统计输入脉冲个数的过程叫计数，能够完成计数工作的电路称为计数器。

通过集成电路手册，查找 74LS112（下降沿触发的双 JK 触发器），74LS160（集成十进制同步加法计数器）的逻辑符号与外引线功能图。

三、实验仪器与器材

1. 数字电路实验系统
2. 74LS160、集成二–十进制译码器、数码管
3. 双踪示波器
4. 直流稳压电源
5. 万用电表

四、实验内容

1. JK 触发器构成异步二进制加法计数器。

按实验图 8.1 连接线路。在 CP 端加上单脉冲，记录 $Q_0 Q_1 Q_2 Q_3$ 的状态，记入实验表 8.1 中，画出波形。

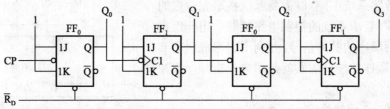

实验图 8.1

实验表 8.1 计数器状态转换表

CP	Q_0	Q_1	Q_2	Q_3
0				
1				
2				
3				
4				
5				
6				
7				
8				
9				
10				
11				
12				
13				
14				
15				

2. 验证 74LS160 逻辑功能。

按实验表 8.2 验证 74LS160 逻辑功能，并填表。

实验表 8.2 74LS160 功能表

输 入									输 出			
$\overline{CR}$	$\overline{LD}$	CT_P	CT_T	CP	D_3	D_2	D_1	D_0	Q_3	Q_2	Q_1	Q_0
0	×	×	×	×	×	×	×	×				
1	0	×	×	↑	d_3	d_2	d_1	d_0				
1	1	1	1	↑	×	×	×	×				
1	1	0	×	×	×	×	×	×				
1	1	×	0	×	×	×	×	×				

3. 74LS160 构成六进制计数器。

自行设计电路，记录输出 $Q_0Q_1Q_2Q_3$ 的状态，并画出波形图。

4. 74LS160 构成 24 进制计数器

自行设计电路，观察输出端的状态，并用译码显示器显示结果。

五、实验报告要求

1. 用 JK 触发器构成异步二进制减法计数器，画出电路图和时序图，分析工作原理。
2. 用两片 74LS161 构成 24 进制计数器，画出电路图。

实验 9 555 定时器及其应用

一、实验目的

1. 进一步熟悉 555 定时器工作原理。
2. 进一步熟悉 555 定时器的典型应用。
3. 掌握定时元件对输出信号周期及脉宽的影响。

二、实验原理

555 定时器是一种应用广泛的中规模集成电路，具体内容如课本所述。利用 555 及其外围增加的阻容元件，可以方便的构成各种脉冲信号产生及变换电路。而且 555 定时器电路在工业控制、电子乐器等许多方面有广泛的应用。

555 定时器包括双极型和 CMOS 型两种。

三、实验仪器及器材

1. 数字电路实验系统
2. 555 定时器，部分电阻、电容
3. 双踪示波器

4. 直流稳压电源
5. 万用电表

四、实验内容

1. 根据实验图 9.1 连接线路，测试 555 定时器电路功能，填入实验表 9.1。

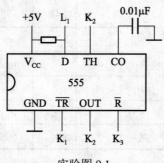

实验图 9.1

其中，K_1、K_2、K_3 是三位逻辑开关；L_1、L_2 是两位 LED。

实验表 9.1

输　　入			输　　出	
TH	$\overline{TR}$	$\overline{R}$	D	OUT
×	×	0		
0	0	1		
0	1	1		
1	0	1		
1	1	1		

2. 利用课本中介绍的 555 定时器构成多谐振荡器的方法，连接电路，利用示波器观察波形。其中，$R_1=1\text{k}\Omega$，$R_2=4.7\text{k}\Omega$，$C=0.1\mu\text{F}$。

3. 重复第 2 步骤，$R_1=R_2=33\text{k}\Omega$，$C=0.01\mu\text{F}$。

4. 将多谐振荡器电路换成实验图 9.2 所示电路，重复以上步骤。

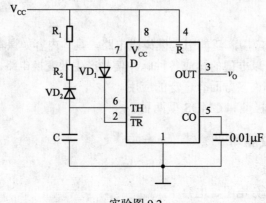

实验图 9.2

5. 利用 555 定时器构成单稳态触发器，输入电压信号 v_1 与数字实验系统中单次 CP 脉冲信号相连，输出接 LED。改变电路中阻值大小，观察 LED 点亮时间。

五、实际报告要求

1. 记录得到的波形，从示波器上读出波形的幅度、周期、脉宽，并从理论上加以验证。对存在的误差，试分析原因。

2. 对实验内容中，步骤 2、3 所获得的波形，试分析它们的区别。

实验 10   随机存储器实验

一、实验目的

1. 了解 RAM 存储器的组成及原理。
2. 熟悉 RAM 存储器数据读、写方法。
3. 熟悉三态缓冲器的特性及使用方法。

二、实验原理

该实验原理电路如实验图 10.1 所示。RAM2114 地址输入端高 6 位（$A_4 \sim A_9$）接地，低 4 位（$A_0 \sim A_3$）接地址模拟开关。该实验中，RAM 使用的存储单元为 000H~00FH。

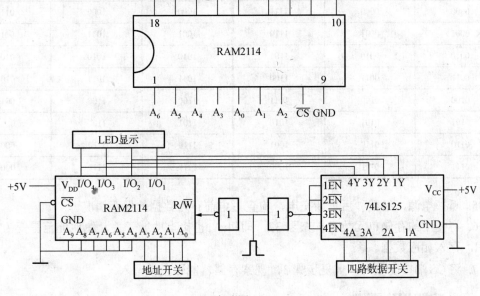

实验图 10.1

4 路数据开关接至三态缓冲器输入端，当缓冲器处于高阻态时，数据开关与 RAM 的 I/O 之间的数据线被隔断；缓冲器被允许时，数据开关上的数据可以写入 RAM。

输出的单脉冲信号经过与非门加至缓冲器的控制端和 RAM 的读写控制端。R/$\overline{W}$=1 时，为读出状态；R/$\overline{W}$=0 时，为写入状态当产生正脉冲信号时，缓冲器处于允许工作状态，数据开关上的数据送到 I/O 端口。

三、实验仪器及器材

1. 数字电路实验系统
2. RAM2114、74LS04、74LS125
3. 直流稳压电源
4. 万用电表

四、实验步骤

1. 按照上图连接电路。

2. 将 4 个地址开关及 4 个数据开关分别置为 0000。按下单次脉冲，输出一个正脉冲信号。此时数据指示灯应全部熄灭。表示在 0000 单元存入了数据 0000。

3. 将 4 个地址开关及 4 个数据开关分别置为 0001，LED 将显示随机数。按动一次单脉冲按钮，指示灯显示 0001；表示在 0001 单元存入了数据 0001。

4. 按照实验表 10.1 设置地址开关及逻辑开关，在每个存储单元中写入与地址单元相同的数据，观察显示灯显示的数据与开关数据是否相同。然后在地址单元中存入与相应地址码的反码，观察显示灯显示数据的区别。

实验表 10.1　RAM 电路实验功能表

地　　址	数　　据		地　　址	数　　据	
0000	0000	1111	1000	1000	0111
0001	0001	1110	1001	1001	0110
0010	0010	1101	1010	1010	0101
0011	0011	1100	1011	1011	0100
0100	0100	1011	1100	1100	0011
0101	0101	1010	1101	1101	0010
0110	0110	1001	1110	1110	0001
0111	0111	1000	1111	1111	0000

5. 断掉电源，经数秒后重新充电，检查短电前存入数据的保存情况。

6. 将使用的存储单元数目扩充至 32，即将 A_4 也接上地址开关，使地址范围变为 000H~01FH，存入相应数据。

7. 将 $\overline{CS}$ 端接高电平，重复步骤 3，观察存储器能否正常写入。

五、实验报告要求

1. 记录实验结果。考虑地址线 $A_0 \sim A_9$ 可以选择多少地址单元？
2. 如何用两片 RAM2114 构成 1024×8 位的 RAM，画出连线图。

实训 1 交通灯控制电路

设计要求

设计一个十字路口红黄绿三色交通灯的自动控制电路，设：

a——南北方向绿灯接通；

b——东西方向绿灯接通；

c——南北方向红灯接通；

d——东西方向红灯接通；

e——南北方向黄灯接通；

f——东西方向黄灯接通；

A——a、d 交叉并行；

B——e、d 交叉并行；

C——b、c 交叉并行；

D——f、c 交叉并行。

工作顺序：$A \rightarrow B \rightarrow C \rightarrow D \rightarrow A$

三色交通灯的工作时间如下：

绿灯（25s）$\rightarrow$ 黄灯（5s）$\rightarrow$ 红灯（30s）

设计符合要求的电路，并进行组装调试，写出设计报告。

实训 2 竞赛抢答器

设计要求

对应编号为 1、2、3、4、5 的参赛队，每组有一个抢答按钮。主持人有一个按钮，用以系统复位。

抢答器具有数据锁存功能，锁存的数据可以用 LED 数码管显示。在系统复位后，数码管显示首先按下按钮的组别，并使用蜂鸣片发出声音、持续时间约 1s。对于其他后按下按钮的组号，显示器不予显示。问题回答完毕后，主持人的按钮完成复位清零工作。

设计符合要求的电路，并进行组装调试，写出设计报告。

实训 3 数字频率计

设计要求

数字频率计是用数字显示被测信号频率的一种仪器，原理框图如实训图 3.1 所示。

时基单元：由振荡器和多级分频器构成，产生 $T=1s$ 或 6s 的时基信号。

控制单元：通过门电路对时基信号几逆行能够二分频，得到宽度为 1s 或 6s 的闸门信号；取样后封锁主控门和时基信号的输入门，使显示数字停留一段时间，方便观察。

计数单元：将通过主控门的被测信号输入计数器、寄存器、译码器、显示电路，并由显示器显示取样时间接收的脉冲数，即被测频率。

延时单元：取样结束后，计数器中的数经寄存器送入译码显示电路，数据需显示一段时间（由延时电路决定），最终清零、接收新数据。

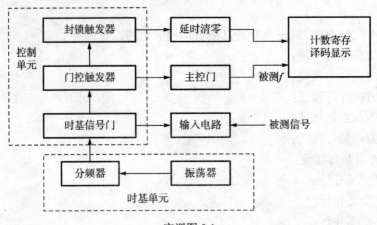

实训图 3.1

主控门：控制被测信号通过。取样时间内，主控门打开；清零、显示时间内主控门关闭。

输入单元：将接收的信号整形为脉冲信号。

设计一个数字频率计。

频率范围：10~9999Hz；

输入信号电压：50mV~5V；

输入波形种类：正弦波、方波。

设计符合要求的电路，计算相关参数、选择元器件，并进行组装调试，写出设计报告。

实训4　数字钟电路

设计要求

数字钟电路原理框图如实训图 4.1 所示。

计数部分：由振荡器、分频器、计数器、译码显示器组成。石英晶体振荡器产生标准信号经分频器产生 $T=1s$ 的方波送入计数器，并将累计结果以时、分、秒的形式显示。

校正电路：对出现的时间误差，进行时间校准。

整点报时：模仿电台整点报时效果，利用分频器输出的 500Hz、1000Hz 的信号加至音响电路中。

设计一个数字钟。

具有时（00~23）、分（00~59）、秒（00~59）显示功能；

具有校准功能；具有整点报时功能。

实训图 4.1

设计符合要求的电路，计算相关参数、选择元器件，并进行组装调试，写出设计报告。

附录 A　数字电路识图基础

A.1　数字电路工程技术语言介绍

本书采用数字电路工程技术语言（GB4728.12—85）"电气图用图形符号. 二进制逻辑单元"即国际电工委员会（IEC617—12）关于"绘图用图形符号. 二进制逻辑单元"的规定，描述数字集成电路的信息，如功能表、逻辑符号等。

A1.1　概述

数字集成电路中使用较多的是 TTL 电路、CMOS 电路、ECL（射极耦合逻辑）电路、HTL（高阈值逻辑、高抗干扰）电路 4 种。特别是 TTL 电路和 CMOS 电路，更为普及。TTL 电路、CMOS 电路、ECL 电路的分类情况如下。

TTL 电路主要包括以下系列：

STDTTL 电路，也称为标准型 TTL 电路，中速 TTL 电路；

HTTL 电路，即高速 TTL 电路；

LTTL 电路，即低功耗 TTL 电路；

STTL 电路，即肖特基 TTL 电路；

LSTTL 电路，即低功耗肖特基 TTL 电路；

ASTTL 电路，即先进肖特基电路；

ALSTTL 电路，即先进低功耗肖特基电路；

FASTTTL 电路，即仙童的先进肖特基电路。

其中，主流产品包括 STDTTL、HTTL、LTTL、STTL、LSTTL、ASTTL、ALSTTL 共 7个系列。

CMOS 电路主要包括以下系列：标准型和高速型。

标准型 CMOS 电路分为 4000 系列和 4500 系列。分为 A 型、B 型，并以 B 型为主。4000B/4500B系列产品的工作电压上限可达到 18V。

高速型 CMOS 电路分为：

40H 系列；

74HC 系列，由 HC、HCT、HCU 组成；

74HC4000/4500 系列；

74AC 系列；

74ACT 系列。

ECL 电路是一种超高速双极型集成电路，分为以下系列：

CE10K 系列（2ns）；

CE1600 系列（1ns）；

CE12K 系列（高速锁相环）；

CE8000 系列（高速低功耗分频器）；

CE11C00 系列（亚纳秒）；

CE100K 系列（亚纳秒全补偿）。

数字电路工程技术语言采用符号法，采用国际标准 IEC617—12（国家标准 GB4728.12），是一种通用的数字电路工程技术语言，由基本符号和器件逻辑符号两部分组成。

基本符号包括方框和方框组合符号，限定符号和总限定符号，输入、输出及内部联接符号，10 种关联和关联表示法符号。

逻辑符号是由基本符号构成的组合单元，主要包括：缓冲器、驱动器、接收器；磁滞特性单元；编码器、代码转换器；电平转换器；数据选择器和数据分配器；算术单元；二进制延迟单元；单稳、双稳、非稳态单元；计数器、移位寄存器；存储器等。

A1.2　语言特点

GB4728.12 中数字电路语言具有如下特点。

① 通用性。它是国际电工委员会制订的电气工程技术领域通用性交流语言。

② 图形符号具有可读性，是数字集成电路功能表示法的有效载体。通过器件的逻辑符号，可以描述器件的相关信息。熟悉这种语言，即能根据图形符号获得器件的基本信息。

③ 符号多、示例少。该语言具有基本符号 180 多个、逻辑符号 48 个。与数量众多的器件品种和型号相比数量甚少。

④ 允许派生新的图形符号。可根据器件所描述的基本信息，按照标准所设定的基本符号画出新的图形符号。

A1.3　读图方法介绍

根据数字集成电路的逻辑符号获得相关器件逻辑功能等信息的过程，称为读图。读图的方法有以下 3 种。

顺读。根据逻辑符号，按照控制和输入信号状态的可能排列组合，读出输出信号相关信息的方法，称为顺读。这种读图方法，按照从输入到输出的顺序，与信息流流向一致，符合正常情况下的习惯准则；这种方法适用于绝大多数数字集成电路，而且不易遗漏。

逆读。根据逻辑符号，在设定输出要满足的状态或功能的情况下，读出相应控制和输入端信号状态的读图方法，称为逆读。这种读图方法从输出到输入，与信息流流向相反；通过推导，可以直接反映器件的状态和功能，便于电路的设计、调试。但这种方法，容易遗漏部分信息，造成读漏器件功能，这种方法适用于控制层次少的器件。

直读。根据逻辑符号，从器件功能、电路类型定义、图形总限定符号直接读出输出与输入、控制端信号之间的关系和逻辑功能的方法，称为直读。这种方法较适用于门电路、代码转换器、触发器等。

1. 关联类型

为达到熟练读图的目的，应对 GB4728.12 中规定的符号要素、限定符号、总限定符号、方框符号、输入/输出符号、其他符号等熟练掌握。在该标准中，规定了输入与输出之间相互影响的 10 种关联类型。

A——地址关联；

C——控制关联；

EN——使能关联；

G——与关联；

M——方式关联；

N——非关联；

R——复位关联；

S——置位关联；

V——或关联；

Z——互联关联。

2. 组合单元读图基础

组合单元图形符号是各种门电路及其组合而成的集成电路器件符号。主要包括：与门、或门、非门、与非门、或非门、异或门、同或门（异或非门）；驱动器、缓冲器、传输总线驱动器、寄存器；电平转换器、驱动器、接口电路；奇偶产生器、校验器等。

在使用过程中，图形中的符号可以分为总限定符号、输入/输出符号。

总限定符号主要有如下几种。

&：与门总限定符号。表示输入全为 1 时，输出才为 1。

≥1：或门总限定符号。表示输入有一个或以上为 1 时，输出为 1。

=1：异或门总限定符号。表示两个输入中有一个为 1 时，输出为 1。

=：逻辑恒等单元。表示当所有输入呈现相同状态时，输出为 1。

1：缓冲单元。表示输入为 1 时，输出为 1。无专门放大作用。

=m：等于 m 单元。表示输入为 1 的状态数等于 m 表示的值时，输出为 1。

≥m：逻辑门槛单元。表示输入为 1 的状态数大于、等于 m 表示的值时，输出为 1。

$>\dfrac{n}{2}$：多数单元。表示输入多数为 1 时，输出为 1。

2k：偶数校验单元。表示当输入为 1 的状态数为偶数时，输出为 1。

2k+1：奇数校验单元、广义异或单元，表示当输入为 1 的状态数为奇数时，输出为 1。

▷：驱动器。

&▷：具有驱动能力的与门。

⎙：施密特触发器，具有磁滞特性的单地。

$$\left.\begin{array}{l} \text{MOS/TTL} \\ \text{TTL/MOS} \\ \text{TTL/HTL} \\ \text{ECL/TTL} \end{array}\right\} \text{电平转换器} \left\{\begin{array}{l} \text{MOS输入电平} \to \text{TTL输出电平} \\ \text{TTL输入电平} \to \text{MOS输出电平} \\ \text{TTL输入电平} \to \text{HTL输出电平} \\ \text{ECL输入电平} \to \text{TTL输出电平} \end{array}\right.$$

RTX：总线，4RTX 表示 4 总线。

[MOS−LED]：电平转换器附加信息。

输入/输出符号有如下几种。

G3：与关联作用端。控制标有 3 的被作用端。分为与关联输入和与关联输出。

V2：或关联作用端。控制标有 2 的被作用端。

N1：非关联作用端。控制标有 1 的被作用端。

Z4：互联关联作用端。作用于写有 4 的被作用端。

M5：方式关联作用端。作用于写有 5 的被作用端。

EN：使能输入端。

EN6：使能关联输入端（EN 控制整个单元的使能，EN6 控制标有 6 的输入/输出使能）。

1EN6：受控使能关联输入端。

⊣：逻辑非。用于输入端。

⊢：逻辑非。用于输出端。

：内部联接。表示左右两边内部状态相同。

：具有逻辑非的内部联接。

△◁：逻辑极性指示符。表示信息流的方向；同时有反相之意。

→：信息流方向从左到右。

←：信息流方向从右到左。

↔↔：信号可双向传送。

：L 型开路输出。

：H 型开路输出。

▽：三态输出。

E：扩展输入或扩展输出。

3. 代码转换器读图基础

包括编码器、译码器和码制转换器。所涉及的总限定符号和输入/输出符号如下。

BCD：二−十进制码。

BIN：二进制码。

OCT：八进制码。

DEC：十进制码。

HEX：十六进制码。

EX3：余 3 码。

EX3GRAY：余 3 格雷码。

7SEG：七段码。

HPRI：优先编码器。

X/Y：译码器。

DX：数据分配器。

MUX：数据选择器。

V11、V16、V18、V20：或关联作用端。控制标有 11、16、18、20 的被作用端。

G10、G16、G21：与关联作用端。控制标有 10、16、21 的被作用端。

C9、C17、C19：控制关联作用端。控制标有 9、17、19 的被作用端。

9D、17D0、17D1、17D2、17D3、19D、19D1、A9D2、A9D4、19D8：表示 D 输入。D 输入分别受序号为 9、17、19 的关联作用端的控制。D0、D1、D2、D3 及 D1、D2、D4、D8 表示 4 级 D 触发器组成的输出为 8421 的数码。分别用 2^i 和十进制数表示，二者等效。

$CT\begin{cases} 10 \\ 15 \end{cases}$：表示内容输入或内容输出。以内容输入为例，当输入端内部为 1 状态时，单元产生 CT=10 的内容；为 0 状态时，单元不产生该内容。

CT≥10：相应内容输入或输出概念的扩展。

[T1]：七段码字型表的附加信息。

4. 触发器读图基础

触发器图形符号包括由 Cm 输入控制的锁存器、边沿触发双稳、脉冲触发双稳、数据锁定输出双稳等 4 类双稳单元、单稳态单元、非稳态单元。包含的总限定符号和输入/输出符号主要如下几种。

I=0、I=1、NV：表示初始 0 状态、初始 1 状态、非易失的 RS 双稳。

⊓、1⊓：表示单稳态总限定符号。前者为可重触发单稳，后者为不可重触发单稳。

G、G!、! G、! G!：表示非稳态单元符号。依次为通用符号、同步终止的非稳态符号、同步启动的非稳态符号、同步启动且同步终止的非稳态单元。

R、8R：为 R 输入或内部 R 输入。表示输入信号直接复零、输入信号受控后复零。

S、S_m：分别表示 S 输入、置位关联作用端。

T：表示 T 输入。

1，3D：表示受两种关联控制的 D 输入。

J、K；1J、1K：表示 J 输入和 K 输入、受同一关联控制的 J 输入和 K 输入。

C_m：表示控制关联作用端。

R_X、C_X：表示外接电阻、电容。

⌐：表示延迟输出。

⊣Cm⌐：表示锁存器。

→Cm⊢：表示上升沿触发双稳态。

⊣Cm⊢：表示脉冲触发双稳态。

⊢、⊣：表示内部输入、内部输出。

⊢、⊢：表示内部动态输入、动态输入。

◁：表示带逻辑非的动态输入。

▷：表示动态特性的内部连接。

⊸：表示具有逻辑非和动态特性的内部连接。

5. 计数器和移位寄存器读图基础

这部分符号主要包含计数器和移位寄存器。主要包括如下几种。

CTR_m、$CTRDIV_m$：表示循环长度为 m 的计数器限定符号和循环长度为 m 的计数器限定符号。

CTR[BCD]、CTR[BIN]、CTR4[DIV10]：表示二–十进制码和二进制码的计数器，既可做二进制，又可做十进制的 4 位计数器。

CTR/2–N–10：表示可预置的 N 分频计数器。

CTR/DX10：表示带十进制译码输出的计数器。

$[f/2^n]$、$[fi/2^m]$：表示分频器附加信息。

2–/3+：表示减法计数、加法计数分别受相关关联作用端控制。

SRG_m：表示 m 位移位寄存器限定符号。

C1/→：既表示控制关联的影响信号，又表示右移的触发信号。

1→/2←：表示受相应关联控制的右移和左移的移位触发信号。

M1[shift]、M2[load]：表示 M1 处于 1 态时为移位工作状态、M2 处于 1 态时为预置数据工作状态。

[1][2][4][8]：表示 4 位计数器中各位的权。

┤1├：表示固定方式输入符号。

1├：表示固定状态输出符号。

6. 存储器和其他图形符号读图基础

这部分符号主要包括 ROM、RAM、数值比较器、加法器、乘法器、算术逻辑单元、函数发生器。主要包括如下几种。

ROM256×4：表示 1024 位只读存储器。

PROM2K×8：表示 16K×8 位可编程序只读存储器。

EPROM64K×8：表示 64K×8 位可编程序只读存储器。

RAM4K：表示 1024×4 位随机读/写存储器。

S—RAM16K：表示 2K×8 位静态存储器。

COMP：表示数值比较器总限定符号。

Σ：表示加法器总限定符号。

Π：表示乘法器总限定符号。

ALU：表示算术逻辑单元。

[COMPLEMENT]：表示补码、求反器总限定符号附加信息。

CO：表示运算单元进位出输出。

CI：表示运算单元进位输入。

>、=、<：表示数值比较器的大于输入、等于输入、小于输入。

P>Q、P=Q、P<Q：表示输入或输出的需进行比较的两组数据。

$\left.{0 \atop 7}\right\}P$、$\left.{0 \atop 7}\right\}Q$：表示两个 8 位输入的数据。是 $2^0 \sim 2^7$ 的简化写法。

A.2　半导体集成电路型号命名方法

GB3430—89《半导体集成电路型号命名方法》国家标准规定我国半导体集成电路品种和系列的命名由五部分组成。各组成部分的符号和含义见表 A.1。

表 A.1　GB3430—89《半导体集成电路型号命名方法》组成及含义

第 0 部分		第 1 部分		第 2 部分	第 3 部分		第 4 部分	
用字母表示器件符合国家标准		用字母表示器件的类型		用阿拉伯数字和字符表示器件系列和品种代号	用字母表示器件的工作温度范围（℃）		用字母表示器件的封装	
符号	意义	符号	意义		符号	意义	符号	意义
C	符合国家标准	T	TTL 电路		C	0~70	H	黑瓷扁平
		H	HTL 电路		G	−25~70	D	多层陶瓷
		E	ECL 电路		L	−25~85	J	黑瓷双列直插
		C	CMOS 电路		E	−40~85	P	塑料双列直插
		M	存储器电路		R	−55~85	S	塑料单列直插
		μ	微型机电路		M	−55~125	K	金属菱形
		F	线性放大电路				T	金属圆形
		W	稳压器电路				B	塑料扁平
		B	非线性电路				C	陶瓷芯片载体
		J	接口电路				E	塑料芯片载体
		SS	敏感电路				G	网格阵列
		SW	钟表电路				F	多层陶瓷扁平
		SC	通信专用电路					
		D	音响电视电路					
		AD	A/D 转换器电路					
		DA	D/A 转换器电路					

【例 1】C　　T　　　54/74　　　LS　　　153　　　C　　　J
　　　　①　　②　　　③　　　　④　　　⑤　　　⑥　　　⑦

① C——中国；

② T——TTL 集成电路；

③ 54/74——国际通用 54/74 系列；

④ LS——低功耗肖特基系列；

⑤ 153——双 4 选 1 数据选择器品种代号；

⑥ C——0~70℃；

⑦ J——黑瓷双列直插封装。

【例 2】C　　C　　　4015
　　　　①　　②　　　③

① C——中国；

② C——CMOS 电路；

③ 4015——4000 系列双 4 位移位寄存器。

【例 3】C　　H　　　2001　　　E　　　D
　　　　①　　②　　　③　　　④　　　⑤

① C——中国；

② H——HTL 电路；

③ 2001——2 输入四与非门；

④ E——　−40~85℃；

⑤ D——多层陶瓷双列直插封装。

附录 B 常见数字集成电路速查索引

以 54/74 系列数字集成电路为例，做简单介绍。

54/74 系列是已经标准化、商品化的数字电路器件系列产品，54 为军用系列（工作温度 −55~125℃）、74 系列为民用系列（工作温度 0~70℃）。日常广泛使用的是 74 系列。该系列包括以下几类产品。

1. 标准系列电路。符号为 74XX，品种齐全，为中速产品。

2. 高速系列电路。符号为 74HXX。

3. 肖特基系列电路。符号为 74SXX，电路内部广泛使用肖特基二极管、三极管。

4. 低功耗系列电路。符号为 74LXX。

5. 低功耗肖特基系列电路。符号为 74LSXX。该系列产品是目前 TTL 数字集成电路中主要的应用产品系列，品种齐全，是广大用户在选择 TTL 器件时的首选。

6. 先进肖特基系列电路。符号为 74ASXX。

7. 先进低功耗肖特基系列电路。符号为 74ALSXX。

54/74 系列集成电路的命名规则参见附录 A。

TTL 系列电路在沿着两个方向不断发展：一个方向低功耗；另一个方向是超高速。

附表 1 是 TTL 集成电路国标与国际通用系列产品的对照表。其中国标指国家标准，部标指部颁标准；附表 2 列出了常用的数字集成电路。

附表 1　TTL 电路国标与国际通用系列产品对照表

国　　标	CT1000 系列	CT2000 系列	CT3000 系列	CT4000 系列
国际通用系列	SN54/74 系列	SN54/74H 系列	SN54/74S 系列	SN54/74LS 系列
特点	标准结构 平均功耗 10mW 最高工作频率 35MHz	高速结构 平均功耗 22mW 最高工作频率 50MHz	肖特基结构 平均功耗 19mW 最高工作频率 125MHz	低功耗肖特基结构 平均功耗 2mW 最高工作频率 45MHz
部标	T1000 系列 中速	T1000 系列 中速	T1000 系列 高速	T1000 系列 高速

附表 2　常用数字集成电路一览表

类　型	功　　能	型号举例
与非门	四 2 输入与非门	74LS00，74HC00
	四 2 输入与非门（OC/OD）	74LS03，74HC03
	四 2 输入与非门（带施密特触发）	74LS132，74HC132
	三 3 输入与非门	74LS10，74HC10

续表

类　型	功　能	型号举例
与非门	三 3 输入与非门（OC）	74LS12，74ALS12
	双 4 输入与非门	74LS20，74HC20
	双 4 输入与非门（OC）	74LS22，74ALS22
	8 输入与非门	74LS30，74HC30
或非门	四 2 输入或非门	74LS02，74HC02
	双 5 输入或非门	74S260
	双 4 输入或非门（带选通端）	7425
非门	六反相器	74LS04，74HC04
	六反相器（OC/OD）	74LS05，74HC05
与门	四 2 输入与门	74LS08，74HC08
	四 2 输入与门（OC/OD）	74LS09，74HC09
	三 3 输入与门	74LS11，74HC11
	三 3 输入与门（OC）	74LS15，74ALS15
	双 4 输入与门	74LS21，74HC21
或门	四 2 输入或门	74LS32，74HC32
与或非门	双 2 路 2-2 输入与或非门	74LS51，74HC51
	4 路 2-3-3-2 输入与或非门	74LS54
	2 路 4-4 输入与或非门	74LS55
异或门	四 2 输入异或门	74LS86，74HC86
	四 2 输入异或门（OC）	74LS136，74ALS136
缓冲器	六反相缓冲/驱动器（OC）	7406
	六缓冲/驱动器（OC/OD）	7407，74HC07
	四 2 输入或非缓冲器	74LS28，74ALS28
	四 2 输入或非缓冲器（OC）	74LS33，74ALS33
	四 2 输入与非缓冲器	74LS37，74ALS37
	双 2 与非缓冲器（OC）	74LS38，74ALS38
	双 4 输入与非缓冲器	74LS40，74ALS40
驱动器	四总线缓冲器（三态输出、低电平有效）	74LS125，74HC125
	四总线缓冲器（三态输出、高电平有效）	74LS126，74HC126
	六总线缓冲器/驱动器（三态、反相）	74LS366，74HC366
	六总线缓冲器/驱动器（三态、同相）	74LS367，74HC367
	八缓冲器/线驱动器/线接收器（三态、反相、两组控制）	74LS240，74HC240
	八缓冲器/线驱动器/线接收器（三态、两组控制）	74LS244，74HC244
	八双向总线发送器/接收器（三态）	74LS245，74HC245
编码器	8-3 线优先编码器	74LS148，74HC148
	10-4 线优先编码器（BCD 输出）	74LS147，74HC147
	8-3 线优先编码器（三态输出）	74LS348
	8-8 线优先编码器	74HC149
译码器	4-10 线译码器（BCD 输入）	74LS42，74HC42
	4-10 线译码器（余 3 码输入）	7443，74L43
	4-10 线译码器（余 3 格雷码输入）	7444，74L44

数字电路（第 2 版）

类 型	功 能	型 号 举 例
译码器	4–16 线译码器/多路转换器	74LS154，74HC154
	双 2–4 线译码器/多路分配器	74LS139，74HC139
	双 2–4 线译码器/多路分配器（三态输出）	74ALS539
	BCD–十进制译码器/驱动器	74LS145
	4 线–七段译码器/高压驱动器（BCD 输入，OC）	74LS247
	4 线–七段译码器/高压驱动器（BCD 输入，开路输出）	74LS47
	4 线–七段译码器/高压驱动器（BCD 输入，上拉电阻）	74LS48，74LS248
	3–8 线译码器/多路分配器（带地址锁存）	74LS137，74ALS137
	3–8 线译码器/多路分配器	74LS138，74HC138
数据选择器	16 选 1 数据选择器/多路转换器（反码输出）	74AS150
	8 选 1 数据选择器/多路转换器（原、反码输出）	74LS151，74HC151
	8 选 1 数据选择器/多路转换器（反码输出）	74LS152，74HC152
	双 4 选 1 数据选择器/多路转换器	74LS153，74HC153
	双 2 选 1 数据选择器/多路转换器（原码输出）	74LS157，74HC157
	双 2 选 1 数据选择器/多路转换器（反码输出）	74LS158，74HC158
	8 选 1 数据选择器/多路转换器（三态，原、反码输出）	74LA251，74HC251
代码转换器	BCD–二进制代码转换器	74184
	二进制–BCD 代码转换器/译码器	74185
运算器	4 位二进制超前进位全加器	74LS283，74HC283
触发器	双上升沿 D 触发器（带预置、清除）	74LS74，74HC74
	四 D 触发器（带清除）	74LS171
	四上升沿 D 触发器（互补输出、公共清除）	74LS175，74HC175
	八 D 触发器	74LS273，74HC273
	双 JK 触发器（带预置、清除）	74LS76，74HC76
	与门输入上升沿 JK 触发器（带预置、清除）	7470
	四 JK 触发器	74276
施密特触发器	双施密特触发器	4583
	六施密特触发器	4584
	九施密特触发器	9014
计数器	十进制计数器	74LS90
	4 位二进制同步计数器（异步清除）	74LS161，74HC161
	4 位十进制同步计数器（同步清除）	74LS162，74HC162
	4 位二进制同步计数器（同步清除）	74LS163，74HC163
	4 位二进制同步加/减计数器	74LS190，74HC190
	4 位十进制同步加/减计数器（双时钟、带清除）	74LS192，74HC192
寄存器	4 位通用移位寄存器（并入、并出、双向）	74LS194，74HC194
	8 位移位寄存器（串入、串出）	74LS91
	5 位移位寄存器（并入、并出）	74LS96
	16 位移位寄存器（串入、串/并出、三态）	74LS673，74HC673
	8 位移位寄存器（锁存输入、并行三态输入/输出）	74LS598，74HC598
	4D 寄存器（三态输出）	4076
	4 位双向移位寄存器（三态输出）	40104，74HC40104

类　型	功　　能	型 号 举 例
锁存器	8D 型锁存器（三态输出、公共控制）	74LS373，74HC373
	4 位双稳态锁存器	74LS75，74HC75
	四 $\overline{R}-\overline{S}$ 锁存器	74LS279，74HC279
多谐振荡器	可重触发单稳态多谐振荡器（清除）	74LS122
	双重触发单稳态多谐振荡器（清除）	74LS123
	双单稳多谐振荡器（施密特触发）	74LS221，74HC221

参 考 文 献

1 阎石. 数字电子技术基础（第四版）. 北京：高教出版社，1997.12
2 电子工程手册编委会. TTL、CMOS 电路简明速查手册. 北京：电子工业出版社，1992.10
3 刘勇，杜德昌. 数字电路. 北京：电子工业出版社，2003.3
4 唐竞新. 数字电子技术基础解题指南. 北京：清华大学出版社，1993.6
5 高吉祥. 数字电子技术学习辅导及习题详解. 北京：电子工业出版社，2005.2
6 李国洪，沈明山. 可编程器件 EDA 技术与实践. 北京：机械工业出版社，2004.7
7 杨志忠. 数字电子技术（第 2 版）. 北京：高等教育出版社，2003.12
8 邓元庆等. 数字设计基础与应用. 北京：清华大学出版社，2005.5
9 张申科，崔葛瑾. 数字电子技术基础. 北京：电子工业出版社，2005.5
10 汤山俊夫. 数字电路设计与制作. 北京：科学出版社，2005.4

读者意见反馈表

书名：数字电路（第2版）　　　主编：刘　勇　　　策划编辑：李光昊

> 谢谢您关注本书！烦请填写该表。您的意见对我们出版优秀教材、服务教学，十分重要。如果您认为本书有助于您的教学工作，请您认真地填写表格并寄回。**我们将定期给您发送我社相关教材的出版资讯或目录，或者寄送相关样书。**

个人资料

姓名_____年龄_____联系电话_____（办）_____（宅）_____（手机）

学校_____专业_____职称/职务_____

通信地址_____邮编_____E-mail_____

您校开设课程的情况为：

本校是否开设相关专业的课程　□是，课程名称为_____□否

您所讲授的课程是_____课时_____

所用教材_____出版单位_____印刷册数_____

本书可否作为您校的教材？

□是，会用于_____课程教学　□否

影响您选定教材的因素（可复选）：

□内容　　　□作者　　　□封面设计　　　□教材页码　　　□价格　　　□出版社

□是否获奖　□上级要求　□广告　　　□其他_____

您对本书质量满意的方面有（可复选）：

□内容　　　□封面设计　　□价格　　　□版式设计　　　□其他_____

您希望本书在哪些方面加以改进？

□内容　　　□篇幅结构　　□封面设计　　□增加配套教材　　□价格

可详细填写：_____

_____

您还希望得到哪些专业方向教材的出版信息？

_____

> 谢谢您的配合，请将该反馈表寄至以下地址。如果需要了解更详细的信息或有著作计划，请与我们直接联系。

通信地址：北京市万寿路173信箱　　中等职业教育分社　　邮编：100036

http://www.hxedu.com.cn　　E-mail:ve@phei.com.cn　　电话：010-88254475；88254591

反侵权盗版声明

电子工业出版社依法对本作品享有专有出版权。任何未经权利人书面许可，复制、销售或通过信息网络传播本作品的行为；歪曲、篡改、剽窃本作品的行为，均违反《中华人民共和国著作权法》，其行为人应承担相应的民事责任和行政责任，构成犯罪的，将被依法追究刑事责任。

为了维护市场秩序，保护权利人的合法权益，我社将依法查处和打击侵权盗版的单位和个人。欢迎社会各界人士积极举报侵权盗版行为，本社将奖励举报有功人员，并保证举报人的信息不被泄露。

举报电话：（010）88254396；（010）88258888

传　　真：（010）88254397

E-mail：dbqq@phei.com.cn

通信地址：北京市万寿路 173 信箱

　　　　　电子工业出版社总编办公室

邮　　编：100036